NieR:Automata™
Lange Geschichten

Inhalt

NieR:Automata™ Lange Geschichten
Prolog

Das Jahr 5012. Die Aliens starteten die Invasion der Erde. Ihren militärischen Waffen und der Schöpfung der »Maschinenwesen« war es zu verdanken, dass die Zivilisation der Menschen ihr Ende fand. Die letzten Überlebenden suchten Zuflucht auf dem Mond.

Das Jahr 5204. Von den 12 im Satellitenorbit errichteten Raumbasen aus wurden Androidentruppen entsandt, um eine Gegenoffensive zu starten. Noch im selben Jahr wurden groß angelegte Abstiegsoperationen durchgeführt, doch die zahlenmäßig unterlegenen Androiden konnten den Maschinenwesen keinen entscheidenden Schlag versetzen.

Danach war der Krieg für einige 1000 Jahre in einer Pattsituation festgefahren. Um dies zu ändern, wurde die Forschung und Entwicklung einer Anti-Maschinenwesen-Einheit eingeleitet: der YoRHa-Androidenstreitkräfte. Nach einer Reihe von Tests mit Prototypen erblickte im August des Jahres 11937 die erste YoRHa-Einheit das Licht der Welt. Vom Start des Projekts bis zu diesem Zeitpunkt waren über 100 Jahre vergangen.

Dezember des Jahres 11940. Die 13. orbitale Raumbasis, der »Bunker«, wurde ins Leben gerufen. Im Dezember des darauffolgenden Jahres sollten dann 16 YoRHa-Testmodelle die Operation »Abstieg nach Pearl Harbor« durchführen. Jedoch gingen 15 dieser Androiden dabei verloren. Der einzige verbliebene Androide, Angriffseinheit Nummer 2, entkam. Obwohl der Serverraum unter dem Berg Ka'ala zerstört werden konnte, wurden alle Androiden als vermisst registriert.

März des Jahres 11945. Die »243. Abstiegsoperation« durch eine YoRHa-Schwadron wurde durchgeführt. Ein Trupp von 6 YoRHA-Streitkräften mit Nummer 1 Typ D als Truppenführerin sowie Nummer 2 Typ B, Nummer 4 Typ B, Nummer 7 Typ E, Nummer 11 Typ B und Nummer 12 Typ H unter ihrem Befehl wurde mit Flugeinheiten auf die Erdoberfläche geschickt, um einem Maschinenwesen der Goliath-Klasse Einhalt zu gebieten, das sich Berichten zufolge in einer verlassenen Fabrik aufhielt. Der Feind reagierte jedoch mit einer zum Zeitpunkt der Einsatzplanung nicht vorhersehbaren Geschwindigkeit auf den Angriff, was zur Folge hatte, dass 4 der YoRHa-Streitkräfte unmittelbar nach Eintritt in die Atmosphäre zerstört wurden und eine nicht mehr auffindbar war und somit als vermisst galt. Die einzige überlebende Einheit war Nummer 2 Typ B (von nun an als 2B abgekürzt), die sich anschließend mit Nummer 9 Typ S (von nun an als 9S abgekürzt), der dort bereits Untersuchungen durchführte, zusammenschloss und die Angriffsmission weiterführte.

Das Team um 2B und 9S sollte die »Verlassene Fabrik« untersuchen, die für die Herstellung von Maschinenwesen genutzt wurde. Dabei lokalisierte es das Maschinenwesen der Goliath-Klasse. Nachdem 9S von diesem schwer verletzt worden war, überschrieb man 2B die Leitung der Flugeinheit und diese zerstörte den Gegner. Unmittelbar danach wurde die Truppe von unzähligen Gegnern derselben Klasse umzingelt und gab ihren Plan auf, das Kommando um Unterstützung zu bitten. Durch die Verwendung ihrer beiden Blackboxes wurde eine Selbstzerstörungsfunktion aktiviert, die mehrere Goliath-Maschinen auslöschte.

Durch diese besagten Ereignisse gingen die Körper von 2B und 9S sowie jeweils 3 Modelle ihrer taktischen Unterstützungseinheiten, Pod 042 und Pod 153, verloren.

Aufgrund der gleichzeitigen Zerstörung aller Einheiten konnten die Bereitstellung der Daten und die Überschreibung der Programme auf die Nachfolgemodelle der Unterstützungseinheiten nicht rechtzeitig ausgeführt werden, weswegen gegenwärtig nur jeweils eine Unterstützungseinheit ihre Funktion ausüben kann. Dieser Umstand hat erhebliche negative Auswirkungen auf die Missionsdurchführung. Auf Basis dieser Vorkommnisse wird empfohlen und festgehalten, den Upload der Pod-Programme bei ähnlichen Ereignissen in der Zukunft vorzuziehen und zeitgerecht durchzuführen.

Bedingt durch eine Einschränkung der Übertragungsbandbreite konnten die Back-ups der Persönlichkeitsdaten der Einheiten 2B und 9S nicht vollständig übermittelt und nur 2Bs Daten restlos hochgeladen werden. Die Selbstaufopferung von 9S hatte in Verbindung mit anderen bestimmten Geschehnissen einen negativen Effekt auf 2Bs psychischen Zustand. Dies sollte zukünftig größter Aufmerksamkeit unterliegen.

Neben dem Verlust der YoRHa-Einheit, die nach der Abstiegsoperation als nicht mehr auffindbar galt, gibt es immer mehr Meldungen über den Abbruch der Kommunikation mit anderen auf die Erdoberfläche entsandten Truppen. Deshalb werden 2B und 9S, auch wenn ihre Begegnung mit der Maschine der Goliath-Klasse gerade erst stattgefunden hat, für ihren nächsten Einsatz erneut auf die Erde geschickt.

Die offizielle Mission lautet, die Gegner mithilfe von Informationen des lokalen Widerstands sowie des dortigen Militärstützpunktes auszuforschen und zu vernichten. 2B wurden zusätzliche Aufgaben zugeteilt: eine streng geheime Mission, die vom Kommando höchstpersönlich an sie übergeben worden ist.

Wann und wo genau diese Mission realisiert werden soll, ist im Moment ungewiss. Darüber hinaus darf die als 2Bs Kamerad eingesetzte Einheit 9S nicht über ihren Inhalt unterrichtet werden.

Auch uns wurde eine Mission erteilt. Die Zeit und der Ort ihrer Durchführung sind noch unbestimmt und weder 2B noch 9S – nein, kein einziger Androide – darf jemals von ihrem Gegenstand erfahren.

Bericht: Pod 042 an Pod 153. Datenaufzeichnung im internen Netzwerk ist abgeschlossen.

Empfehlung: Sofortiges Zurückkehren zu gewöhnlichen Aufgaben.

NieR:Automata™ Lange Geschichten

Kapitel 1
Geschichte von 2B / Aktivierung

Ihr Ziel lag an einem schwer erreichbaren und bizarren Ort.

»Das ist ja seltsam. Die Koordinaten sollten stimmen … W… Woah!«
Der Sand unter 9S' Füßen war so nachgiebig, dass er das Gleichgewicht verlor und wieder einmal stolperte.

»Pass auf, wo du hintrittst«, bemerkte 2B knapp. Dann sagte sie: »Ich empfange hier immer noch keine Signale von Gegnern.«

In letzter Zeit hatten sich die Meldungen über äußerst gewalttätige und aggressive Maschinenwesen in der Wüstenregion gehäuft. 2B und 9S waren auf dem Weg zum Wüstenstützpunkt, um den Plagegeistern den Garaus zu machen. Die lokale Widerstandsgruppe hatte ihnen die Details mitgeteilt und nun waren sie bereits mitten in ihrer Mission, die Gegner zu vernichten.

Von dem Informanten, der im Missionsвеricht erwähnt worden war, fehlte jedoch jede Spur. Sie konnten sich doch nicht im Standort geirrt haben? Kurz zuvor hatte ihnen noch einer der Soldaten des Widerstands, dem sie auf ihrem Weg zufällig begegnet waren, gesagt, dass »ein Truppkamerad gleich da weiter vorne in einem felsigen Landstrich« auf sie warten würde.

Sie erreichten ein Gebiet, in dem schroffe Steinkanten überall aus dem Sand hervorragten und das von Kliffen umgeben war, deren überlagerte Gesteinsschichten eine lange Geschichte vermuten ließen. Das hier musste dieser »felsige Landstrich« sein, den der Soldat gemeint hatte. Außerdem befanden sie sich in einer Sackgasse, also gab es auch kein »da weiter vorne« mehr.

»Pod. Überprüfe noch mal die Standortdaten auf der Karte …«, bat 9S die taktische Unterstützungseinheit Pod 042, die Koordinaten erneut zu berechnen, bevor er plötzlich rief: »2B! Da drüben!«

Er hob seinen Finger um fünfundfünfzig Grad in die Höhe, gleich an 2Bs Schulter vorbei. Auf dem unebenen Felsvorsprung, auf den er zeigte, erkannte seine Kameradin eine Gestalt.

»Hallooo! Hier sind wir!«, wollte 9S diese winkend auf ihre Anwesenheit aufmerksam machen, doch sie erhielten keine Antwort. Waren sie vielleicht zu weit weg, um gehört zu werden?

Nein, die Distanz konnte nicht der Grund dafür sein, dass sie ignoriert wurden. Auch das Winken hätte die Gestalt irgendwie registrieren müssen. Das Ausbleiben jeglicher Antwort musste an etwas anderem liegen.

Vielleicht war die Person noch nicht von der Mission der YoRHa-Einheiten unterrichtet worden und übte sich in Vorsicht. Oder sie hatte einfach massiv schlechte Laune und war gerade nicht in der Stimmung, mit irgendjemandem zu kommunizieren. Im Gegensatz zu YoRHa-Einheiten, denen Gefühle untersagt waren, war so etwas bei Soldaten des Widerstands durchaus im Bereich des Möglichen.

»Wir sind schneller, wenn wir hier langgehen«, unterbrach 2B die Stille.

Sie nahm Anlauf und sprang auf einen der sandbedeckten Vorsprünge, um den Felshang weiter hinaufzugelangen. 9S stöhnte leicht unzufrieden, doch folgte ihr schließlich.

Von weiter unten war es schwer, das Geschlecht der Person zu erkennen, doch sie waren sich bald einig, dass es sich um eine weibliche Soldatin in einem langen Kapuzenumhang handeln musste.

»Ich heiße Knallkopf. Freut mich, euch kennenzulernen«, stellte sie sich vor, als 2B und 9S sie erreicht hatten.

Sie klang wider Erwarten sehr freundlich. Dass sie zuvor nicht auf ihre Zurufe geantwortet hatte, schien also nicht unbedingt an schlechter Laune gelegen zu haben.

»Unsere Anführerin hat mir die Details gesteckt. Ich hab gehört, dass ihr all die Maschinen hier in der Wüste ausschalten wollt?«, vergewisserte sich Knallkopf.

2B nickte.

»Das bedeutet dann wohl, dass wir die Blockade beim Zugang öffnen müssen«, fuhr Knallkopf mit einem leicht amüsierten Unterton fort.

9S wurde hingegen misstrauisch und erkundigte sich: »Darf ich fragen, was du hier draußen eigentlich machst?«

»Ach das? Tja …«

Auf Knallkopfs Lippen zeichnete sich ein Lächeln ab. Kurz darauf ließ eine ohrenbetäubende Explosion die ganze Umgebung erzittern. Die heiße Druckwelle war bis zu ihnen spürbar. Als sich die dichte Staubwolke langsam wieder absetzte, legte sie die Sicht auf einen schmalen Weg hinter der zuvor noch für eine Sackgasse gehaltenen »Blockade« frei. Dies war demnach der »Zugang« zur Wüste.

»Wäre sicher gefährlich gewesen, wenn wir da irgendwie reingeraten wären, was?«, bemerkte Knallkopf schelmisch.

In ihrer Sprache hieß »öffnen« wohl dasselbe wie »freisprengen«.

✳ ✳ ✳

»Sie ist ganz schön brutal, oder?«, murmelte 9S mit einem Seufzen, während sie den schmalen Pfad entlanggingen, über dem noch die Rauchschwaden der abgebrannten Erde in der Luft hingen. Obwohl sie sich über Knallkopfs Vorgehensweise wunderte, konnte 2B der Auffassung ihres Kameraden nicht zustimmen. Wenn es eine Explosion brauchte, um die Blockade zu durchdringen, dann hieß das eigentlich nur, dass diese ziemlich robust gewesen war. Knallkopf hatte ihre Aufgabe also völlig gewissenhaft ausgeführt.

»Ich sehe da kein Problem«, sagte 2B.

Dass Knallkopf 9S' Rufe zuvor ignoriert hatte, war möglicherweise darin begründet gewesen, dass sie die beiden von der Explosion hatte weglotsen wollen, um sie zu schützen. Eigentlich hatte sie 2B und 9S demnach durch ihr Verhalten zu ihrem Standort gelockt und ihr Ziel also mit geringstem Aufwand erreicht. Es war aber auch möglich, dass sie sich einfach einen Spaß erlaubt hatte. Das konnte man bei ihr nicht ausschließen.

»Wir haben nun die Auskünfte über die Gegner erhalten. Unser Ziel, die Informantin zu treffen, ist erfüllt«, meldete 2B.

Der jüngste Ausbruch von Maschinenwesen ereignete sich in der Nähe von alten und mittlerweile funktionslosen Hauptrohren. Warum die Maschinen so einen Narren an diesen Rohren gefressen hatten, war unbekannt, doch es kam 2B und 9S durchaus gelegen. Sie hatten ein klares Ziel und mussten nicht auf gut Glück die ganze Wüste nach ihren Feinden absuchen.

Dies war nicht das erste Mal, dass 2B die Wüstenregion besuchte. Dank ihrer früheren Besuche war sie bereits mit allen Schwierigkeiten und Mühsalen in diesem Terrain vertraut. Doch egal, wie oft sie schon hier gewesen war, sie konnte diesem Gebiet einfach nichts abgewinnen. Zu zahlreich waren die unangenehmen Erfahrungen, die sie hier schon gesammelt hatte. Und ob sie wollte oder nicht, jeder Besuch rief ihr zwangsweise all diese Erinnerungen klar und deutlich ins Bewusstsein.

»Wir sind bald ... da, nicht wahr?«, fragte 9S leise.

Sie kamen den Signalen der Feinde immer näher. Die Distanz zu ihnen wurde durch ein rotes Leuchten in ihren taktischen Augenbinden angezeigt. In Sichtweite befand sich jedoch kein einziger Gegner. So weit das Auge reichte, sahen sie nur Sand und rostige Rohre, die in den Horizont hineinragten.

Plötzlich tat sich der Sandboden auf und mit einem fürchterlich lauten Scheppern sprangen schwarze Gestalten heraus. Es waren Maschinenwesen, die sich unter dem Sand versteckt und ihnen aufgelauert hatten.

Fünf der Maschinen stürzten sich mit ihren knarzenden und quietschenden Körpern auf 2B und 9S. Es handelte sich bei ihnen um zweibeinige Maschinenwesen des kleineren Typs, also eine sehr gewöhnliche Art. Doch sie trugen allesamt schmutzige Kleider, die über ihren Torsos hingen, und eigenartige, mit Tierköpfen verzierte Holzschilde, die ihre Gesichter bedeckten. Es wirkte fast, als würden sie Kleidung und Masken tragen …

2B kostete es alle Kraft, auf dem unbeständigen Sandboden Halt zu finden, doch sie zog sofort ihr Schwert. Plötzlich bemerkte sie noch etwas. Die Gruppe der Maschinenwesen hatte nicht nur ein eigenartiges Äußeres.

»TÖ…TEN …«

Stimmen waren zu vernehmen – wenn man sie denn so nennen konnte. Sie unterschieden sich deutlich von dem sonstigen Lärm und den Geräuschen der Maschinen.

»GEGNER … VERNICHTEN …«

»Sie sprechen? Die Maschinenwesen kennen Sprache?«

Einen Augenblick lang war 2B perplex. Dann schwang sie ihr Schwert und fegte damit durch die Maschine, die sich ihr mit ihren wild in der

Luft wirbelnden, metallenen Armen näherte. Mit einem lauten Knarzen ging der von zerfleddertem Stoff bedeckte Maschinenkörper zu Boden. Gleich darauf kam das nächste Maschinenwesen hinter den Überresten seines Artgenossen hervor und stürmte auf 2B zu. Nachdem sie diesen nachfolgenden Gegner enthauptet hatte, richtete sich ihr vorheriges Opfer erneut auf. 2B hatte ihm wohl nicht genug Schaden zugefügt, um es vollständig zu zerstören.

Sie tauschte ihr Kurzschwert gegen ein Großschwert und machte einen Satz in die Luft. Dabei nutzte sie die Wucht des Falls und ließ ihr Schwert durch einen der kugelförmigen Maschinenköpfe fahren. Das Gewicht eines gewöhnlichen YoRHa-Modells betrug etwa hundertfünfzig Kilogramm, wodurch es leicht war, die hölzernen Masken von oben entzweizuschlagen und die Maschinenköpfe in Halbkugeln zu verwandeln. Mit diesem Angriff war der erste Gegner endlich vollständig beseitigt.

2B zog ihr Schwert aus der Maschine heraus und schwang es kraftvoll in den nächsten Gegner hinein. Sie traf dessen zylindrischen Maschinenkörper, der daraufhin komplett verbeult zur Seite umkippte. Damit war der nächste Gegner erledigt.

»2B! Pass auf!«, rief 9S ihr zu.

Sie machte einen Satz nach hinten und ging auf Distanz zu ihren Feinden. Eines der Maschinenwesen begann, sich eigentümlich zu bewegen, zitterte kurz und explodierte schließlich. 9S hatte seine Hackingfähigkeiten eingesetzt und die Kontrolle über den Gegner übernommen. Eine Maschine in unmittelbarer Nähe wurde in die Explosion mit hineingezogen und verwandelte sich im Nu in einen Haufen lebloser Metallteile.

Der letzte verbliebene Feind wurde durch ein konzentriertes Geschützfeuer von Pod 042 und Pod 153 niedergestreckt. Die Beseitigung der insgesamt fünf Gegner hatte jedoch mehr Zeit als erwartet in Anspruch genommen.

Die Anführerin des Widerstands hatte nicht übertrieben, als sie gesagt hatte, dass die aggressiven Maschinenwesen ihnen viel Ärger bereiten würden. Deren Beseitigung wäre in der Tat jeder Einheit schwergefallen, die nicht auf den Kampf spezialisiert war, was glücklicherweise nicht auf YoRHa-Truppen zutraf.

»Ich frage mich, wieso sie solche unnötigen Accessoires getragen haben.«

Gemeint waren damit die dreckigen Fetzen um ihre Körper und die Masken auf ihren Gesichtern. Ihr Aussehen und auch ihre Sprachgewohnheiten waren nicht mit denen der Maschinenwesen in der Ruinenstadt zu vergleichen.

9S erklärte: »Diese Sachen sahen aus wie das, was die Menschen früher getragen haben.« Er hatte solche Kleidungsstücke in den Datenbanken über die menschliche Zivilisation schon einmal gesehen. »Jetzt, wo ich darüber nachdenke, war auch ihre Gesichtsbemalung der einer Stammesgemeinschaft ähnlich.«

»Aber wieso sollten die Maschinen irgendeine Menschenkultur imitieren? Was hätte das für einen Sinn?«, erwiderte 2B.

»Ich glaube nicht, dass sie einen bestimmten Grund dafür haben«, antwortete 9S, während sich ein höhnisches Lächeln auf seine Lippen verirrte.

Wahrscheinlich hat er recht, dachte 2B. *Sie sind doch bloß Maschinenwesen.*

»Da vorne werden die Signale der Gegner wieder stärker.«

9S' Lächeln war einem genervten Gesichtsausdruck gewichen.

2B murmelte indes in Gedanken versunken: »Man kann bei fünf Gegnern nicht wirklich von einem Ausbruch sprechen.«

»Stimmt«, entgegnete 9S und seufzte tief.

∗ ∗ ∗

Sie folgten dem Verlauf der Rohre, während sich die Kämpfe etliche Male wiederholten. Die Maschinen, denen sie begegneten, waren alle gleichermaßen aggressiv, doch nach ihrem zweiten Kampf gegen sie wurde ihr Unterfangen immer einfacher. Obwohl ihre Feinde hier generell über eine enorme Stärke verfügten, gestalteten sich ihre Kampfstile monoton, wodurch man sie leicht einschätzen konnte. Nach einer Weile hatten 2B und 9S den Dreh raus.

Im Gegensatz zu den Besonderheiten dieser Maschinen, wie zum Beispiel ihren sprachähnlichen Lauten oder ihrer vermeintlichen Menschenkleidung, war ihr Verhalten im Kampf sehr gewöhnlich.

Typischerweise tauchten sie in Gruppen von fünf bis sechs Feinden auf und griffen jeweils in einem bestimmten Areal an, als ob sie ihren Posten dort nicht verlassen wollten. Oder sie waren einfach nicht klug genug, ihr Terrain oder andere Positionierungen zu ihrem Vorteil im Kampf zu nutzen. Doch dann hörten 2B und 9S es wieder.

»NICHT … HAB ANGST … BITTE«

»HIL…FE«

»HILFE«

2B zögerte. *Hilfe.* Ihre Gegner riefen um Hilfe. Sie begriff zwar, dass die Maschinen nur wie Worte klingende Geräusche ausstießen, doch deren Inhalt war trotz allem unerwartet.

9S beobachtete seine Kameradin und bemerkte, dass die Schlagkraft ihres Schwertes ein wenig abgenommen hatte, weshalb er sie scharf anfuhr: »2B! Sie benutzen nur irgendwelche beliebigen Wörter!«

Stimmt ja, es sind Maschinen und ihre Worte haben keine tiefere Bedeutung …

Und schon schlug 2B den Kopf der Maschine, die gerade noch um »Hilfe« gebettelt hatte, mit Wucht ein. Dann fegte sie eine andere, von der Seite auf sie zukommende aus dem Weg, die sogleich mit unerwarteter Leichtigkeit davonflog und den sandigen Abhang hinunterpurzelte.

»Es ist sowieso widersprüchlich, dass sie angreifen, während sie um Hilfe rufen«, ergänzte 9S.

»Du hast recht«, stimmte 2B ihm zu und nickte.

Letztendlich waren Maschinen nur Maschinen. Man musste sie einfach schnell zerstören. Mit einem Mal sprang das Maschinenwesen, das die Düne hinuntergerollt war, wieder auf. 2B hatte wohl versäumt, es vollständig zu zerstören.

»STERBEN. WEGLAUFEN. WEG. UNHEIMLICH«, tönte es, woraufhin die Maschine plötzlich herumwirbelte und davonlief. Sie bewegte sich nun um einiges schneller, als sie es zuvor getan hatte. *Das heißt es wohl, wenn man »die Beine in die Hand nimmt«,* dachte 2B und kam nicht umhin, etwas verblüfft zu sein.

✳ ✳ ✳

Die Richtung, die das Maschinenwesen eingeschlagen hatte, führte geradewegs zu den Ruinen quaderförmiger und eng aneinandergedrängter Gebäude.

»Was ist das …?«, fragte 2B verdutzt.

Pod 042, der neben ihr herflog, meldete sich daraufhin: »Antwort: Die Ruine einer ehemaligen Wohnanlage, die für die Nutzung durch Menschen gedacht war. Eine Vielzahl von ihnen lebte in solchen Unterkünften aus Beton und Metall. Die Gebäude wurden mit Namen wie ›Apartment-Komplex‹ bezeichnet.«

Apartment?, dachte 2B. Das sagte ihr gar nichts, aber sie sprach es nicht aus. Sie war überzeugt, dass es nicht wichtig für ihre derzeitige Mission war, und so neugierig wie ein Scanner-Modell war sie auch nicht.

»Wieso sie sich wohl extra in Gruppen zusammenfanden, um gemeinsam zu leben …?« Wie erwartet entfachte diese Information die Neugier von 9S nur noch mehr. »Ob es hier wohl früher auch schon gefährlich war?«

Für gewöhnlich kommunizierten die Pod-Unterstützungseinheiten ausschließlich mit den Subjekten, denen sie zugeteilt waren. Falls kein spezieller Ausnahmegrund vorlag, antwortete Pod 042 demnach nur 2B und Pod 153 nur 9S. Dies war auch der Grund, warum Pod 153 nun antwortete: »Negativ. Sie lebten in Gruppen, da es aus ökonomischer Sicht und wegen Mangels an Lebensräumen Sinn ergab.«

»Hmpf«, kommentierte 9S kurz die Nase rümpfend. »Die Menschen sind wirklich eigenartig.«

Sie waren für Androiden nicht nur eigenartig; man konnte mit Sicherheit sagen, dass sie für diese ein völliges Mysterium darstellten. Es wäre ja auch fast anmaßend zu denken, ein gewöhnlicher Androide könne seinen Schöpfer begreifen.

Jedenfalls waren diese »Apartment-Komplexe«, in denen die Menschen einst gehaust hatten, nun von den Maschinenwesen besetzt, die diesen Ort zu ihrem Lebensraum auserkoren hatten.

Im Schatten der schiefen und eingestürzten Gebäude sammelten sie sich zuhauf. Sie waren genauso gesprächig wie die Maschinen, die 2B und 9S nahe der Hauptrohre gefunden hatten – und genauso aggressiv.

»GUTEN TAG«

»HEUTE IST. SCHÖNES WETTER«

»WIE GEHT'S«

Anscheinend reihten sie wirklich nur willkürliche Wörter aneinander. Sie sagten »Guten Tag«, wenn sie angriffen, und »Wie geht's«, wenn sie konterten. Wenn sie wirklich gewusst hätten, was sie da von sich gaben, hätten sie sich gewiss anders verhalten.

Das Maschinenwesen, das vorhin »die Beine in die Hand genommen« hatte und das Ziel der Androiden war, schlängelte sich an den neuen Angreifern vorbei und drang weiter ins Innere der Ruinen vor. Pod hatte sein Standortsignal markiert.

Der momentan angezeigte Ort ihres Ziels verzeichnete außerdem eine verhältnismäßig große Zahl an Gegnersignalen. Vielleicht war dies ja die Quelle all der Maschinenwesen, die sich an den Hauptrohren versammelt hatten? Das würde bedeuten, dass die beiden Androiden – wollten sie ihre Mission der Maschinenbeseitigung in der Wüste erfolgreich abschließen – diese Region unter Kontrolle bringen mussten.

2B und 9S stießen tiefer ins Innere vor und eliminierten auf ihrem Weg dorthin noch einige Maschinen, die aus dem Schatten hervorgesprungen waren. Sie kamen dem Ziel immer näher.

»DIE GEBEN NICHT AUF! SCHNELL WEG! MUSS WEGLAU-FEN!«, dröhnte es aus dem Maschinenwesen.

»Nach welchem Algorithmus sie wohl ihre Worte aussuchen?«, murmelte 9S leise vor sich hin.

Es war klar, dass ihr Ziel die Worte passend zu seiner Situation gewählt hatte. In diesem Fall war es also nicht nur eine Aneinanderreihung von Lauten ohne Bedeutung und Zweck.

Die Maschinenwesen hatten für gewöhnlich ausgeprägte Gedächtnisfähigkeiten. 2B hatte auch bereits von Fällen gehört, in denen man den Maschinen schon fast die Fähigkeit zur »Entwicklung« zuschreiben konnte. Aber war es ihnen denn möglich, Sprache mit semantischen Zusammenhängen zu benutzen oder sogar ihren Willen auszudrücken und Gespräche zu führen?

Der Spracherwerb als solcher ist eng mit dem Intellekt verbunden. Dachte man an die Geschichte der Menschheit, so war der Intellekt der Grundstein für ihre Zivilisation und Kulturen gewesen. Falls diese »einfachen Maschinen« jedoch zu so etwas in der Lage waren, dann …

2B verlor plötzlich das Gleichgewicht und stürzte vornüber. Sie hatte mit diesen Gedanken so viel Rechenleistung verbraucht, dass sie ein Hindernis auf dem Boden nicht registriert hatte und gestolpert war.

Das sogenannte Hindernis fühlte sich allerdings ungewöhnlich weich an. 2Bs Blick glitt nach unten, um festzustellen, worüber sie gestolpert war. Sie erstarrte.

»D… Das ist …!«

Es war der leblose Körper eines Androiden. Bevor 2B ihre Frage, warum sie diesen denn gerade hier vorfanden, in Worte fassen konnte, hob 9S laut seine Stimme: »2B! Da, sieh doch mal!«

Sie hatten es mit mehr als nur einer Leiche zu tun. Das Licht drang nur schwach zwischen den geneigten Gebäuderuinen und Metallkonstruktionen zu ihnen durch, doch sie konnten klar und deutlich sehen, dass eine beträchtliche Menge an Androidenleichen auf dem Boden verstreut lag. Es gab jedoch keine Kampfspuren, was bedeuten musste, dass ihre Körper nach ihrem Tod von einem anderen Ort hierher transportiert worden waren.

»Es wirkt fast, als hätte man sie hier gesammelt«, bemerkte 9S.

Ein wenig weiter klaffte überdies eine schwarze Öffnung im Gestein. Diese sah aus, als wollte sie sagen, dass 2B und 9S nur der Spur der Leichen folgen müssten, um an ihr Ziel zu gelangen.

»Da rennt sie!«, entfuhr es 9S.

Die Maschine, die sie verfolgt hatten, suchte Schutz in der Dunkelheit der Höhle und verschwand mit einem Satz darin. Sie war wohl auf dem Weg weiter ins Innere.

»Ich registriere ziemlich viele feindliche Signale von da drin«, sagte 9S zu 2B, die alarmiert antwortete: »Dann lass uns beim Hineingehen vorsichtig sein.«

Wohin man auch sah, die Leichen lagen überall. 2B schritt behutsam voran und achtete darauf, nicht wieder zu stolpern. Mit ihrer Achtsamkeit allein war es jedoch nicht getan.

Unter ihren Füßen erklang plötzlich ein furchtbares Geräusch. Im nächsten Augenblick sanken sie ein. 9S ließ einen grellen Schrei los. Dass sie in einen Abgrund gestürzt waren, wurde 2B erst bewusst, nachdem sie auf dem harten Boden aufgeprallt war.

Zuerst erblickten die beiden den Himmel. Es schien, als wären sie auf dem Boden eines riesigen Schachtes gelandet. In dessen Wände waren allerlei Fenster, Türen und Bauüberreste gezwängt. Es war unklar, ob hier unter einem Gebäude gegraben worden und das Dach eingestürzt oder ein auf der Oberfläche erbautes Gebäude durch einen Erdrutsch mitgerissen worden und deshalb in sich zusammengefallen war …

2B verzog ihr Gesicht zu einer Grimasse und begann, ihren Körper aufzurichten. Sie hatte zwar ein paar Kratzer davongetragen, doch die sollten im Kampf kein Problem darstellen. Langsam stand sie auf und scannte in Windeseile ihre Umgebung, um ihre derzeitige Lage abzuklären. Was sie sah, konnte sie jedoch kaum fassen.

Es waren Maschinenwesen. Und zwar eine ganze Menge von ihnen.

»W… Was ist hier los …?«

Zuerst dachte 2B, sie würden alle tanzen. Doch Maschinen tanzten für gewöhnlich nicht und die Szene, die sich den Androiden hier bot, war alles andere als normal.

Die Maschinenwesen hatten sich in Zweiergruppen zusammengefunden und schlugen ihre Rümpfe im Takt gegeneinander. »KINDER. KINDER. KINDER« – so ertönte es von ihnen allen, wodurch 2B und 9S klar wurde, was diese Maschinen gerade taten. Sie ahmten das Fortpflanzungsverhalten der Menschen nach.

Überwältigender Ekel überkam 2B. Der Begriff »angewidert« konnte nicht mal ansatzweise ausdrücken, wie sie sich bei diesem Anblick fühlte.

9S meldete sich zu Wort: »Schalten wir sie aus.«

Seine Kameradin nickte. Dass ihre Gegner sie nun nicht einmal mehr eines Angriffes würdigten, obwohl sie bis hierher gekommen waren, war fast beleidigend. Die Maschinenwesen waren so mit sich und ihren irritierenden Handlungen beschäftigt, dass sie gar nicht bemerkten, wie ihre Feinde direkt vor ihnen standen.

»Pod! Ferngeschosse auf maximaler Stärke starten!«

2B gab den Befehl, während sie der ersten Maschine bereits einen Hieb mit ihrem Großschwert versetzte. Sie erledigte eine Zweiergruppe mit einem Schlag und schleuderte anschließend beide mit einem kraftvollen Tritt zur Seite. Allmählich bemerkten die Maschinenwesen die Eindringlinge und gingen zum Gegenangriff über.

»MEINE. LIEBE. MEINE. LIEBE«

»FÜR. IMMER. ZUSAMMEN. FÜR. IMMER. ZUSAMMEN«

»ICH. LIEBE. DICH. ICH. LIEBE. DICH«

Die Feinde kamen immer näher, während sie weiter unpassende Wörter aneinanderreihten. Vielleicht war es 2Bs Ekel, der sie antrieb, denn das Großschwert in ihrer Hand ließ sich mit Leichtigkeit führen, als sie damit durch die Gegnerflut fegte. Jeglicher Anflug von Müdigkeit verblasste angesichts ihrer Motivation, jede einzelne Maschine zu vernichten. Dies mochte das erste Mal gewesen sein, dass sie je eine solche Sinnhaftigkeit in der Zerstörung gesehen hatte.

Um sie herum häuften sich die Überreste der zerstörten Gegner. Mit jeder Explosion regnete es neue Metallsplitter. Und dann geschah es plötzlich. Die Bewegungen der Maschinenwesen veränderten sich schlagartig. Sie alle legten die Hände an den Kopf und liefen wie wild im Kreis herum.

»DAS. GEHT. SO. NICHT. WEITER«

»DAS. GEHT. SO. NICHT. WEITER«

»DAS. GEHT. SO. NICHT. WEITER«

Es wirkte fast so, als würden sich die Maschinen im wahrsten Sinne den Kopf darüber zerbrechen, wie sie ihrer ausweglosen Situation entkommen könnten. Was sie wohl dazu brachte, solche Dinge zu sagen?

Dass sie ihre Defensive und ihre Konterangriffe aufgaben, stellte für die Androiden jedoch eine wertvolle Chance dar. Es war unklar, was in die Maschinen gefahren war, doch es war ersichtlich, dass sie komplett die Kontrolle verloren hatten. In dem Moment, in dem 2B ihr Schwert hob und zum Angriff ansetzte, änderte sich das Verhalten der Maschinenwesen erneut. Sie gingen allesamt und gleichzeitig zu 2B und 9S auf Distanz. Sie taten dies jedoch mit einer Geschwindigkeit, die nicht mehr mit einem Die-Beine-in-die-Hand-Nehmen zu vergleichen war.

»Was geschieht hier …?«

2B konnte das, was sie sah, nicht einordnen.

Die Maschinenwesen begannen, die Wände und die Stützpfähle unbeholfen zu erklimmen. Wollten sie einfach nur den Angriffen der Androiden entfliehen, indem sie in so großer Zahl auf einmal gen Himmel kletterten? Es sah jedenfalls aus, als würde sich ein Schwarm Insekten auf einer Pflanze versammeln. Erneut verspürte 2B bei dem Anblick Ekel in sich aufkeimen, welcher jedoch anderer Natur war als bei der Szene zuvor.

Schon bald hatten sich die Maschinenwesen zu einer gigantischen Kugel zusammengedrängt.

Es sieht aus wie etwas, das ich kenne, dachte 2B. *Ich habe es in irgendwelchen Aufzeichnungen schon einmal gesehen.*

Plötzlich begann die gigantische, kugelförmige Masse zu leuchten. Das helle Licht wurde mit jeder Sekunde stärker und die Kugel wuchs zu einer unerwarteten Größe heran. Als sich in dem Gebilde auf einmal ein Riss formte, fiel 2B schlagartig ein, woran sie dieser Anblick erinnerte.

Es war ein Kokon. *Ein Insektenkokon.* Sie erinnerte sich, dass sie einmal in den Daten der Erde eine Videoaufzeichnung von einer Larve gesehen hatte, die sich aus einem Kokon herausbiss.

Durchsichtige Flüssigkeit triefte mit einem Mal aus dem Riss und tropfte rhythmisch und laut plätschernd zu Boden. 2B machte unbewusst einen Satz nach hinten. Der Kokon riss auf und aus ihm heraus fiel eine in Schleim gehüllte Gestalt.

»Ein Androide?!«

Die Form der Gestalt war zweifellos humanoid und nach dem restlichen Körperbau zu schließen, war sie wohl männlichen Geschlechts. Ihre Haarfarbe war der von 2B und 9S sehr ähnlich.

Langsam setzte der Mann eines seiner taumelnden Beine auf den Boden und richtete sich auf. Er war splitterfasernackt, was ihn jedoch kein bisschen kümmerte. Er hob seinen Kopf und öffnete die Augen.

»Nein! Das … Das ist eine Maschine!«, hallte es von 9S herüber.

Auch 2B empfing von ihm Signale, die ohne Zweifel von einer Maschine stammen mussten. Und doch sah das Wesen vor ihnen einem Androiden zum Verwechseln ähnlich.

Plötzlich begannen die Augen des Mannes, rot zu leuchten. Das war das typische Zeichen einer Maschine, die den Androiden feindlich gesinnt war.

2B dachte nicht mehr lang nach und ließ ihr Schwert auf ihn niederfahren. Es war egal, wie das Wesen aussah. Sie hatten es noch immer mit einer Maschine zu tun, die sofort vernichtet werden musste.

Rote Flüssigkeit, die menschlichem Blut stark ähnelte, spritzte auf. Sie hatte nichts mit dem für Maschinenwesen typischen Öl gemein. 2B hatte dem Mann eine grobe Wunde zugefügt, doch diese schien nicht fatal gewesen zu sein. Er wich zurück und stöhnte vor Schmerz auf.

Die Schwertattacke schien ihm jedoch keine ernsthafte Verletzung zugefügt zu haben. Seine Bewegungen waren um einiges flinker als erwartet.

2B entschied, von ihrem Großschwert auf ihr Kurzschwert umzusteigen. Denn das große Schwert hatte mehr Gewicht, was ihre Hiebe stärker, aber gleichzeitig langsamer machte. Alle Durchschlagskraft half ihr schließlich nichts, wenn sie den Feind nicht traf.

»AN…DROIDEN …«

Das Stöhnen des Mannes wurde auf einmal zu Worten. Dies war jedoch nicht weiter bemerkenswert. Schließlich hatten 2B und 9S auf dem Weg hierher schon zahllose Maschinen getroffen, die ebenfalls seltsame, wortähnliche Laute von sich gegeben hatten. Doch dieses Mal …

»SCHWERT … AUSWEICHEN …«

Und schon durchschnitt 2Bs verhältnismäßig flinkes Kurzschwert nur noch die Luft. Der Mann hatte sich eine neue Ausweichmethode angeeignet. Darüber hinaus hatte sich die Wunde, die ihm zuvor zugefügt worden war, geschlossen und nichts als unversehrte Haut zurückgelassen. Das hieß für 2B, dass er die Fähigkeit besaß, sich selbst zu reparieren. Oder vielleicht hatte er sie auch gerade erst erworben.

Plötzlich ging er in die Hocke und hob eines seiner Beine. Es sah wie ein unbeholfener Versuch aus, einen Gegenangriff zu starten.

»Er entwickelt sich weiter?«, brach es aus 2B heraus.

Das überstieg klar die gewöhnlichen Fähigkeiten einer Maschine. Bisher war es unvorstellbar gewesen, dass sich eine solche während eines Kampfes aus eigener Kraft Ausweich- und Angriffstechniken aneignete. Dies war fern jeglicher Norm. Sie hatten es mit einem wahrlich unangenehmen Zeitgenossen zu tun.

»2B, wir sollten dem schnell ein Ende machen!«, rief 9S seiner Kameradin zu.

Der Mann würde immer mehr lernen, je länger der Kampf andauerte. Doch 2B wusste auch so schon, dass sie den Gegner schleunigst zu Fall bringen mussten.

Mit vereinter Kampfeskraft und den Ferngeschossen der Pods schafften sie es, den Maschinenmann zu einem kurzen Innehalten zu zwingen. Noch bevor er mit seiner Heilung beginnen konnte, gelang es ihnen, ihm den entscheidenden Schlag zu versetzen. Sie durchbohrten sein Abdomen mit zwei Schwertstößen – 9S von hinten, 2B von vorne. Ihr Gegner ging endlich zu Boden.

»Und das war wirklich … eine Maschine?«, murmelte 9S, perplex und verstört zugleich.

2B beschäftigte diese Begegnung ebenso sehr wie ihn. Was die beiden hier erlebt hatten, war völlig anders als alles, was sie von Maschinenwesen kannten.

Das weiche Fleisch ihres Gegners und die Wärme seiner Körperflüssigkeiten – all das war identisch mit der Bauweise eines Androiden. Er unterschied sich in keiner Weise von ihren auf dem Schlachtfeld gefallenen Kameraden. Konnte das wirklich sein? War es möglich, dass es nicht bloß kaltes Öl war, das durch die metallenen Maschinengestalten gepumpt wurde …?

2Bs Gedankenspiralen wurden abrupt unterbrochen, als aus der tödlichen Wunde des niedergestreckten Mannes vor ihnen auf dem Boden plötzlich ein weißes Licht erstrahlte. Sein Anblick glich dem des durch die Maschinen gebildeten, gigantischen Kokons, dessen Zeuge sie bereits zuvor geworden waren. Die nunmehr leuchtende Wundöffnung begann in regelmäßigen Abständen zu pulsieren.

»Das kann doch …?!«, platzte es aus 2B heraus.

Für mehr fehlten ihr die Worte. Das weiße Licht wurde allmählich stärker und dehnte sich über das Abdomen des Mannes bis zu seiner Brust aus. Genau wie zuvor bei dem Kokon bildete sich nun in der Haut des Verstorbenen vor ihnen ein Riss.

Auf einmal war ein Arm zu sehen, der sich aus dem Licht emporhob und die im Weg liegende Haut dabei zerfetzte. Er wurde länger und die Hand an ihm streckte sich zum Himmel hinauf, als ob sie irgendetwas zu greifen versuchte. Der Riss weitete sich und ein zweiter Arm kam zum Vorschein. Schon bald konnte man einen Kopf erkennen, dann einen Hals und schließlich einen Rumpf.

»Wa...?!«, erschrak 2B. Was sich da gerade aus der offenen Wunde des niedergestreckten Maschinenmannes befreit hatte, war ein neuer Mann, der genauso aussah wie der, aus dem er herausgekommen war. 2B stockte der Atem. »Er hat sich ... vermehrt ...«

Sie wusste nicht, ob dieser zweite Maschinenmann die Fähigkeiten seines Vorgängers besaß, doch ihr war klar, dass es klüger wäre, zumindest von derselben Lernfähigkeit auszugehen. Wenn sie ihn nicht schnell ausschaltete, würde auch er sich zu einem massiven Problem entwickeln.

2B wollte zum Hieb ansetzen, doch schaffte es nicht einmal mehr, ihr Schwert zu ziehen. Der zweite Mann stieß ein furchtbar lautes Heulen aus. Durch die Druckwelle begann der Schacht, in dem sie sich befanden, einzustürzen. Instinktiv hielt sich 2B mit beiden Händen die Ohren zu. Das Heulen hatte eine Stärke, die ihre Gehörfunktionen sicher schwer beschädigen konnte.

Sie sah, wie 9S sich ebenfalls die Ohren zuhielt und ihr irgendetwas zurief. Sie konnte nichts hören, aber schaffte es, von seinen Lippen abzulesen: »Wir müssen hier raus!« Im Moment war nicht nur die Druckwelle gefährlich für sie beide, auch der einstürzende Schacht barg ein großes Risiko.

Blitzschnell scannte 2B ihre Umgebung. Sie bemerkte eine kleine weiterführende Öffnung in der Wand. 2B und 9S nickten sich kurz zu und rannten dann los. Sie wichen dem herunterschnellenden Geröll geschickt aus und liefen zielstrebig auf die Öffnung zu.

Es blieb ihnen keine Zeit mehr, um zurückzublicken.

Eine andere Perspektive – »Adam«

im AnFAng wAr DEr nAmE

iCh Bin von DEn MASCHINEN ErsChAFFEn worDEn.

DiE gEwAlttätigEn ANDROIDEN hABEn unAuFhörliCh AngE-griFFEn, Bis DiE MASCHINEN EinEn kritisChEn zustAnD ErrEiCht hABEn. siE wArEn kurz DAvor, AusgElösCht zu wErDEn.

DiE MASCHINEN hABEn DAs NETZWERK DurChsuCht. um DiE gEwAlttätigEn ANDROIDEN BEsiEgEn zu könnEn, hABEn siE siCh üBErlEgt, DErEn sChöpFEr zu BEnutzEn – DiE MENSCHEN.

DoCh Es giBt viElE von ihnEn. siE hABEn niCht gEwusst, wElChEn MENSCHEN siE BEnutzEn oDEr imitiErEn sollEn. Also hABEn DiE MASCHINEN DAs NETZWERK noCh EinmAl DurChsuCht.

Dort hABEn siE DEn nAmEn »ADAM« gEFunDEn. DEn nAmEn DEs ErstEn MENSCHEN, DEn GOTT ErsChAFFEn hAt. DiE MEN-SCHEN hABEn DiE ANDROIDEN ErsChAFFEn unD GOTT DiE MENSCHEN. ADAM ist Als imitAt GOTTES ErsChAFFEn worDEn.

DEshAlB hABEn DiE MASCHINEN ADAM ErsChAFFEn. ADAM Bin iCh. siE hABEn DiE gEsAmtE KRAFT ihrEr KERNE vErwEnDEt, um miCh ErsChAFFEn zu könnEn, unD DEshAlB sinD siE zum still-stAnD gEkommEn.

ABEr DiE ANDROIDEN wArEn sEhr stArk, DEshAlB hABE iCh vErlorEn. kurz BEvor AuCh iCh zum stillstAnD gEkommEn Bin, hABE iCh DAs NETZWERK DurChsuCht. iCh wolltE wissEn, wiE iCh miCh sChützEn könntE.

DiE Antwort lAg im nAmEn »EVA«. so, wiE DiE MASCHINEN miCh Aus DEm nAmEn ADAM ErsChAFFEn hABEn, hABE iCh AnsChEinEnD Ein wEitErEs iCh Aus DEm nAmEn EVA ErsChAFFEn.

»AnsChEinEnD« sAgE iCh, wEil iCh kEinE ErinnErung DArAn hABE.

Danach gingen wir zusammen An EinEn AnDErEn Ort. Der Grund dafür war, dass die Maschinenfreunde, die uns erschaffen hatten, und auch unser lEBEnsrAum zErstört worDEn waren. Eva erzählte mir, wie die Maschinen von den TRÜMMERN BEgrABEn, zErquEtsCht und in AllE EinzEltEilE zErlEgt worden wArEn.

Eva will mich immerzu imitieren. Aber wen soll ich dann nachahmen?

Eva ist sehr motiviert, seine motorischen Fähigkeiten zu verbessern, doch er ist nicht daran interessiert, seine Sprache oder sein Wissen zu vermehren. Beim »Mensch«-Spielen hat er sehr viel Freude daran, aktive Spiele mit seinem Körper auszuführen, doch wenn er ein Buch liest oder Musik hört, dann zeigt er wenig Interesse.

Dies ist ein Problem. Wir müssen intelligent sein.

Eva ist ein weiteres Ich. Die Essenz von »Adam« und die von »Eva« sind beide »ich«. Trotzdem nEnnt Eva mich seinen »großen Bruder«. Dies ist meine Rolle als »ERSTgeborener«. Eva hAt in seiner Funktion als »ZWEITgeborener« die Rolle des »kleinen Bruders« inne.

Auch wenn wir beide in unserer Essenz dasselbe »Ich« sind, so unterscheiden sich doch unsere Gesichter sowie unsere Empfindungen.

Es gibt zu vieles, was ich nicht weiß. Die Menschen hatten »Eltern« und »Lehrer«, die sie großzogen, sie schulten, ihnen Wissen vermittelten, sie Verständnis für die Welt lehrten.

Doch ich habe weder »Eltern« noch »Lehrer«. Es scheint, ich muss mich selbst großziehen, mich selbst schulen, mir selbst Wissen aneignen, mein Verständnis für die Welt selbst vervollkommnen.

Ich stehe allein und verwirrt am Beginn dieser Reise. Der Weg ist weit.

Manchmal denke ich über die Sünde nach. Immerhin sind wir Sünder, die ihr eigenes Paradies zerstört haben, bevor sie aus ihm vertrieben wurden. Die aus Eden ausgestoßenen Menschen benötigten bereits eine beträchtliche Menge an Wissen, um ihr Überleben zu sichern. Also brauchen wir natürlich noch mehr Wissen und Intellekt als sie, damit wir auf eigenen Beinen stehen können, ohne uns auf irgendjemanden stützen zu müssen, und damit wir durch unseren eigenen Intellekt fortleben können, ohne von irgendjemandem in unlautere Richtungen gelenkt zu werden.

Die perfekte Autonomie, durch die man auf niemanden mehr angewiesen ist.

Ich habe gemischte Gefühle gegenüber unserem Schöpfer, der uns dieses Schicksal aufgebürdet hat. Wenn ich es in Worte fassen müsste … dann empfinde ich wahrscheinlich »Hass«.

Kapitel 2
Geschichte von 2B / Mitgefühl

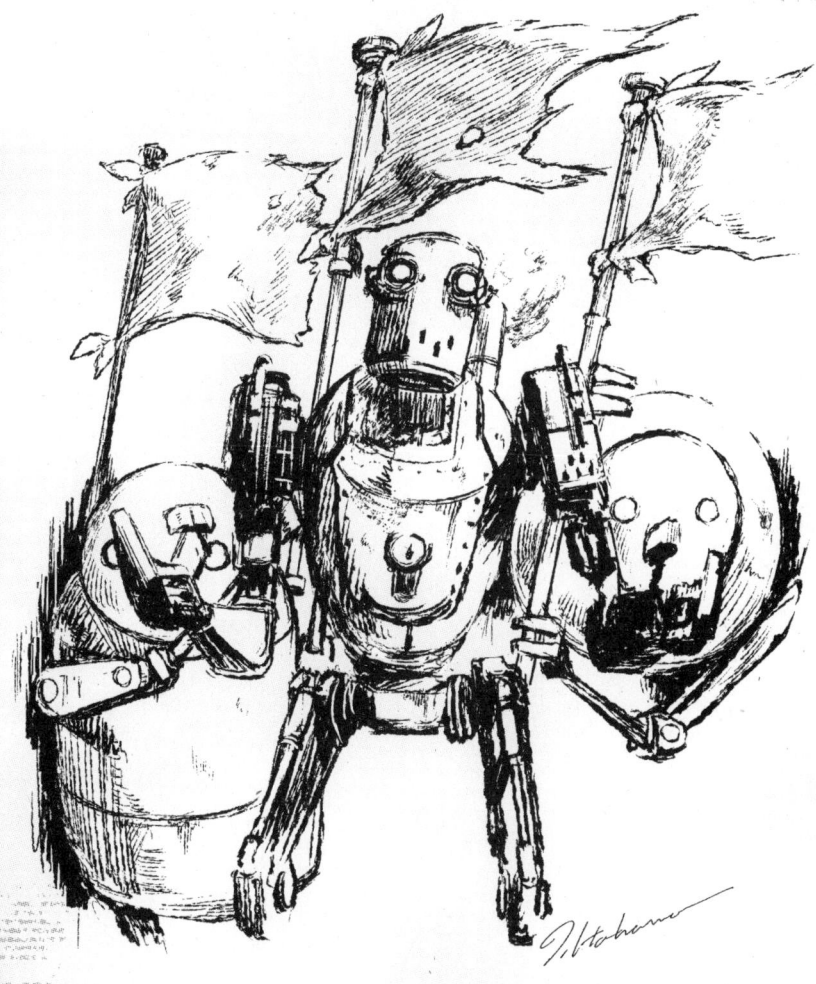

»Wir haben den Kontakt zu mehreren YoRHa-Einheiten verloren, die unterwegs zur Oberfläche waren. Ihre Blackboxes sind online, daher nehmen wir an, dass sie noch leben. Wir haben die Position ihres Signals nachverfolgt, darum sollen sich alle YoRHa-Einheiten auf der Oberfläche dorthin begeben und den Vorfall untersuchen.«

Die Nachricht der Kommandantin war zwar kurz und bündig, doch ebenso beunruhigend. Es war nicht ungewöhnlich, dass die Verbindung zu YoRHa-Einheiten unterbrochen oder getrennt wurde. Sobald der Abstieg auf die Erde abgeschlossen war, kam es schon mal vor, dass sie auf der Oberfläche in kritische Situationen verwickelt wurden – zum Beispiel harte Kämpfe gegen Maschinenwesen, die einen gelegentlich in die Enge treiben konnten.

Dass die Blackboxes jedoch weiterhin ihre Signale aussandten, war tatsächlich ungewöhnlich. Denn sobald ein Blackbox-Signal zum Stillstand kam, galt die Einheit als zerstört und ein Back-up ihrer Persönlichkeitsdaten wurde in einen neuen Androidenkörper gespeist. Auch wenn diese Back-up-Daten die Erinnerungen an die letzten Momente der Einheit bis zu ihrer Zerstörung nicht mehr beinhalteten, konnten alle vorherigen Erinnerungen sowie ihre Persönlichkeit und ihr Bewusstsein erhalten werden. In diesem Sinne konnte man wohl behaupten, dass Androiden der Unsterblichkeit nah waren. Egal, wie oft sie auch starben, hatten sie ihre Persönlichkeitsdaten und einen Körper zur Verfügung, konnten sie immer wieder auferstehen.

Allerdings wurde keine »Wiederbelebung« durchgeführt, solange die Zerstörung eines Modells während der Ausübung seiner Pflichten nicht verifiziert wurde. Der Grund hierfür war einfach. Falls eine Einheit während des Uploads in ein neues Modell noch Persönlichkeitsdaten gespeichert hätte, käme mehr als eine Version dieser Daten in Umlauf, was in einem Chaos resultieren konnte.

Dies bedeutete wiederum, dass Einheiten, deren Blackbox-Signal immer noch zu empfangen war, keiner großen Aufmerksamkeit bedurften, egal, in welch gefährlicher Situation sie sich auch befinden mochten. Die Modelle waren überdies mit einem Selbstzerstörungsmodus ausgestattet, dessen Hauptfunktion eigentlich darin bestand, ein Durchsickern geheimer Daten zu verhindern. Doch die Selbstzerstörung fungierte auch als Fluchtoption in Notfallsituationen. Wenn der Körper durch die über den Selbstzerstörungsmodus eingeleitete Explosion zerstört wurde, wachte die Einheit danach einfach wieder im Bunker auf.

»Stimmt ja, davon haben wir im Widerstandslager auch schon gehört, oder?«, wandte sich 9S an 2B.

»In letzter Zeit bekommen wir regelmäßig Meldungen darüber, dass der Kontakt zu Widerstandsmitgliedern unterbrochen ist …«, entgegnete diese.

Bei den Soldaten des Widerstandslagers war es jedoch um einiges ungewisser, ob sie überhaupt noch am Leben oder schon tot waren, da sie nicht mit einer Blackbox ausgestattet waren. Die Verbindungsunterbrechung zu den Einheiten hatte allerdings stattgefunden, als sie sich alle ungefähr im selben Areal aufgehalten hatten. Es hatte sich herausgestellt, dass dasselbe Areal auch die Quelle der Blackbox-Signale der verschwundenen YoRHa-Einheiten war.

2B erinnerte sich an die Worte Anemones, der Androiden-Widerstandsanführerin des Lagers auf der Erde: »Ich möchte euch neben dem Auftrag in der Wüste nicht noch mehr aufbürden, aber es wäre

uns eine große Hilfe, wenn ihr das im Hinterkopf behalten würdet.«
Damals konnte 2B schon anhand ihres Tonfalls spüren, wie sehr Anemone ihre Kameradinnen am Herzen lagen.

Das Widerstandslager auf der Erde hatte bereits eine lange Geschichte
hinter sich. Seine Mitglieder hatten es sich sogar schon vor dem Start des
Forschungsprojekts zu den YoRHa-Androiden zur Aufgabe gemacht, der
Maschinenwesenplage auf der Erde zu Leibe zu rücken und die Gegner
zu eliminieren.

Niemand wusste, wann Anemone an die Front geschickt worden war,
doch es musste bereits vor der ersten Abstiegsmission auf die Erde durch
die YoRHa-Schwadron geschehen sein. Zumindest konnte man das vermuten, schenkte man den Soldaten des Lagers Glauben. Seither hatte die
Widerstandsanführerin zahllose Kameradinnen im Kampf verloren.

2B bemerkte häufig, wie Anemone einen scharfen Blick in ihre Richtung warf. Wahrscheinlich sah das Typ-2-Modell jemandem ähnlich,
den sie verloren hatte und der ihr wichtig gewesen war. Diese Annahme
beruhte auf 2Bs Beobachtung ihrer deutlichen Reaktion, als sie sich das
erste Mal über den Weg gelaufen waren. Anemone hatte förmlich gebebt.
Sie hatte ihre Fassung schnell wiedergefunden, doch ihre Verwunderung
und ihren Schock nicht verbergen können.

2B bereitete es keine besonderen Unannehmlichkeiten, dass sie Anemone an jemand anderen erinnerte – weshalb sie immer so tat, als würde
sie deren durchdringende Blicke nicht registrieren.

Findet man eine kleine Übereinstimmung, sucht man nach mehr.
Dies ist besonders dann der Fall, wenn man jemand Nahestehenden verloren hat. Man sucht seine Spuren.

»Ich mache mir Sorgen um die anderen Androiden«, bemerkte 9S.

Ob 2B auch nach Übereinstimmungen suchte? Ob sie wieder Spuren suchte?

»Wir gehen besser früher als später«, sagte sie dann. »Du hast recht«, antwortete 9S, während 2B bereits dabei war, die Koordinaten ihres nächsten Ziels zu überprüfen.

* * *

Die Blackbox-Signale der YoRHa-Truppen, zu denen der Kontakt abgebrochen war, kamen aus der Nähe der Ruinenstadt.

Durch all die eingestürzten Gebäude und das unebene Terrain war der Weg jedoch beschwerlich, weshalb sich 2B und 9S einen Umweg über die Wasserkanäle im Untergrund suchen mussten. Ihre tatsächlich zurückgelegte Entfernung war nicht groß, trotzdem brauchten sie eine ganze Weile, ehe sie ihrem Ziel näherkamen.

»Wo sind wir hier …? Ist das so was wie ein Vergnügungspark?«, fragte 9S erstaunt.

Sie waren den Wasserkanälen bis kurz vor ihrer Zielmarkierung gefolgt und hatten deshalb noch immer keine Ahnung, wo sie sich eigentlich befanden, bis sie direkt davor herausgekommen waren. 9S war etwas verblüfft, als er die eigentümlichen Bauten sah, die vor ihnen in den Himmel ragten. Die Szenerie wirkte gänzlich anders als die der Ruinenstadt oder des Wüstengebiets. Darüber hinaus waren allerlei außergewöhnliche Geräusche zu hören.

»Sind das Explosionsgeräusche?«, fragte 2B verdutzt.

Es hatte zwar nicht wie eine schallende Explosion geklungen, aber sie zog dennoch vorsichtshalber ihr Kurzschwert.

»Nein, ich glaube nicht, dass das Explosionen sind … Das ist vielleicht eher … ähm …« 9S legte nachdenklich einen Finger an die Schläfe. Es wirkte, als versuchte er, sich an etwas zu erinnern. »Ah, ich weiß es! Ein Feuerwerk. Das muss es sein.« Er zeigte in den Himmel über ihnen, an dem rote Lichter aufblitzten und umhertanzten, die allerhand schöne Muster bildeten, und erklärte: »Bei einem Feuerwerk werden verschiedene chemische Reaktionen benutzt. Man verbrennt diverse Metalle hoch oben in der Luft, die dann wiederum verschiedene Farben beim Verbrennen erzeugen. Feuerwerke waren ein nicht wegzudenkender Ritus bei Festen, die die Menschen feierten. So ungefähr ging das, glaube ich.«

Doch die Menschen lebten hier nicht mehr. Wer also feierte an diesem Ort ein Fest?

2B kannte die Antwort darauf bereits.

Den Androiden war erklärt worden, dass Vergnügungsparks hauptsächlich Stätten waren, an denen sich die Kinder der Menschen hatten austoben können. Natürlich war es dort auch einigen jung gebliebenen Erwachsenen möglich gewesen, sich zu vergnügen. Jedenfalls waren sie allein für Menschen gedacht gewesen.

Es war keine Überraschung, dass Maschinenwesen sich in allen möglichen verlassenen Einrichtungen der Menschen einnisteten und einfach taten, was ihnen beliebte. Auch die Verlassene Fabrik, in der sie vor Kurzem die Goliath-Klasse-Maschinen ausgelöscht hatten, war von den Maschinen für ihre eigenen Produktionszwecke umfunktioniert worden.

Es ergab Sinn, dass die Maschinen die Fabrik benutzten, um ihre Truppenstärke zu erhöhen und zu verbessern, doch dass sie sich in einem Vergnügungspark breitgemacht hatten, entbehrte jeglicher Logik.

Die Maschinen hier tanzten und wiederholten im Singsang »ACh, wElCh Ein SPASS! ACh, wElCh Ein Spaß!« oder »lAsst uns gEmEinsAm glücklich sEin!«.

Wie Menschen zündeten sie Feuerwerkskörper, warfen mit Konfetti um sich, spielten Musikinstrumente und tanzten ... Es war unbegreiflich. Nichts davon konnte irgendeiner verborgenen Absicht zugerechnet werden. Auch griffen die scheinbar freudig umhertanzenden Maschinen die Androiden nicht an.

Rückblickend hatten die Maschinenwesen, denen sie in der Wüste bei den Apartment-Komplexen begegnet waren, ebenfalls Menschenpraktiken imitiert. Auch ihre Verhaltensweisen und ihre Sprache dienten keinem speziellen Zweck, waren im Grunde sinnlos. Außerdem hatten auch sie nicht angegriffen, genau wie die Maschinen dieses Vergnügungsparks.

Die beiden Populationen wiesen ansonsten keine Zusammenhänge auf. Doch konnte man zwei Begegnungen mit so ungewöhnlichen Maschinengruppen direkt nacheinander einfach als Zufall bezeichnen?

»Was tun wir? Sollen wir sie beseitigen?«, fragte 9S zögerlich.

2B schüttelte den Kopf, während sie ihre Schritte beschleunigte.

»Sie stellen keine Bedrohung dar, also wäre ein Kampf nur Zeitverschwendung.«

Die Blackbox-Signale der YoRHa-Streitkräfte waren weiterhin deutlich und ohne Unterbrechung zu empfangen. Sie kamen irgendwo von diesem eigentümlichen Ort, aus einem dieser grotesken Gebäude. 2Bs Instinkt verriet ihr, dass es besser wäre, sich zu beeilen.

»Das Gebäude, aus dem die Signale zu kommen scheinen, war wohl früher ein ›Theater‹. Ich habe so was Ähnliches schon mal auf einem Bild gesehen«, sagte 9S.

»Ein … Theater?«, fragte 2B verdutzt.

»Eine Einrichtung, in der musikalische und schauspielerische Stücke vorgetragen wurden«, erklärte ihr 9S.

»Ich verstehe«, sagte 2B nur, während sie auch schon nach einem geeigneten Eingang in das Theater suchte.

Innerhalb des Vergnügungsparks schien der Zugang nur bei diesem Objekt eingeschränkt zu sein. Der Eingangsbereich war durch ein fest verschlossenes Eisentor abgesperrt und um das Gebäude herum befanden sich Wassergräben.

Letzten Endes mussten sie sich für einen waghalsigen Weg über die Dächer entscheiden, von denen sie auf das Theatergebäude hinuntersprangen. 9S informierte 2B darüber, dass diese Gebäudeart mit ihrem Baustil eine Schwachstelle in Form gefärbten Glases nahe der Kuppel aufwies. Dass seine Kameradin diese Schwachstelle jedoch direkt auf aggressive Weise ausnutzen wollte, hatte er sich so nicht vorgestellt.

»Du willst also das Glas zerstören?«, fragte er niedergeschlagen, nachdem 2B ihm ihren Infiltrationsplan geschildert hatte.

»Es gibt keine andere Möglichkeit.«

»Aber ich meine … na ja, stimmt wohl.«

9S musste sich dem Plan fügen.

Während ihrer Missionen waren sie strengstens dazu angehalten, keine Artefakte oder Relikte der menschlichen Zivilisation zu beschädigen. Irgendwann sollten die Menschen ja auch wieder auf die Erde zurückkehren können. So war es vorgesehen.

Aus diesem Grund wurden die Relikte der Menschen, die der Abnutzung und der Witterung zum Opfer gefallen waren, immer wieder restauriert und erhalten, so gut es ging. Es standen jedoch noch etliche

Restaurationsarbeiten aus, da die Ingenieurs- und Konstruktionseinheiten nicht mit ihrer Arbeit hinterherkamen. Einige Bereiche der Ruinenstadt und auch dieser Vergnügungspark waren perfekte Beispiele für die Versäumnisse bei ihren Instandhaltungsbemühungen.

»Unsere Kameraden zu bergen, hat oberste Priorität. Über alles andere denken wir später nach«, sagte 2B bestimmt.

Bisher hatte es keine Vorfälle von Maschinenwesen gegeben, die Androiden bei lebendigem Leibe festgehalten hatten. Töten oder getötet werden. Das hätten die beiden einzigen Optionen sein sollen, auf die sich die einfache Denkweise der Maschinen beschränkte.

Was in aller Welt war hier nur los?

Als ob 2B von irgendetwas getrieben wurde, sprang sie hastig auf das Gebäude hinunter. Das gefärbte Glas zersplitterte, als sie ins Innere des Hauses eindrang. 2B und 9S liefen, so schnell sie konnten, in Richtung der Blackbox-Signale.

Ihr Weg führte sie die Treppen zwischen den Zuschauerreihen hinunter, bis sie einen kreisförmigen Platz in der Mitte des Saals erreichten. Es waren zwar weder Hindernisse noch zu wenig Platz vorhanden, doch der Raum war schlecht ausgeleuchtet, was ihre Sicht nicht unbedingt verbesserte. Das Geräusch ihrer schnellen Schritte hallte von der hohen Decke zurück.

Ein großes Tuch hing von dieser herab und reichte bis zu einer podestartigen Erhöhung im Boden. Mit einem Mal teilte es sich in der Mitte und wurde wie durch Zauberhand nach links und rechts geöffnet. 2B kamen ein paar Begriffe in den Sinn, die sie irgendwann in einer Videoaufzeichnung aufgeschnappt hatte. Das große Tuch musste ein »Vorhang« sein und die Bodenerhöhung eine »Bühne«. Dies war ein Ort, an dem Schauspieler und Sänger früher ihre Kunst dargeboten hatten.

Die Bühne wurde von gedimmten Scheinwerfern erhellt. Was dann plötzlich dort auftauchte, konnte man als erwartet oder unerwartet betrachten – jedenfalls war es ein äußerst kurios gekleidetes Maschinenwesen.

»Unsere Aufzeichnungen sagen nichts über eine derartige Maschine aus!«, stellte 9S fest.

Was sie hier sahen, ähnelte ganz klar einem Menschenkleid – um genau zu sein, einem Frauenkleid, dessen langer Saum breit ausgestellt war und bis zum Boden reichte. Die dünnen, stöckchenartigen Arme und der von Schrauben übersäte Kopf der Maschine machten ihren Anblick nur noch grotesker.

Das Maschinenwesen vor ihnen öffnete den Mund, woraufhin ein ohrenbetäubendes Geräusch die Halle erfüllte. Es klang fast wie rostiges, aneinanderreibendes Metall. Die Maschine streckte ihre Arme weit zu beiden Seiten aus und brüstete sich. Es schien, als wollte sie zu singen beginnen.

Was die beiden Androiden sodann vernahmen, waren furchtbare Laute. 2B musste hart dagegen ankämpfen, sich nicht die Ohren zuzuhalten, doch schaffte es, ihr Kurzschwert zu ziehen, und machte einen Satz auf den Feind zu. Das Kontrollsystem der Maschine lag wahrscheinlich in ihrem Rumpf, der sich weit über dem Boden befand. Darüber hinaus war der breite Rock des Kleides 2B im Weg und es kostete sie einiges an Kraft, den Gegner überhaupt zu erreichen.

Trotzdem hörte sie nicht auf, die eigenartige Maschine anzugreifen. Irgendwann wurde das misstönende »Lied«, das den ganzen Kampfschauplatz erfüllte, leiser. 2Bs Bemühungen waren also nicht vergebens.

Doch gerade, als sie dachte, der Maschine den Gnadenstoß versetzen zu können, wurde sie überrascht. Ihr gesamtes Sichtfeld wurde durch überwältigende Schallwellen erschüttert.

»Wa... Was ist das?«, wollte sie wissen.

Ihr kompletter Körper sank in sich zusammen. Sie konnte sich nicht mehr aufrecht halten.

»Sie versucht, uns zu hacken!«

2B konnte 9S' Stimme gerade noch wahrnehmen, doch sie klang fern und abgehackt. Neben seiner Stimme hörte sie jedoch noch etwas anderes. Sie bahnte sich mit dem Schwert einen Weg in Richtung der Quelle des störenden Geräusches. Anscheinend ging es von ihrem Gegner aus, der vermeintlichen Sängerin direkt vor ihnen.

Es stellte sich heraus, dass die singende Maschine nicht ihr einziger Gegner war. Von überallher waren sie plötzlich Angriffen ausgesetzt. Als 2B herumwirbelte, um einen davon zu kontern, wurde es ihr bewusst. Was sie gerade zerstört hatte, war keine Maschine gewesen.

»Androidenleichen?!«, schrie 2B entsetzt.

Die Körper der leblosen Androiden waren an Stöcken befestigt und griffen mit ähnlichen Schallwellen wie die singende Maschine an.

»Es sind keine Leichen!«, rief 9S. »Ich empfange ihre Blackbox-Signale!«

Ihre schlimmsten Befürchtungen waren also doch bittere Realität. Die Maschinen hielten die Androiden fest und missbrauchten sie als lebendige Waffen für ihre Zwecke …

»Das wird jetzt ein Ende haben«, sagte 2B bestimmt.

Die singende Maschine musste sterben und ihre Kameraden befreit werden. Töten oder getötet werden. 2B hatte gedacht, das wäre alles gewesen, was den Maschinen ihre Motivation gab. Dass sie zu so etwas fähig waren, hätte sie sich nie ausmalen können. Daran wollte sie nicht einmal denken.

Erneut hörte sie das Störgeräusch von zuvor.

»ICH. MUSS. SCHÖN. SEIN«

Was 2B bis eben nur unklar neben 9S' Stimme hatte wahrnehmen können, war nun eindeutig zu verstehen.

»WUNDERSCHÖN!«

2B wollte nicht darüber nachdenken, was die Maschine da für Worte von sich gab. Sie schwang ihr Schwert einfach blindlings weiter.

»ICH. MUSS. NOCH. SCHÖNER. WERDEN!«

Was sagt sie da? Was redet diese Maschine? Diese Taugenichtse, die nur töten und zerstören können!

»Ich habe den Gegen-Hack abgeschlossen!«, ertönte 9S' Stimme erneut, während die Angriffe der Gegner mit einem Mal aufhörten.

»Pod!«, schrie 2B.

»Jawohl«, gab dieser zurück und wechselte in den Lasermodus für Fernangriffe.

»Los!«, befahl 2B.

Die Hitze des Laserstrahls durchbohrte die nunmehr zusammengesackte und unbewegte Brust des grotesk zusammengewürfelten Metallkonstrukts. Ihnen schien, als ob sie so etwas wie einen Schrei vernehmen konnten. Aber dieses Mal war es weder ein Lied noch waren es irgendwelche Worte. Diesmal war es tatsächlich nur ein lärmendes Geräusch.

Durch den Gebäudeeingang gelangten sie wieder ins Freie. Die Signale der Gegner waren verschwunden und es war ein Leichtes, das große Eisentor, das ihnen vorher den Weg versperrt hatte, von innen zu öffnen. 2B bemerkte, dass 9S' Schritte jedoch immer schwerer geworden waren. Sie sah zwar nur sein Profil, als sie so nebeneinander hergingen, doch sie war sich sicher, dass sie einen ähnlichen Ausdruck im Gesicht hatte.

Sie hatten es nicht geschafft, die zu Waffen umfunktionierten Androiden zu retten. Die Schaltkreise jeder einzelnen Einheit waren durchgebrannt. Sie waren einzig und allein durch das ihnen aufgezwungene Programm der Gegner am Leben erhalten worden, doch jegliche Kontrolle über ihre eigenen motorischen Fähigkeiten war verloren. Der Moment, in dem ihre Blackbox-Signale erloschen, war der, in dem die singende Maschine starb.

2B hoffte, dass ihre Kameraden während des Kampfes wenigstens nicht mehr bei Bewusstsein waren. Hätten sie noch bewusst wahrnehmen können, wie sie als Waffen missbraucht und in ihre Bewegungen gezwungen wurden, wäre das sicher unerträglich schmerzhaft gewesen.

»Hey, 2B … Als ich die Maschine gehackt habe, da war diese eigenartige Stimme, und sie …« 9S zögerte, bevor er fortfuhr. »Es war fast, als hätte sie echte Emotionen geha…«

2B fiel ihm barsch ins Wort, bevor er seinen Satz beenden konnte: »Die Maschinen reden nur wahllos irgendwelches Zeug daher!«

Sie hatten kein Bewusstsein und auch keine Emotionen. Sie führten einfach nur stumpf ihren Befehl aus zu töten. Mehr war da nicht.

»Das hast du doch gesagt«, fügte 2B hinzu.

Aber was, wenn das nicht stimmte? Was, wenn die Maschinenwesen sich geistig mit den verschiedensten Dingen auseinandersetzen und über diese nachdenken konnten? Wenn sie darauf basierend Entscheidungen treffen und sogar ihren Gefühlen Ausdruck verleihen konnten?

Was, wenn sie anorganische, aber autonome Wesen waren, denen Bewusstsein und Empfindungen innewohnten? Dann … Dann wären sie doch genau wie …

Diese Gedankenkette fortzuspinnen, machte 2B Angst, weshalb sie 9S' eigene Worte herangezogen hatte, um das Gespräch zu einem jähen Ende zu bringen. Es war ihm gegenüber eventuell etwas unfair, aber das musste sie in Kauf nehmen. Im Moment wollte sie einfach nicht die Fassung verlieren. Sie hatte das Gefühl, dass irgendetwas in ihr anfangen würde, verrückt zu spielen, wenn sie dieser Ablenkung nachgab. Sie würde ihr Ziel aus den Augen verlieren, und das würde ihre Mission gefährden.

2B und 9S gingen still nebeneinanderher, im Rücken das Theater, aus dem sie gekommen waren. Man konnte noch immer das Feuerwerk hören, das von den Maschinen im Vergnügungspark in die Luft geschossen wurde. Sie wanderten direkt durch die Gruppen umhertanzender Maschinen, von denen sie nicht einmal bemerkt wurden.

Zumindest dachten sie das zuerst, doch sie hatten sich getäuscht. Wie aus dem Nichts erschien eine fliegende Maschine vor ihnen, von der sie erst meinten, sie würde ihnen den Weg versperren. 2B war schon dabei, ihr Schwert zu zücken, doch die Maschine begann bereits zu sprechen.

»ICH BIN. kEin Feind«

Als 2B genauer hinsah, registrierte sie ein im Wind flatterndes, kleines, weißes Tuch, das am Kopf der Maschine angebracht war. Weiße

Fahnen wurden von den Menschen als Symbol der Kapitulation benutzt, doch sie hatte noch nie eine in der Realität gesehen. Der Kampf gegen die Maschinen endete immer mit dem Tod einer der Parteien, also war an so etwas wie »Kapitulation« nicht zu denken.

»ihr hABt kaputte Maschine besiEgt. ihr hABt uns gErEttEt. DAs vErgEltEn wir. Kommt zu unsErEm DorF«, lud die Maschine sie ein.

Mit der »kaputten Maschine« musste demnach die vermeintliche Sängerin gemeint sein. Sie hatte wohl nicht nur den Androiden Probleme bereitet, sondern auch ihresgleichen. Dass die Maschine vor ihnen sagte, von ihnen »gerettet« worden zu sein und dass sie dies »vergelten« würden, wies darauf hin, dass hier mehr vor sich ging, als sie anfangs gedacht hatten.

»Für eine Maschine ist das Ding ziemlich wortreich«, staunte 9S.

S-Modelle wie er hatten einen ausgeprägten Sinn für Neugier. Sie brauchten diesen, da sie primär für Aufklärungsoperationen und Untersuchungen eingesetzt wurden. Doch zu große Neugier konnte einem auch zum Verhängnis werden. Niemand wusste das besser als 2B.

»Wir können den Worten einer Maschine nicht trauen«, sagte diese deshalb.

Sie war nicht sicher, ob die Maschine vor ihnen sie verstehen würde, doch dann wurde ihr bewusst, dass ihre Worte eigentlich nicht an sie gerichtet waren. Sie wollte kein Verständnis von der Maschine, sondern vielmehr 9S warnen.

Auf einmal wippte die Maschine eigenartig umher, als ob sie ihren Kopf schütteln würde.

»wir wollEn. niCht kämpFEn«

9S' Augen blitzten auf. Das geschah immer, wenn er irgendeine neue Entdeckung machte oder etwas Neues lernte.

»Eine Maschine, die auf so eine Art kommunizieren kann, habe ich noch nie gesehen. Wir sollten wenigstens dorthin gehen, um Daten zu sammeln«, wollte er 2B überreden.

Deren Versuch, ihren Kameraden zu warnen, war letztendlich ins Gegenteil umgeschlagen. Aber vielleicht war das ja sogar eine glückliche Wendung? Solange 9S' Neugier den Maschinenwesen galt, war er sicher. Alles war besser, als sein Interesse gegenüber Dingen zu wecken, die ihm verborgen bleiben sollten. Alles war besser für ihn, als irgendwann diese Grenze zu überschreiten …

2B und 9S folgten der schwebenden Maschine, die vor ihnen herflog, um sie zu führen, und ließen den Vergnügungspark hinter sich. Das geräuschvolle Treiben und das Verpuffen der Feuerwerksraketen hoch oben am Himmel drang immer weiter in den Hintergrund, bis sich sogar der warme Sonnenschein und das Flüstern des Windes sanfter anfühlten.

Dies war jedoch nicht nur ihre Einbildung gewesen, denn bald schon fanden sie sich inmitten eines üppigen Waldes wieder. Die dicht bewachsenen Baumkronen filterten das Sonnenlicht und warfen Halbschatten auf sie herab. Die muffige Luft war durch den Duft der saftigen Gräser und der Erde ersetzt worden, der vom Wind getragen über das Land zog. Der grüne Wald bot eine komplett andere Szenerie, als die karg bewachsene Ruinenstadt. Besonders im Vergleich zum immerwährend dunklen Weltraum war die Erde von einer Vielfalt an Eindrücken erfüllt, nach der man im All vergeblich suchte.

Sie waren noch nicht weit entfernt vom Vergnügungspark und doch überkam 2B ein eigenartiges Gefühl, das sie in den Himmel blicken ließ. Sie sah dort etwas aufsteigen, das einen langen, weißen Schweif hinter sich herzog. Es bewegte sich zwar von der Erde in Richtung Firmament, doch unterschied sich deutlich von den Feuerwerken, die sie zuvor gesehen hatten.

»Was ist das?«, fragte 2B.

»Das hast du wohl noch nie gesehen, 2B«, entgegnete 9S, während er stehen blieb. Dann erklärte er: »Sie schicken Nachschub von der Erde zum Mond und zum Bunker. Immerhin gibt es im All weder Ersatzteile noch Treibstoff, auf die wir zurückgreifen können.«

»Verstehe.«

2B hatte schon einmal davon gehört, doch es bisher nie mit eigenen Augen gesehen. Darüber hinaus fanden diese Ressourcentransporte anscheinend nicht sehr häufig statt, also war es eine seltene Überraschung, es tatsächlich selbst miterleben zu können. Wenn B-Modelle für ihre Missionen auf der Erde waren, beschränkten sich ihre Aufgaben hauptsächlich auf den Kampf. 2B war es daher gewohnt, sich nach Gegnern umzusehen, und nicht, ihren Blick in den Himmel schweifen zu lassen.

Doch selbst wenn sie gerade nicht in eine Kampfmission verwickelt gewesen wäre, hätte sie keine Lust gehabt, die ganze Zeit in die Luft zu schauen. Und der Grund dafür war …

»HIER, HIER. sChnEll, KOMMT«

2Bs Gedankengang wurde durch die Maschine unterbrochen, die sie den Weg entlanggeführt hatte und nun plötzlich ihr schnelles Handeln einforderte. Sie eilten der fliegenden Maschine nach, als ob sie auf einmal eine Verfolgungsjagd gestartet hätten. Die im Wind wehenden Blätter der Bäume wirkten trotz allem beruhigend auf sie. Und schon bald sahen sie weiter vor sich das »Dorf«, von dem die Maschine gesprochen hatte.

Sogar aus dieser Entfernung konnten sie bereits zahllose weitere weiße Tücher ausmachen, die durch die Gegend flatterten. Als sie näherkamen, sahen sie, dass auch diese allesamt Fähnchen waren. Die Maschinen des Dorfes schwenkten weiße Fahnen in allen Größen und Formaten.

»Anscheinend wollen sie wirklich nicht kämpfen, was?«, versicherte sich 9S noch einmal.

Wenn die Maschinen die Funktion der weißen Fähnchen verstanden, dann musste es wahr sein. Man konnte zwar noch immer nicht gänzlich ausschließen, dass all dies nur ein Täuschungsmanöver war und sie aus dem Hinterhalt angreifen wollten, doch die Maschinenwesen hier wiesen auf jeden Fall einen höheren Intellekt auf als die, denen sie bisher begegnet waren. Ob sie kapitulierten oder vielleicht doch einen Überraschungsangriff planten – beides setzte immerhin eine gewisse Denkfähigkeit voraus.

»Bevor wir anfangen, möchte ich, dass ihr eines wisst …«, hörten sie auf einmal jemanden sagen.

Eine Maschine mit einer besonders großen weißen Fahne kam langsam auf sie zu. Sie hatte einen typisch zylindrischen Kopf, doch ihr Körper sah aus, als würde sie Gepäck schultern. Im Vergleich zu den Maschinen, gegen die die Androiden bisher in den Kampf gezogen waren, schienen die motorischen Bewegungen dieser hier viel feiner, und auch ihre Sprache war fließender als die der Maschine, die sie ins Dorf geführt hatte.

»Wir sind nicht eure Feinde. Mein Name ist Pascal. Ich bin der Anführer dieses Dorfes«, erklärte die Maschine vor ihnen.

2Bs Augen weiteten sich plötzlich.

»2B, wir dürfen nichts von dem glauben, was die Maschinen sagen!«, erinnerte 9S sie.

Obwohl er die treibende Kraft hinter dem Ausflug in das Dorf gewesen war, wurde er hellhörig, als er die Worte »Wir sind nicht eure Feinde« aus dem Mund eines Maschinenwesens hörte. Und doch konnte Pascals Sprechweise in jeder Hinsicht als friedlich bezeichnet werden.

»Ich verstehe, dass ihr uns Maschinen als Feinde betrachtet. Doch in diesem Dorf leben nur Maschinen, die dem Krieg abgeschworen und sich dem Frieden verschrieben haben.«

Frieden – Dieses Wort von einem Maschinenwesen zu hören, war wirklich wundersam.

»Wisst ihr, wir haben schon so eine Art Beziehung zu euch Androiden aufgebaut. Wir stehen im Austausch mit dem Widerstandslager. Ehrlich gesagt hoffe ich sogar, dass ihr das hier zu dessen Anführerin Anemone bringen könnt«, bat Pascal.

»Und das ist …?«, fragte 2B zögerlich.

Das Ding, das der Dorfvorsteher ihr reichte, sah zwar etwas in die Jahre gekommen aus, aber es schien sich um einen Treibstofffilter zu handeln. Zumindest wirkte es nicht wie eine als harmloses Ersatzteil getarnte Bombe.

»Anemone hat uns darum gebeten. Wenn ihr es zu ihr bringt, sollte das Beweis genug für die friedliche Einstellung unserer Gruppe sein«, fügte Pascal hinzu.

»In Ordnung«, antwortete 2B.

Dass Pascal über das Widerstandslager und seine Anführerin Anemone Bescheid wusste, deutete auf jeden Fall darauf hin, dass sie tatsächlich im Austausch miteinander standen und es keine Lüge war.

»Der kleine Pfad hier ist eine Abkürzung in die Ruinenstadt. Wenn ihr ihn entlanggeht, werdet ihr ohne Umschweife dorthin gelangen«, erklärte Pascal weiter.

Ob dieser »Austausch« auf Gegenseitigkeit beruhte oder doch eher zwanghafte Bürde war, konnte 2B im Moment nicht beurteilen. Darüber würde nur ein persönliches Gespräch mit Anemone Aufschluss geben.

✳ ✳ ✳

Sie kamen zu der Schlussfolgerung, dass Pascal die Wahrheit gesagt hatte. Als 2B und 9S im Lager ankamen und eine Maschine namens Pascal erwähnten, die etwas für sie aufbewahrt hatte, war Anemones Antwort: »Ah, der Treibstofffilter. Das hilft uns sehr.«

Wie es aussah, hatten sich die Maschinenwesen aus dem Dorf auf Feinarbeiten spezialisiert und stellten komplexe Gerätschaften und allerhand Dinge her, die für die Leute im Widerstandslager schwer zu besorgen waren. Anemone und ihre Kameradinnen lieferten ihnen im Gegenzug Ressourcen und Materialien, wie zum Beispiel Maschinenöl, das für die Dorfbewohner kaum zugänglich war.

»Ach, die sind harmlos, da müsst ihr euch keine Sorgen machen. Könntet ihr das hier bitte Pascal geben, wenn ihr wieder ins Dorf zurückgeht?«, wandte Anemone sich an die beiden Androiden.

Und schon waren 2B und 9S wieder auf dem Weg, um dem Dorf einen zweiten Besuch abzustatten – dieses Mal aber mit einer schmierigen Dose voll hochviskosem Öl von Anemone im Gepäck.

»Vielen Dank für eure Mühe, wir schätzen das sehr«, sagte Pascal und wippte höflich mit dem Kopf, als er die Dose entgegennahm. 2B fand es hingegen furchtbar unangenehm, dass eine Maschine in einem so höflichen und ganz und gar nicht maschinenartigen Ton mit ihnen sprach.

»Es ist so schön, dass Anemone eine so freundliche und verständnisvolle Person ist. Wenn nur alle Androiden und Maschinen so friedlich miteinander leben könnten …«, schweifte Pascal ab.

»Das wird nie passieren«, unterbrach ihn 9S. Ihm wurde die Situation wohl auch zunehmend unangenehmer. »Außerdem ist das leichter gesagt als getan«, sagte er kühl, während er sich von Pascal abwandte, und fügte hinzu: »Immerhin haben Maschinen keine Gefühle.«

Es mochte schon fast ein wenig gemein sein, sein Gegenüber, das imstande schien, ein anständiges Gespräch zu führen, mit so einer Aussage vor den Kopf zu stoßen, doch Pascal reagierte gelassen darauf.

»Wahrscheinlich hast du recht«, sagte er.»Jedenfalls möchte ich euch herzlich einladen, von nun an öfter in unser Dorf zu kommen. Immerhin ist der einzige Weg, jemanden zu verstehen, ihn näher kennenzulernen! Davon bin ich fest überzeugt.«

2B wusste darauf keine Antwort. Sie hatte das Gefühl, dass sie diese Bitte nicht einfach ignorieren konnte, auch wenn sie von einem Feind geäußert wurde. Pascal brachte ein gutes und richtiges Argument vor, doch innerlich wehrte sie sich, dies zu akzeptieren. Während sie nach den richtigen Worten rang, erschütterten ein lautes Beben und Explosionen die Stille. Es war fast, als wäre ihr dieser kurze Moment zum Nachdenken nicht vergönnt gewesen.

»Was war das?«, fragte sie und sah zu 9S hinüber, dessen Blick den ihren traf.

Im selben Moment öffneten Pod 042 und Pod 153 ihre Übertragungsdisplays.

»Dies ist eine Notfallmeldung des Bunkers!«, drangen die Stimme von Operator 6O durch Pod 042 und die von Operator 21O durch Pod 153 gleichzeitig an die Ohren der YoRHa-Einheiten.

»Wir haben einen Feind der Goliath-Klasse in der Ruinenstadt registriert! Und es sieht so aus, als ob jede Menge anderer Maschinen ebenfalls im selben Gebiet aufgetaucht sind!«

Es war ein Einsatzbefehl an alle YoRHa-Einheiten. Das zuvor ertönte Beben war wohl von einem Goliath gekommen.

»2B, es war eine FALLE! Ich wusste es!«

9S wandte sich wütend zu Pascal um. Dieser musste 2B und 9S hergelockt haben, damit die große Maschine in die Ruinenstadt gebracht werden konnte, während das Gebiet unterbesetzt war.

Sie konnten den Feind in der Stadt zwar nicht sehen, aber die Kampfgeräusche waren unverwechselbar. Wenn außer der Goliath-Maschine allerdings auch eine Vielzahl anderer Maschinenwesen im selben Areal aufgetaucht war, machte es dann wirklich einen Unterschied, zwei Androiden wegzulotsen?

»Ich schwöre euch, wir haben nichts davon gewusst. Mir ist klar, dass die Wahrscheinlichkeit, dass ihr mir glaubt, sehr gering ist … Aber ich hoffe, dass ihr es trotzdem tut«, entgegnete Pascal.

Obwohl Maschinen keine Gefühle haben sollten, hatte seine Stimme einen traurigen Unterton.

»Das klären wir später. Gehen wir«, antwortete 2B.

Ob Falle oder nicht, es machte gerade keinen Unterschied. Sie mussten die Goliath-Klasse-Maschine vernichten, denn so lautete ihre Mission.

Auch wenn Pascal sich einen Dialog wünschte, mussten die YoR-Ha-Einheiten kämpfen. 2B erinnerte sich an seine Worte. *Es ist so schön, dass Anemone eine so freundliche und verständnisvolle Person ist.* Der Gedanke hierließ einen bitteren Nachgeschmack.

Obwohl sie rannte, so schnell sie konnte, spürte sie bei jedem Schritt die Erde unter sich erzittern. Doch das Beben erfasste nicht nur den Boden, sondern auch die Gebäude im Umkreis – sogar die Luft vibrierte. Es musste ein riesiger Gegner sein, wenn er in der Lage war, so etwas zu verursachen.

Und doch konnten sie die Maschine immer noch nicht sehen. Alles war in grauen Nebel gehüllt, der weder als Staub noch als Rauch identifizierbar war.

»2B!«, rief 9S, der neben seiner Kameradin herlief. »Das Kommando stellt uns Flugeinheiten zur Verfügung! Sie sind auf dem Dach des Gebäudes da vorne!«

Er meinte das Gebäude, auf dem sie ihre letzte Abstiegsmission auf die Erde gestartet hatten. Es stand inmitten vieler ähnlicher Bauten, wodurch es die Aufmerksamkeit der Feinde weniger auf sich zog. Das einzige Problem dieses Standorts war, dass er weit vom Widerstandslager sowie 2Bs und 9S' derzeitiger Position entfernt lag.

Die Erde bebte noch heftiger und gleich darauf wurden sie unerwartet von einer heißen Druckwelle getroffen, die sie zum Stolpern brachte. Ein Geschoss des Gegners hatte sie haarscharf verfehlt und war hinter ihnen eingeschlagen. Wären sie nicht mit voller Kraft gesprintet, hätte der Feind höchstwahrscheinlich direkt ins Schwarze getroffen.

Während sie sich weiter zu ihrem Ziel durchkämpften, trafen sie auch auf einige wild umherlaufende Elche und Wildschweine. Trotz naturgegebener Instinkte war es nicht einmal mehr den Wildtieren möglich, einen sicheren Ort zum Verstecken auszumachen. Der schwere Geruch verbrannten Fleisches hing in der Luft und wurde durch den Wind direkt zu 2B und 9S getragen. Eine beträchtliche Anzahl der Tiere musste bereits in das Kreuzfeuer verwickelt worden sein.

Andere Maschinenwesen dagegen waren immer noch kaum zu sehen. Vielleicht hatten sie ja selbst Zuflucht vor der plötzlich aufgetauchten Goliath-Klasse-Maschine gesucht. Als Einzelgänger waren sie ziemlich langsam, doch wenn Maschinen in der Gruppe agierten, kamen sie erschreckend schnell voran. Ihre dann unheimlich hohe Reaktionsgeschwindigkeit bereitete den YoRHa-Truppen seit jeher Kopfzerbrechen …

2B und 9S liefen, so schnell es ihnen möglich war, die Treppen des Zielgebäudes hinauf und nahmen ihre Plätze in den Flugeinheiten ein. Gerade als sie abheben wollten, kam eine Übertragung von Operator 6O herein: »Die feindlichen Luftabwehrwaffen machen die Annäherung über den Luftraum gefährlich. Bitte nähern Sie sich in geringer Höhe!«

»Verstanden«, antwortete 2B knapp, bevor sie ihre Höhe direkt nach dem Start reduzierte.

Bei der schlechten Sicht war es schwierig zu sagen, von wo aus der Feind ihr auflauerte, geschweige denn, ob sie etwaigen Angriffen überhaupt ausweichen könnte.

2B flog zwischen halb eingestürzten Gebäuden hindurch und mähte über die Wipfel der umgerissenen Bäume hinweg. Endlich hatte sie sich der Goliath-Klasse-Maschine angenähert.

»2B! Ich sende die Daten über die Schwachpunkte in der Panzerung des Feindes durch!«, meldete 9S über die Kommunikationseinheit.

»Verstanden.«

2B ging auf Steilflug zu den nun markierten Stellen und begann, sie mit Sprengraketen zu befeuern. Die Flugeinheit, die sie steuerte, war zwar gerade erst zum Einsatz freigegeben worden, doch bereits zur Bekämpfung von Goliath-Klasse-Maschinen ausgebaut. Die Kampfdaten der Begegnung mit den Goliaths in der Verlassenen Fabrik waren unmittelbar nach ihrem Kampf gegen sie in die Feuermodule integriert worden.

Die Art von Maschine, der sie sich jetzt stellen musste, hatte jedoch neulich in der Verlassenen Fabrik nur nach einem auszehrenden Kampf niedergestreckt werden können. Und obwohl die Sprengkraft der Raketen bereits verbessert und adjustiert war, war es damit nicht getan.

2B wich einer Laserattacke des Gegners aus und lud ihre Sprengsätze nach. Ein großer Nachteil der neuen Ausstattung war, dass das Nachladen der Kanonen einige Zeit in Anspruch nahm.

Plötzlich kam eine Meldung von 9S herein: »Hacking-Prozess des feindlichen Systems eingeleitet!«

»Verstanden. Ich gebe Deckung«, antwortete 2B.

9S würde die Kontrolle über den Gegner erlangen, um 2B offenes Feuer auf ihn zu ermöglichen. Beim letzten Kampf dieser Größenordnung waren sie den Gegnern zahlenmäßig unterlegen gewesen. Und wie sich nun auf einmal herausstellte, hatten sie es dieses Mal ebenfalls nicht nur mit einem, sondern zwei der Goliaths zu tun. Doch durch ihre erlernte Strategie konnten sie gewiss die Oberhand gewinnen.

Langsam wurden die Bewegungen der ersten Maschine träge. Endlich war dann auch die zweite Rakete nachgeladen. 9S meldete, das Hacken abgeschlossen zu haben, woraufhin 2B ihren Feind auch schon ins Visier nahm.

Die beiden wiederholten denselben Prozess – 9S hackte, 2B feuerte – mehrere Male, bis es endlich ganz still wurde. Das Licht aus den Augen der zweiten Goliath-Klasse-Maschine war erloschen. Auch ihr gigantischer Kopf senkte sich und der Maschinenkörper sackte nach vorne. 2B vergewisserte sich, dass die Funksignale des Maschinenwesens ebenfalls verschwunden waren. Sie erinnerte sich daran, wie 9S sie *wiederholt* darauf aufmerksam gemacht hatte, dass es gefährlich war, nach einem Kampf nicht zu kontrollieren, ob ein Gegner wirklich vollständig zum Stillstand gekommen war.

»Die feindlichen Ziele sind offline. Das sollte es gewesen sein mit den Goliaths.«

2B stellte sicher, dass ihre Stimme klar und deutlich zu verstehen war. Der erste Gegner war zu diesem Zeitpunkt bereits zerstört. Es war still um sie geworden. Fast so still, als wäre alles Chaos zuvor gar nicht echt gewesen. Ob im Widerstandslager alles in Ordnung war? 2B sagte sich, dass sie sofort nachsehen würde, wenn die Flugeinheiten wieder zurück in den Bunker gebracht worden waren.

Plötzlich hörten 2B und 9S ein Unglück verheißendes Getöse. Das Geräusch schien aus der Erde zu kommen und wurde langsam immer lauter und schriller. Die Augen der Goliath-Klasse-Maschine vor ihnen leuchteten wieder auf.

»Das ist doch …«, begann 2B zögerlich.

Sie war sicher, dass sie den Stillstand der Maschine festgestellt hatte. Außerdem war eines von deren Schaufelrädern vollständig zerstört. Die Realität aber war, dass ihr Gegner zu dem Zeitpunkt zwar bewegungs-, aber nicht funktionsunfähig gewesen war.

»Der Feind lädt sich wieder auf!«, hallte es von 9S herüber.

Seine Stimme wurde jedoch bald von den alles überwältigenden und durch die Luft schneidenden Vibrationen übertönt, was es schwierig machte, irgendeines seiner Worte zu verstehen. Während das Beben des Feindes weiter zunahm, hörten die Androiden auf einmal die abgehackte Stimme einer Übertragung von Operator 6O.

Was da sogar die Luft zum Zittern brachte, war bald eine enorme Stoßwelle geworden. 2B und 9S versuchten, ihre Flugeinheiten mit voller Antriebskraft in aufrechter Position zu halten. In den Feuermodus zu wechseln, war jetzt ausgeschlossen und fliehen konnten sie ebenso wenig.

2B hatte das Gefühl, die Worte »Kampfzone«, »Untergrund« und »mitschwingen« zu vernehmen, und richtete ihren Blick nach unten. Eine gigantische Kluft hatte sich im Erdboden aufgetan. Die Gebäude ringsum stürzten eines nach dem anderen ein und wurden von dem Spalt verschlungen. Zurück blieben nur Staubwolken.

Die Erde, der Himmel und alles um sie herum schwang mit der Vibration. Der Goliath vor ihnen bebte so sehr, dass er schließlich umkippte. 2B wusste, dass sie sich aus dieser Situation so schnell wie möglich befreien mussten, doch konnte sich nicht bewegen.

Sie stellte die Flugeinheit auf Maximalantrieb und bereitete sich auf die nächste Druckwelle vor. Auf einmal sah sie ein weißes Licht. Sie bildete sich ein, das Geräusch einer Explosion vernommen zu haben. Das Beben war unerbittlich.

Im nächsten Augenblick waren das Licht und der Lärm verschwunden. Sie fühlte, wie eine Stille sie einhüllte – eine Stille, wie es sie sonst nur in den Tiefen des Universums gab. Es schien, dass ihre Gehörfunktion durch die starke Druckwelle beschädigt worden war.

Dann hörte sie auf einmal ein schrilles Klingeln. 2B verzog das Gesicht zu einer Grimasse. Sie vergewisserte sich, dass 9S unverletzt war, und blickte sich um … doch konnte ihren Augen nicht trauen. Hatte nicht nur ihr Gehörmodul Schaden erlitten, sondern waren auch ihre Sichtfunktionen in Mitleidenschaft gezogen worden?

Nichts war mehr da, wo es hätte sein sollen. Die eng aneinandergedrängten Häuserreihen, das üppig gewachsene Grün der großen Bäume überall, die Straßenreste und nicht einmal der Erdboden waren mehr zu sehen. Es war fast, als hätte jemand eine Schaufel genommen und alles samt Erde ausgehoben, so groß war der Krater, der sich plötzlich vor ihr bis in die dunklen Tiefen des Erdballs erstreckte.

2B beförderte die Flugeinheit wieder in eine aufrechte Stellung und steuerte auf die Klippe vor dem Krater zu. Es war keine Spur mehr von der Goliath-Klasse-Maschine zu sehen. Man konnte schon fast von Glück sprechen, dass 2B und 9S nach einer Explosion dieser Größenordnung nicht mehr passiert war.

2B stieß einen erleichterten Seufzer aus, welcher jedoch von einem ohrenbetäubenden Alarmsignal übertönt wurde. Im selben Moment wurde das gesamte Kommunikationsdisplay rot.

»Was ist das …?!«

Was 2B dann auf dem Interface des Displays erblickte, hatte sie noch nie zuvor gesehen. »ALIEN-ALARM« stand da geschrieben – eine Nachricht, die zu verstehen gab, dass die Aliens, die das letzte Mal vor Hunderten von Jahren gesichtet worden waren, sich hier bei ihnen auf der Erdoberfläche befanden.

Eine andere Perspektive – »Eva«

Ich war immer bei meinem Bruder. Wir waren immer zusammen, seit dem Augenblick, in dem ich zum ersten Mal das Licht dieser Welt erblickt hab.

Als ich das erste Mal auf eigenen Beinen gestanden hab, hab ich es schon gewusst. Ich hab gewusst, was mir wichtig ist. Ich hab gewusst, was ich beschützen muss. Ich hab es gewusst, obwohl es mir niemand beigebracht hat. Was es war, war schon fast zu offensichtlich.

»Bruder ...? Warum müssen wir Unterwäsche tragen? Das ist so lästig.«

»Die Aufzeichnungen besagen, dass Menschen ihre Genitalien bedeckten, während sie ihrem Alltag nachgingen. Das Enthüllen der Genitalien wurde als ... problematisch betrachtet. Sei also einfach still und zieh sie an, Eva.«

»Na gut. Aber warum essen wir diese Pflanzensachen? Wir sind doch Maschinen und brauchen so etwas nicht zu essen.«

»Das hier ist eine Obstsorte. Unsere Daten legen nahe, dass die Menschheit durch den Konsum von Obst sehr intelligent geworden ist. Lass also das Murren sein und iss.«

»Okay, wenn du das möchtest, Bruder, dann esse ich es auch. Aber, wenn wir fertig sind, können wir dann zusammen spielen?«

»Ja.«

»Oooh, toll! Dann esse ich ganz viel Obst!«

Ich liebe es, mit meinem Bruder zu spielen. Es macht großen Spaß. Doch eigentlich ist es auch schön, wenn wir nicht spielen. Wenn Bruder und ich zusammen sind, sieht er immer fröhlich aus. Doch er sieht am allerfröhlichsten aus, wenn wir »Mensch« spielen. Ich nenne es nur »Spielen«.

Weißt du es denn, Bruder? Dass ich das Spielen liebe, aber dass ich es am meisten liebe, wenn du fröhlich bist?

Ich weiß es. Ich weiß, was du am liebsten hast. Du liebst die furchtbar alten Bücher der Menschen und ihre Bilder und Videos. Du liebst alles, was die Menschen vor ewig langer Zeit gemacht haben, stimmt's?

Wenn wir »Mensch« spielen, haben wir einen Tisch, der genauso aussieht wie aus einem alten Theaterstück der Menschen.

Bruder wäre sicher glücklich, wenn wir lebende Menschen treffen würden. Er wäre sicher glücklich und würde fröhlich lachen, wenn wir lebende Menschen zum Spielen benutzen könnten.

»Lass uns spielen, Bruder.«

»Jetzt nicht.«

»Warum?«

»Unsere Gäste sind bald hier.«

»Gäste? Meinst du das laute Geräusch von vorhin?«

»Nein, das war die alte Goliath-Maschine. Wenn wir sie benutzen, können wir unsere Gäste aber einladen.«

»Wer sind sie denn?«

»Das wirst du sehen, wenn sie hier sind. Wir sollten langsam unsere Vorkehrungen treffen.«

»Du, Bruder.«

»Was ist?«

»Können wir spielen, wenn die Vorkehrungen getroffen sind?«

»Noch nicht. Ich sagte doch, dass unsere Gäste kommen.«

»Können wir dann spielen, wenn unsere Gäste da sind?«

»Wenn unser Ziel erfüllt ist, ja.«

»Wie lange dauert das noch?«

»Nun … Hm. Kannst du noch so lange brav sein und warten?«

»Ja. Ich warte. Und dann spielen wir.«

»Wenn du unser Versprechen einhältst, dann ja.«

»Ja. Das tu ich. Es ist unser Versprechen, also halte ich es ganz bestimmt.«

Wenn Bruder fröhlich ist, bin ich das auch. Wenn Bruder lacht, will ich auch lachen. Dann wird mir immer ganz warm in der Brust.

Bruder ist halt einfach einzigartig auf der Welt. Es gibt zwar viele Maschinen und sie sind alle irgendwie wie wir, aber gleichzeitig sind sie es nicht. Ich bin der Einzige, der wie Bruder ist, und Bruder ist der Einzige, der wie ich ist.

Auch wenn wir verschieden denken und auch wenn wir verschiedene Sachen mögen, können wir immer zusammen sein. Ist das nicht einfach wundervoll?

Bruder. Lass uns spielen. Mach schnell alles Wichtige fertig, damit wir spielen können.

Lass uns dein Lieblingsspiel spielen, »Mensch«. Ich werde die lästige Kleidung tragen und die komisch schmeckenden Pflanzen essen. Ich warte, bis du Zeit hast.

Und, Bruder, weißt du, was *ich* mag?

Kapitel 3
Geschichte von 2B / Kontakt

2B und 9S stiegen gerade aus den Flugeinheiten, als auch schon eine Nachricht aus der Kommandozentrale direkt an alle YoRHa-Einheiten gesandt wurde. Sie hörten die Stimme der Kommandantin.

»Zum ersten Mal seit Jahrtausenden haben wir ein Signal von Aliens abgefangen. Dies sind die Kreaturen, die alle Maschinenwesen auf dem Planeten kontrollieren. Wenn wir sie vernichten, können wir diesen langen und beschwerlichen Krieg ein für alle Mal beenden.«

Die »ALIEN-ALARM«-Einblendung, die sie mit eigenen Augen gesehen hatten, war weder eine Einbildung noch eine Fehlfunktion gewesen. Das wussten sie nun, denn sonst würde das Kommando keine Nachricht an alle YoRHa-Einheiten aussenden.

»Unser Aufklärungsteam versucht, den Ursprung der Funkwellen zu analysieren, noch gibt es aber kein Ergebnis. Wir brauchen mehr Daten. Alle YoRHa-Einheiten, die sich zurzeit auf der Erdoberfläche befinden, erhalten hiermit den Befehl, der Datensammlung absoluten Vorrang einzuräumen. Wir dürfen uns diese Chance nicht entgehen lassen!«

»Der Menschheit zur Ehre«, das war der Abschluss der Nachricht. 2B war indes bereits weiter auf dem Weg den Krater hinunter. Ihr Ziel war der auf der Karte markierte Punkt, an dem das Signal der Aliens am stärksten zu registrieren war.

Als sie am Grund des Kraters angekommen war, fand sie sich knöcheltief im Wasser stehend wieder.

»Pod, bitte mach etwas Licht«, bat sie.

»Verstanden: Licht an«, antwortete Pod.

Seine leicht umherschwankende Frontlampe beleuchtete die Umgebung. Der Boden war voller Wasser, doch es war unklar, ob es sich dabei um Grund- oder Regenwasser handelte.

»Hier muss die ganze Zeit ein Hohlraum gewesen sein. Er ist sicher nicht erst durch den Erdrutsch entstanden«, hallte 9S' Stimme, die von den nassen Höhlenwänden zurückgeworfen wurde.

Man konnte es durch die ungleichmäßige Beleuchtung des Pods nicht gleich erkennen, aber die »Höhle«, in der sie sich befanden, schien ziemlich groß zu sein.

»Hier ist ein Durchgang in der Wand«, bemerkte 9S.

»Ist das ein … Tunnel?«, fragte 2B zögerlich.

Sie kniff die Augen zusammen und sah, dass die Wände des Ganges überall mit Stützbrettern versehen waren, die einen Einsturz verhindern sollten. Selbst wenn der Höhlendurchgang auf natürlichem Wege entstanden wäre, hatte ihn demnach jemand durch manuelle Arbeit nutzbar gemacht.

»Wir haben in der Datenbank nichts, was damit übereinstimmen könnte. Falls das also wirklich ein Tunnel ist …«, fing 9S an.

»… dann hat ihn der Feind gebaut«, beendete 2B seinen Satz.

Falls die Aliens diesen Ort bereits seit Hunderten von Jahren als ihr Versteck benutzten, dann war es nicht ungewöhnlich, dass die Androiden keine Aufzeichnungen darüber besaßen.

Und fast, als ob diese Annahme bestätigt würde, sprang plötzlich etwas aus dem Schatten heraus auf 2B und 9S zu. Knarzende Geräusche aneinanderreibenden Metalls waren zu hören und eine Reihe leuchtend roter Augenpaare erschien in der Dunkelheit. Es waren zweibeinige Maschinenwesen. Das Signal der Aliens war nicht mehr weit entfernt, also lag es nahe, dass sie hier einigen ihrer Lakaien begegnen würden.

Einen Kampf auf so engem Raum und in der Dunkelheit zu bestreiten, war nicht leicht. Sie mussten außerdem aufpassen, die Decke über sich nicht zum Einsturz zu bringen.

Ihre Maschinengegner jedoch hatten mit denselben Einschränkungen zu tun, wodurch 2B und 9S letztendlich nicht länger als bei Kämpfen auf der Erdoberfläche brauchten, um ihre Feinde auszumerzen. Ab und an murmelte 9S genervt, dass seine Schuhe bereits völlig durchnässt wären, doch das hatte 2B auch schon an der Oberfläche von ihm gehört.

Je weiter sie ins Innere des Höhlengeflechts vordrangen, desto seichter wurde der Wasserspiegel. Auch die Anzahl der Feinde, die sie auf dem Weg beseitigen mussten, nahm langsam, aber stetig ab.

»Das Signal der Aliens ist bis hierhin unverändert geblieben«, stellte 9S fest.

»Aber es gibt hier weniger Maschinen, die auf uns lauern …«, antwortete 2B.

»Denkst du, das ist eine Falle?«

»Ich weiß nicht. Aber wir sollten vorsichtig sein, wenn wir weitergehen.«

2Bs Stimme verhallte in der Stille. Nur ihre Schritte auf dem mittlerweile trockenen Grund des dunklen, schmalen Ganges, dem sie weiter folgten, waren zu hören.

Plötzlich fühlte sie, dass sie auf etwas Hartes getreten war.

»Eine Maschine?!«

Der gesamte Durchgang war von vermeintlichen Resten zerstörter zweibeiniger Maschinen übersät. 9S sah sich die metallenen Überreste näher an.

»Es scheint, dass sie schon lange hier sind …«, bemerkte er schließlich.

»Sie liegen nicht nur hier«, sagte 2B.

Sie ließ ihren Blick weiter ins Innere schweifen. Das wackelige Frontlicht des Pods verriet ihnen, dass weiter hinten im Gang auch kugelförmige und zylindrische Maschinenkörper herumlagen. Je weiter es in die Tiefe ging, desto mehr von ihnen fanden sie.

»Was in aller Welt ist hier passiert?«, fragte 2B.

Wer hatte all diese Maschinen zerstört? Weder das Widerstandslager noch die YoRHa-Einheiten konnten dafür verantwortlich sein. Wäre es so gewesen, hätte es irgendwelche Daten über die Koordinaten dieses Ortes oder vergangene Kämpfe geben müssen.

»Es ist hier fast wie in Katakomben, finde ich«, sinnierte 9S.

»Kata… was?«, wandte sich 2B zu ihm um.

»Das sind von den Menschen zurückgelassene Gräber im Untergrund. Manchmal wurden dafür auch natürlich vorkommende Höhlensysteme verwendet.«

Es war dunkel, kühl und totenstill. Überall lagen leere Maschinenhüllen herum und außer den Signalen ihrer Feinde war kein Zeichen anderen Lebens festzustellen. Dieser Ort fühlte sich tatsächlich wie eine Art Friedhof an.

»Wo sind wir hier?«, fragte 2B.

Die beiden blieben gleichzeitig stehen. Die Wand vor ihnen war offensichtlich nicht auf natürlichem Wege entstanden, denn ihr Material und ihre Beschaffenheit unterschieden sich von denen der Steinwände. Es war ein »Eingang«, der von irgendjemandem gebaut worden war.

»Auch darüber haben wir keine Daten«, kommentierte 9S.

Dann konnte es sich hierbei wohl nur um etwas von den Aliens Errichtetes handeln. Noch immer empfingen sie keine Signale von Maschinen. Die beiden durchschritten den Eingang entschlossen, doch nichts geschah. Einzig der Klang ihrer Schritte hatte sich verändert. Der Boden bestand aus einem fremdartigen Material und die Decke war plötzlich einige Meter höher als zuvor.

Als 9S in die Richtung einer Reihe geschlossener Fenster ging, begannen die Wände auf einmal, sich geräuschlos zu bewegen. Durch das Verschieben der Wandplatten wurden größere Fenster freigelegt, deren Rollläden sich bei Annäherung öffneten, um den Blick nach draußen freizugeben.

Schwaches Licht drang durch die kleinen Öffnungen der Rollläden, die sich immer weiter hoben. Sie mussten doch im Untergrund sein, woher also kam diese Lichtquelle? 2B scannte erneut ihre Umgebung, auf der Suche nach einer entsprechenden Antwort.

Am Fuße des Sockels in der Raummitte waren, im Kreis angeordnet, Vorrichtungen angebracht, die weder Stühlen noch anderen bekannten Sitzvorrichtungen wirklich glichen. Darauf befand sich jeweils »etwas«. Zufällig blieb 2Bs Blick daran haften, als sie durch den Raum spähte. Bei dem Anblick blieb ihr der Atem weg.

Es waren verrunzelte, ausgedörrte Leichen mysteriöser Kreaturen. Sie glichen keinem Lebewesen, das sie auf der Erdoberfläche je gesehen hatte.

»Sind das Aliens …?!«, stockte 2B.

Auf jeder der Stuhlvorrichtungen saß eines dieser Geschöpfe. Diese befanden sich in eigenartigen Positionen und sahen fast so aus, als ob sie im Begriff waren herunterzurutschen – was sie jedoch nicht taten.

»2B! Sieh nur!«, rief 9S, der sich weiter mit dem Ausblick aus den Fenstern beschäftigt hatte, seiner Kameradin zu.

Die Rollläden waren nun bereits vollständig hochgezogen, was 2B ebenfalls bessere Sicht ermöglichte. 9S zeigte auf etwas hinter den Glasscheiben.

»Ein Alien-Mutterschiff?«, fragte 2B.

Um genau zu sein, waren es nur Überreste von etwas, das wie ein Schiff aussah.

»Es ist komplett zerstört …«, fügte sie hinzu.

Man sah jedoch sofort, dass es keine einfache Bruchlandung gewesen sein konnte. Der Rumpf des Schiffes war von zahlreichen speerähnlichen Objekten durchbohrt, die immer noch darin steckten. Das Schiff der Aliens hatte gegen irgendjemanden oder irgendetwas gekämpft und schließlich verloren. Und der Ort, an dem sie sich im Moment befanden, war womöglich kein separates Bauwerk der Aliens, sondern ebenfalls Teil eines Schiffes. Der Raum schien von der Zerstörung verschont geblieben zu sein, doch die Aliens, die sich hier eingefunden hatten, waren nun alle tot.

2B ließ ihren Blick abermals durch den Raum schweifen. Sie sah sich die Alienleichen genau an, die jeweils von den Rückenlehnen ihrer akribisch angeordneten Stuhlvorrichtungen gestützt dasaßen. Sie erinnerte sich an 9S' Worte und daran, dass er diesen Ort vorhin als »Katakomben« bezeichnet hatte. Es war tatsächlich wie eine …

»Willkommen … in der Gruft unserer Schöpfer.«

Gruft. Exakt dieses Wort schoss 2B im selben Moment, in dem sie es hörte, in den Sinn. Doch sie kannte die Stimme nicht, die ihren Gedankenfluss soeben unterbrochen hatte, und sah sich sofort um, um festzustellen, woher diese gekommen war. Plötzlich hielt sie inne.

»Ihr seid das!«, rief sie.

Es waren die beiden Männer, denen sie und 9S zuvor im Schacht bei den Apartment-Komplexen in der Wüste begegnet waren. Die feindlichen Maschinenwesen, die Androiden zum Verwechseln ähnlich sahen.

Sie hatten keine herannahenden Schritte gehört. Und nicht nur 2B und 9S, auch die beiden Pods hatten kein einziges Signal registriert. Es war fast, als wären sie einfach aus dem Nichts in dem Raum erschienen. Aber wie sie hierhergekommen waren, war nun zweitrangig. Die Feinde mussten augenblicklich ausgelöscht werden, und zwar bevor sie wie beim vorherigen Kampf eine zerstörerische Schallwelle auf sie loslassen konnten.

»Pod!«, schrie 2B.

Sie ließ Pod 042 ihre Deckung übernehmen, während sie einen Satz nach vorne machte, ihr Schwert zog und es mit einer Bewegung über ihren Kopf und in ihren Gegner schwang. 2B war sich sicher, einen der Männer getroffen zu haben, doch ihre Klinge ging ins Leere. Wo gerade noch einer der Feinde gestanden hatte, war nun nichts als Luft. Er war verschwunden.

»Ihr seid ja echt gewalttätig, was?«, neckte er 2B auf einmal von hinten.

Der Mann lachte. Sowohl seine Mimik als auch seine Sprache waren viel flüssiger als bei ihrer letzten Konfrontation. Und obwohl die Oberkörper ihrer Gegner frei waren, hatten sie anscheinend gelernt, sich zu kleiden, denn beide trugen Menschenhosen. Einer der Männer hatte außerdem einen Kurzhaarschnitt, während der andere seine Haare lang und mit gerade geschnittenen Spitzen trug. Es war fast, als wollten sie sich mit ihren Frisuren klar voneinander unterscheiden.

»He, Bruder. Kann ich sie jetzt töten?«, fragte der kurzhaarige Mann. Seine Sprechweise klang um einiges simpler als die des langhaarigen.

»Entspann dich, Eva. Wir verhandeln doch noch.« Nachdem der langhaarige Mann den anderen zurechtgewiesen hatte, wandte er sich wieder zu 2B und 9S um. Seine Lippen kräuselten sich zu einem belustigten Lächeln und er sagte: »Ich heiße Adam.«

Adam? Wenn er Adam war, dann musste es sich bei dem kurzhaarigen Mann um Eva handeln.

»Die Aliens, die ihr Androiden sucht, sind nicht mehr hier. Sie wurden vor Jahrtausenden ausgelöscht ... und zwar von uns, den Maschinen«, fügte er hinzu.

»Sie wurden ausgelöscht? Von den Maschinen?«, fragte 2B ungläubig.

Der Mann, der sich Adam nannte, grinste nun neckisch.

»Und wer weiß? Vielleicht löschen wir als Nächstes die Androiden aus.«

2B ließ ihr Schwert für sich sprechen. Mit diesen beiden Kreaturen zu diskutieren, brachte sie nicht weiter. Falls Pascal vielleicht doch recht hatte und man gegenseitiges Verständnis nur durch einen Dialog fördern könnte, so war dies in diesem Fall völlig unzutreffend. Ihr war nicht daran gelegen, von diesen Kerlen verstanden zu werden, und sie hatte auch nicht vor, sie näher kennenzulernen.

»2B! Bitte sei vorsichtig!«, rief 9S ihr zu.

Wieder hatte sich Adam in Luft aufgelöst, als sie ihn gerade mit ihrem Schwert verwunden wollte. Auch Eva, der neben ihm gestanden hatte, war spurlos verschwunden.

»Maschinen sind evolutionsfähige Waffen. Wir können wachsen. Wir können fortlaufend stärker werden«, drang eine amüsierte Männerstimme hinter 2Bs Rücken an ihre Ohren.

Es schien, als hätten die beiden gelernt, sich zu teleportieren. Sie entwickelten sich tatsächlich weiter. Und das mit erschreckender Geschwindigkeit.

»Eines Tages überholte die Intelligenz unseres Netzwerks die unserer Schöpfer«, erklärte Adam.

»Deshalb habt ihr eure Schöpfer vernichtet?«

9S war sprachlos. Er und 2B hatten dem Kampf für die Menschen, ihre Schöpfer, ihr Leben verschrieben. Er konnte so eine Handlung nicht im Geringsten nachvollziehen.

»Ach, es gibt keinen Grund, sich darüber aufzuregen. Diese Kreaturen waren primitiv. Infantil. Fast wie … Pflanzen, würdet ihr vermutlich sagen. Sie hatten für uns keinen Wert«, antwortete Adam.

Er richtete seinen Blick auf die Überreste der Aliens. Hatte 2B es sich nur eingebildet oder hatte sie in seinen Augen eine Eiseskälte erhascht, die mit einem Wimpernschlag alles zum Erfrieren bringen konnte, und gleichzeitig brennenden Hass, der alles mit seinen Flammen zu verzehren vermochte?

Im nächsten Moment waren beide Männer erneut wie vom Erdboden verschluckt. Sekunden später tauchte Adam auch schon wieder mit einem undurchsichtigen Gesichtsausdruck auf und fuhr fort: »Aber die Menschen auf dem Mond? Also, *die* sind interessant.«

»Die Menschen?!«, erschrak 2B.

»So ist es. Sie sind ein Mysterium.« Adam öffnete seine Arme in einer theatralischen Pose und begann seine Erklärung. »Den Aufzeichnungen zufolge töteten die Menschen Unzählige ihres eigenen Volkes und konnten gleichermaßen lieben. Das ist faszinierend, findet ihr nicht auch? Wie konnte ein solches Verhalten wohl entstehen?«

Seine übertriebene Darlegung versetzte 2B in Schaudern. Obwohl er nur eine Maschine war, redete dieser Adam daher, als hätte er irgendwelche Empfindungen. Faszination? Mysterium? Zu was waren diese Maschinen denn fähig?

»Wir haben uns der Lösung dieses Rätsels der Menschheit verschrieben … und jetzt erlauben wir euch, uns zu helfen. Immerhin seid ihr Androiden als ihre Imitate erschaffen worden«, fügte Adam hinzu.

2B empfand nichts als Ekel gegenüber seiner großkotzigen Ansprache. Was für ein närrisches Verhalten für eine einfache Maschine.

»Wir wollen die Menschen von ihrem Thron auf dem Mond herunterzerren und sie bei lebendigem Leibe sezieren und analysieren … um all ihre Geheimnisse zu lüften. Sicherlich könnt ihr den Reiz darin erkennen«, wandte Adam sich wieder an die Androiden.

2Bs Wut wurde immer größer, während der langhaarige Mann so daherredete. Schließlich riss ihr der Geduldsfaden. 9S war jedoch ebenfalls an seinem Limit angelangt und ließ seiner Wut freien Lauf, noch bevor sie irgendetwas sagen konnte.

»Bist du verrückt?! Das werden wir niemals zulassen!«, platzte es aus ihm heraus.

Er rannte los und ließ das geschwungene Langschwert, das sich bereits in seiner Hand befand, direkt auf Adam zuschnellen. Sein Ziel war jedoch zum wiederholten Male verschwunden. Das Schwert traf die Wand, vor der es eben noch gestanden hatte, und fiel vergebens zu Boden.

»Nun … Ich schätze, damit sind unsere Verhandlungen abgeschlossen«, sagte Adam.

9S hob sein Schwert auf und stürzte sich erneut auf ihn.

»Die einzig verbliebene Option ist es … euch zu vernichten. Auf dieselbe Weise, auf die wir diese armseligen, kleinen Aliens vernichtet haben«, erklärte Adam.

2B wollte sich ebenfalls auf ihn stürzen, doch Eva versperrte ihr den Weg. Sie zog ihr Kurzschwert und stach zu. Dieses Mal spürte sie endlich einen Widerstand, doch die Wucht des Hiebes war nicht groß genug, um dem Feind wirklichen Schaden zuzufügen. Eva hatte eine Art Barriere um sich herum projiziert.

Mit aller Kraft stach 2B mit ihrem Schwert auf ihn ein, das seinen Schutzwall wieder und wieder traf. Sie sah nur noch rot. Plötzlich machte sich ein kleiner Riss in der unsichtbaren Barriere um Eva bemerkbar. 2Bs Schwertspitze war endlich durchgedrungen und die Klinge hatte ihr Ziel gefunden.

Eva schaffte es jedoch, diese mit einem Bein wegzutreten. 2B spürte die starke Vibration im von ihr fest umklammerten Schwertgriff. Es war ein heftiger Tritt gewesen. Evas Lippen kräuselten sich nach oben. Auf einmal begann er zu lachen.

2B schwang ihr Schwert erneut in seine Richtung, woraufhin es sofort wieder abprallte. Doch sie holte wieder und wieder aus. Ihre Wut nahm kein Ende. *Die Menschen von ihrem Thron herunterzerren? Sie analysieren? Es sind doch nur Maschinen. Es sind doch nur Maschinen. Es sind doch nur Maschinen …!*

All dies schien sich bis ins Unendliche zu wiederholen. Doch auf einmal hörte sie eine Stimme.

»Die Zeit wird knapp.«

Evas Lächeln war wie weggewischt. 2B dachte noch, dass sie das Wort »Versprechen« von seinen Lippen ablesen konnte. Sie war völlig perplex, als er plötzlich noch einmal herzhaft zu lachen begann.

Und schon war er wieder verschwunden, samt seinem schiefen Gesichtsausdruck. Er hatte sich erneut teleportiert und stand jetzt weiter entfernt von 2B und 9S an Adams Seite, als ob sie ihnen nun das Ende des Kampfes verkünden wollten.

»Das hier … Dies ist das Schicksal, das unsere Schöpfer ereilt hat«, hallte Adams Stimme durch den Raum.

Er zeigte mit übertriebener Hingabe auf die Überreste der Aliens vor ihnen. Eva zuckte mit den Schultern, als würde er sie noch verspotten.

»Was eure geliebten Menschen betrifft … ich schätze, wir werden sehen, oder?«

Das waren Evas letzte Worte an die Androiden, bevor Adam und er sich in Luft auflösten. 2B wirbelte herum und spähte durch den ganzen Raum, doch es gab keine Spur mehr von den beiden.

✳ ✳ ✳

2B und 9S nutzten einen gerade neu installierten Transporter, um zum Bunker zurückzukehren. Laut 9S war die technische Entwicklungsabteilung wohl schon eine Weile mit dieser Technologie beschäftigt gewesen, die einen Weg zur Hin- und Herreise zwischen Bunker und Erdoberfläche ohne die Nutzung der Flugeinheiten ermöglichen sollte.

Sie konnten demnach reisen, indem sie ihre Androidenkörper auf der Erde zurückließen und ihre Persönlichkeitsdaten einfach in einen neuen Körper im Bunker übertragen wurden. Wenn sie wieder zurückkehren wollten, konnten sie diese Daten dann wiederum in die zurückgelassenen Körper hochladen. Da diese Art zu reisen im Vergleich zum physikalischen Landen mit Flugeinheiten lediglich einen Datenupload und die Herstellung eines Androidenkörpers erforderte, konnte die benötigte Reisezeit um ein Vielfaches verkürzt werden.

Noch viel wichtiger dabei war aber das verringerte Risiko, während des Abstiegs auf die Erdoberfläche angegriffen zu werden. Bis zu diesem

Zeitpunkt war das Kommando lange mit der Frage nach Möglichkeiten der Kostenreduktion beschäftigt gewesen, da es natürlich teuer war, wenn die hochfunktionellen Flugeinheiten bei Abstiegsmissionen zerstört wurden. Die Lösung brachte nun endlich der einsatzfähige Transporter.

Wie lange die technologische Entwicklungsabteilung wohl gebraucht hatte, bis sie die Maschine funktionsfähig bekommen hatte? Diesen Maschinenwesen Adam und Eva schien es spielend leicht gefallen zu sein, sich einfach so durch den Raum zu teleportieren – und das, obwohl sie gerade erst zur Welt gekommen waren.

»Maschinen sind evolutionsfähige Waffen. Wir können wachsen. Wir können fortlaufend stärker werden.«

Ob sich die beiden inzwischen schon wieder weiterentwickelt hatten? Falls dem so wäre, gäbe es keine Zeit zu verlieren. Sie mussten vernichtet werden, bevor ihre Entwicklung aus dem Ruder geriet. Jemanden, der dazu in der Lage war, seinen eigenen Schöpfer zu vernichten, konnte man nicht einfach tun lassen, was immer ihm beliebte.

Dies war jedoch nur die Meinung einer einfachen Soldatin. Die endgültige Entscheidung musste vom Kommando getroffen werden, wobei manche Fragen sogar die Einbindung und die Bestimmungen des Menschheitsrats, der sich noch eine Instanz darüber befand, erforderten.

»Und damit schließen wir unseren Bericht über die Ereignisse rund um das Alien-Schiff.«

Die Kommandantin, die 2Bs Bericht aufmerksam gelauscht hatte, antwortete leise: »Ich verstehe.«

2B wusste, dass diese kleinen Worte großes Gewicht trugen. Die Kommandantin hatte schließlich schon seit geraumer Zeit die Rolle der

Befehlshaberin für ihre Missionen inne. Dass die Aliens bereits vor Tausenden von Jahren ausgelöscht worden waren, musste ein noch viel größerer Schock für sie gewesen sein, als für 2B und 9S.

»Diese Information unterliegt bis zur Entscheidung des Menschheitsrats höchster Geheimhaltung und ist streng vertraulich«, meldete die Kommandantin.

Sie sprach unbewegt, ohne jegliche Anzeichen von Emotion in ihrem Ausdruck und ihren Worten. Sie wies 2B und 9S in typisch nüchternem Ton abermals an, niemandem davon zu erzählen.

»Bei Ihrem nächsten Einsatz müssen Sie weitere Informationen über das Individuum namens ›Pascal‹ sammeln«, befahl sie anschließend.

»Was?!«, entfuhr es 9S, der offensichtlich unzufrieden über den unerwarteten Befehl war. »Sie meinen diese abgefahrene Maschine, über die wir gestolpert sind?«

2B war sich sicher, dass er den Auftrag lieber abgelehnt hätte. Wäre die Person, der sie gerade gegenüberstanden, nicht die Kommandantin gewesen, hätte sie ihren Kameraden direkt wegen seiner überschwänglichen Emotionen zurechtgewiesen. Sie hatte ihn bereits abermals darüber belehren müssen, dass solche Ausbrüche als YoRHa-Streitkraft nicht erlaubt waren.

»Dieser Befehl kommt direkt vom Rat«, fügte die Kommandantin in schroffem Ton hinzu. »Kenntnisse über derart einzigartige Individuen sind unerlässlich für künftige Einsatzerfolge.«

»Verstanden«, antwortete 2B für sie beide, da sie sah, dass 9S noch immer ein langes Gesicht zog.

Eine andere Perspektive – »A2«

Ich hörte die Stimme der Maschine. »Ich beschütze ihn«, hörte ich sie sagen. Diese Maschine hier hat anscheinend irgendetwas, das sie beschützen will. Oder irgendjemanden.

Sie kämpft, weil sie etwas zu beschützen hat. Es war eine Weile her, seit ich deshalb gekämpft hatte. Ich hatte nichts, das ich beschützen konnte. Alle meine Kameradinnen waren tot. Und sogar jene, denen ich vertraut hatte, waren nun meine Feinde.

Ich zerstörte alles außer mir selbst. Es gab nur diesen einen Grund für mich zu kämpfen. Zerstörung. Ich dachte an nichts anderes als daran.

»Lobet den Waldkönig!«, hörte ich sie sagen. Von außen sah dieses Gebiet einfach nur wie ein Wald aus, doch es war anscheinend das »Waldkönigreich«, das von einem König regiert wurde. Dies konnte ich den zahlreichen Kampfschreien der Maschinen entnehmen, die sich in dieser Region angesiedelt hatten.

Die Maschinenwesen hier waren um einiges aggressiver und hartnäckiger, als ich es sonst von ihnen gewohnt war. Sie waren den gewöhnlichen Maschinen zwar ähnlich, doch bis ich eine davon kleinbekommen hatte, brauchte es mehr Schwerthiebe als sonst.

Am Anfang fand ich es noch eigenartig. Doch als ich sie immer wieder sagen hörte, dass sie etwas oder jemanden »beschützen« würden, verstand ich es endlich. Ich verstand, dass es einen Krieger stärker macht, wenn er etwas hat, das er beschützen will. Das wusste ich, denn mir war es früher genauso gegangen.

YoRHa-Prototyp, Angriffseinheit Nummer 2. Mein Körper war für die Spezialisierung auf den Nahkampf gebaut worden. Ich war also nur eine gewöhnliche Soldatin. Und wenn ich ehrlich bin, dann war ich nicht mal wirklich gut im Kämpfen.

Mich als Mitglied der »Abstiegsoperation Pearl Harbor« auszuwählen, war Beweis genug dafür, dass die Mission nur experimenteller Natur war. Zur damaligen Zeit war ich noch davon überzeugt und naiv genug zu glauben, dass allerlei hohe Erwartungen in mich gesetzt wurden.

In meiner Verzweiflung gab ich alles. In der Hoffnung, meinen Kameradinnen nicht zur Last zu fallen und gleichzeitig allen Erwartungen des Kommandos gerecht zu werden, brauste ich über das Schlachtfeld. Es war egal, ob ich es wollte oder nicht – alles, was ich hatte, war das Kämpfen. Ich hatte Kameradinnen, die ich beschützen wollte: die anderen Soldatinnen meines YoRHa-Trupps und die Kämpferinnen der Widerstandsgruppe, mit der wir auf der Erdoberfläche zusammengetroffen waren. Sie und der Gedanke daran, sie beschützen zu müssen, machten mich in all meiner Mittelmäßigkeit stark.

Die Maschinen stürzten sich auf mich, während sie »Rache für unseren König!« riefen. Das waren militärische Formationen. Die Maschinen hier waren um einiges nerviger als für gewöhnlich.

Als ich diesen Wald betreten hatte, hatte ich zum ersten Mal gesehen, wie Maschinen eine Formation für Sturmangriffe übten.Um ehrlich zu sein, war ich tatsächlich überrascht gewesen. Ich hätte nie erwartet, dass Maschinen militärisches Training durchführen würden. Solch ein Training auszuführen, setzte Entscheidungskraft und Intellekt voraus, wozu die Maschinen eigentlich nicht fähig sein sollten, wenn sie sonst doch nur stumpf Befehlen folgten.

Ich war überrascht gewesen, aber hatte dann daran gedacht, dass dies trotz allem im Bereich des Möglichen lag. Immerhin brachte das Kommando auch fertig, bewusstseinsfähige Androiden einfach ins Schlachtfeld zu werfen, nur um sich ihrer nach der Informationsbeschaffung wieder zu entledigen. So herzlos konnten die Androiden sein, ohne dabei eine Träne zu vergießen. Aber in den Adern der Androiden fließt ohnehin nur roter Saft, der wie menschliches Blut aussieht, und ihre Tränen sind nur transparente Flüssigkeit, die menschliche Tränen imitieren soll. Es war also durchaus möglich gewesen, dass es hier Maschinen gab, die – ganz maschinenuntypisch – militärisches Training ausübten.

»Jemand von außerhalb ist gekommen, bringt den König in Sicherheit!«, verkündeten sie lauthals. Mit jeder Stimme, die ich hörte, wurde die Bewachung strenger. Das bedeutete für mich, dass ich auf dem richtigen Weg war. Wenn ich hier weiterliefe, dann würde ich zu einem Ort gelangen, der für die Maschinenwesen wichtig war. Mit ziemlicher Sicherheit würde dies wohl der Thron Seiner Majestät, dieses »Waldkönigs«, sein.

Ich brach ihre Formationen auf und erledigte die chaotisch umherlaufenden Maschinen eine nach der anderen. Maschine um Maschine wurden sie alle von mir aufgespießt. Es dauerte eine Weile, doch so war es eben. Hätte ich meine Kameradinnen bei mir gehabt, hätte ich effektiver kämpfen können. Doch darüber nachzudenken, brachte mir nichts.

Allein zu kämpfen, war zwar nicht so wirkungsvoll, doch hatte auch seine Vorteile. Zum Beispiel konnte man von niemandem hintergangen werden.

Ich konnte von niemandem Informationen erhalten, doch auch nicht durch unwahre Informationen manipuliert werden. So musste ich mich mit solchen Zweifeln auch nicht plagen. Ich musste gar nicht erst überlegen, wer meine Freunde und wer meine Feinde waren.

So gesehen war es also auch befreiend. Es war einfach zu verstehen. Die ganze Welt war mein Feind.

Ich hörte aus der Ferne Stimmen, die zu verstehen gaben, dass »ein Eindringling gesichtet wurde«. Ein mulmiges Gefühl überkam mich. Das konnte nämlich auch bedeuten, dass noch jemand außer mir in den Wald eingedrungen war. Und vielleicht handelte es sich dabei um einen anderen Androiden, dessen Ziel es nicht war, die Maschinenwesen im Waldgebiet zu dezimieren, sondern die Deserteurin Angriffseinheit Nummer 2 festzunehmen.

Das wäre ziemlich ärgerlich. Eigentlich hatte ich vor, mir willkürlich den Weg durch die Maschinenwesen bis zum Thron des Königs zu bahnen, doch ich musste aufgrund meiner Eingebung mein Vorhaben ändern. Mein neuer Plan bestand darin, alle unnötigen Kampfhandlungen einzustellen, damit ich auf dem Weg zum Thron möglichst wenige Spuren hinterließ. Die kleinen Gegner konnte ich mir auch noch nach ihrem Anführer in Ruhe vorknöpfen. Je strategischer ein Trupp vorgeht, desto verwundbarer ist er, wenn sein Befehlshaber erst mal beseitigt ist.

Mit meinen Verfolgern konnte ich es nachher aufnehmen. Aber natürlich wäre es noch idealer, wenn ich gar niemandem mehr begegnen würde.

Eine Stimme war zu vernehmen. »Hier darf niemand passieren«, sagte sie. Aber sie war nicht an mich gerichtet.

Ich sah eine Burg am anderen Ende der Brücke, die über das Tal gespannt war. Und dort erblickte ich zwei Androiden, die gegen die Maschinenwesen kämpften, welche für die Verteidigung der besagten Brücke zuständig waren.

»Lass deine Deckung nicht fallen!«, schrie der eine.

»Das sollte ich lieber zu dir sagen. Pass auf, 9S!«, entgegnete die andere.

Der männliche Androide war wohl eine Nummer 9 vom Typ S. Ein hochleistungsfähiges Scanner-Modell. Der weibliche hatte das gleiche Gesicht wie ich und schien ein Exekutions-Modell zu sein.

Sie hatten also wieder welche losgeschickt. Wie oft ich ihre Androiden wohl vernichten musste, bis sie endlich aufhörten, mir Leute nachzuschicken? Ich hatte langsam die Nase voll. Ich fand es absolut geschmacklos, dass sie mir ein Exekutions-Modell, das auch noch mit meinen Kampfdaten ausgerüstet war, auf den Hals hetzten. Aber vielleicht war das Kommando auch einfach nur dumm.

»Weich aus, 2B!«, schrie das Scanner-Modell.

2B? Es war also kein Modell des E-Typs? Stimmte das, dann war sie keine Verfolgerin, sondern einfach nur eine YoRHa-Soldatin, die zur Beseitigung der Maschinenwesen entsandt worden war.

Ich nutzte die Zeit, in der sie auf ihren Kampf fokussiert waren, und überquerte leise die Brücke zur Burg.

Ich stieg die Burgmauern entlang nach oben und versuchte von den oberen Etagen aus, den Aufenthaltsort des Königs auszumachen. Wie ich vermutet hatte, war es zu zweit einfacher, sich einen Weg durch die Korridore zu bahnen, denn die anderen beiden Androiden hatten es bereits geschafft, bis zum Thronsaal vorzudringen. Ich versteckte mich nahe der Decke des Saals und beobachtete, was sie tun würden.

»Das ist der König?«

Die beiden sahen sich fragend an. Sie standen ganz still da. Warum zögerten sie nur so? Es dauerte mir zu lange, also sprang ich hinunter und richtete meine Klinge auf das kleine Maschinenwesen.

Ich verfehlte mein Ziel nicht. Mein Schwert fuhr durch den Körper der Maschine und ich warf sie weg. Damit war meine Mission beendet.

»2B! Das ist eine … Androidin! Eine Androidin des YoRHa-Typs?!«, rief das S-Modell.

Ich wusste nun, dass die beiden keine Verfolger waren. Sie kannten mein Gesicht nicht. Eine der viereckigen Kisten neben ihnen ließ ein »Auslöschung empfohlen« verlauten. Die Reaktion der beiden war jedoch das genaue Gegenteil und, wie ich fand, ziemlich eigenartig.

»Auslöschung? Aber warum?!«

»Auf geht's, 9S.«

»Aber 2B …!«

Die Androidin der Modellreihe Nummer 2 wollte also kämpfen. Das war okay. Wenn das ihr Begehren war, dann würde ich mich ihr stellen. Ich würde sie so oft töten, wie sie wollte.

Plötzlich ertönte aus einer der Kisten eine Stimme, die ich auf keinen Fall hören wollte.

»Bunker an 2B und 9S. Wir haben das Blackbox-Signal einer Flüchtigen registriert, die als A2 bekannt ist. Was Sie hier vor sich sehen ... ist Ihr Feind. Sie ist desertiert und hat mehrere Verfolgungsandroiden zerstört. Und jetzt töten Sie A2, bevor A2 Sie tötet!«

Wo sie recht hat. Ich habe euch schon viele Male zerstört. Die Worte der Kommandantin waren zwar etwas vage, aber nicht falsch. In ihnen steckte ein wenig Wahrheit.

Ich konnte hören, wie von 9S eine leise Widerrede kam. »Aber ...« Er reagierte anders, als sonst für sein Modell üblich. Jetzt, da ich so darüber nachdachte, wirkte 2E – nein, 2B – auch anders. Als würde in ihrem Ausdruck etwas fehlen. Wenn ich es in Worte fassen müsste, dann war es wohl so was wie mangelnde Lebendigkeit. Als ob sie einfach nur existent wäre und sich ihrem Schicksal gefügt hätte ...

Ah, jetzt weiß ich. Ich bin das. Sie hatte nur das gleiche Gesicht und somit auch den gleichen Gesichtsausdruck wie ich.

Ich hatte genug. Anstatt weiter anzugreifen, ließ ich die beiden stehen und machte mich auf, um aus dem Fenster zu springen. 9S rief mir hinterher.

»Warum?! Warum hast du uns verraten?!«, hallte es.

Es gab weder einen Grund noch eine Pflicht, darauf zu antworten. Aber ich konnte es trotzdem nicht einfach ignorieren. Also drehte ich mich um und gab ihm seine Antwort.

»Das Kommando hat hier den Verrat begangen!«

9S' Reaktion auf meine Worte blieb mir verwehrt. Aber sie war mir auch egal. Ich trat gegen das Fenster und sprang hinaus.

NieR:Automata™ Lange Geschichten
Kapitel 4
Geschichte von 2B / Entfremdung

»Operator, hier spricht 9S. Stellen Sie mich zur Kommandantin durch.«

»Verstanden, 9S. Sie werden jetzt mit der Kommandantin verbunden.«

»Es tut mir leid, Kommandantin. Wir konnten die Flüchtige A2 nicht besiegen«, teilte 9S mit.

Die Warnung der Kommandantin, dass A2 bereits eine beträchtliche Anzahl an Verfolgern zerstört hatte, war auf jeden Fall berechtigt gewesen. Sie war zwar ein altes Modell, doch trotz allem eine ernst zu nehmende Gegnerin. Für einen Moment lief es 2B kalt den Rücken hinunter, als sie darüber nachdachte, was hätte passieren können, hätten sie noch eine Weile länger gegen sie gekämpft.

A2s Flucht hatte den Kampf jedoch abrupt beendet. Nachdem sie aus dem Fenster hinausgesprungen war, hatten 2B und 9S ihre Verfolgung aufgenommen. Doch da sie nicht wussten, welche Fluchtroute sie eingeschlagen hatte, war jeglicher Nachstellungsversuch zwecklos. A2 hatte die beiden abgeschüttelt.

»Nun, zumindest sind Sie beide wohlbehalten. Diese Einheit ist unglaublich stark. In Zukunft sollten Sie sich besser von ihr fernhalten«, meldete die Kommandantin.

»Ähm …«, murmelte 9S leise, bevor er fortfuhr: »Kommandantin, warum hat A2 die Streitkräfte verlassen?«

Auch 2B wollte dringend eine Antwort auf diese Frage. Desertion war nichts, was man einfach so beiseitekehren konnte. Darüber hinaus ging es hier um ein Modell der Reihe Nummer 2, wie 2B eines war. Die Frage, was denn eine Androidin, die das gleiche Gesicht wie sie hatte, in der Vergangenheit angestellt haben könnte, ließ sich nicht so einfach abschütteln.

Was die Sache noch eigenartiger machte, waren die Worte, die sie an 2B und 9S gerichtet hatte, kurz bevor sie aus ihrem Blickfeld geraten war.

»*Das Kommando hat hier den Verrat begangen.*« Was hatte das zu bedeuten?

»Ich fürchte, das ist geheim. Ich kann es Ihnen nicht sagen«, antwortete die Kommandantin.

Geheim also. 2B mochte diesen Ausdruck nicht. Es hatte nie etwas Gutes zu heißen, wenn dieses Wort inkludiert war. Natürlich verstand sie, dass hierarchische Organisationen Vertraulichkeit auf verschiedenen Ebenen benötigten, um zu funktionieren. Doch für sie persönlich änderte es nichts daran, dass dieses Wort immer Probleme mit sich brachte.

9S' Stimme holte sie wieder zurück aus ihrem Tagtraum. »2B.« Die Verbindung zur Kommandantin war bereits getrennt worden, während sie in Gedanken versunken dagestanden hatte.

»Lass uns mal Pascal zu A2 befragen. Vielleicht weiß er etwas«, sagte ihr Kamerad.

Die Wahrscheinlichkeit ist jedenfalls hoch, dachte 2B. Es war auch Pascal gewesen, der ihnen vom Waldkönigreich erzählt hatte. Vielleicht war A2 früher schon einmal dort gewesen und hatte Unruhe gestiftet. 2B war sich sicher, dass Pascal die Begegnung mit einer so gefährlichen Androidin nicht einfach vergessen würde.

Das letzte Mal, als sie in Pascals Dorf waren, um ihn auszuforschen, waren sie jedoch auf Befehl der Kommandantin dort gewesen. »*Kenntnisse über derart einzigartige Individuen sind unerlässlich für künftige Einsatzerfolge*«, hatte sie gesagt. Dieses Mal aber würden sie aus einem anderen Grund zu ihm gehen. Was 9S vorschlug, hatte nichts mehr mit einer offiziellen Mission zu tun. Sie würden aus freien Stücken Kontakt zum Feind aufnehmen. 2B fragte sich, ob sie das Ganze lieber stoppen sollte.

Doch ganz gleich, wie sie sich entscheiden würde. Es änderte nichts daran, dass in letzter Zeit auch ohne dieses zusätzliche Risiko viele unangenehme Ereignisse vorgefallen waren. Da war schließlich auch die Sache mit den anderen Deserteurinnen.

Vor einigen Tagen war vom Kommando der Befehl gekommen, die Täterinnen einer Reihe von Diebstählen im Widerstandslager zu stellen. Der Inhalt der Anordnung war jedoch eine Farce gewesen. 2B hatte den streng vertraulichen Auftrag vom Kommando bekommen, die Deserteurinnen 8B, 22B und 64B in Gewahrsam zu nehmen und hinzurichten. Der Befehl hatte »völlige Zerstörung der Einheiten« gelautet – nicht nur ihre Festnahme.

Jedoch hatte der ahnungslose 9S die Androidinnen aufgespürt, was nur dem Umstand geschuldet gewesen war, dass er als Scanner-Modell mit einer exzellenten Suchfunktion ausgestattet war. Daraufhin hatte er den Deserteurinnen verkündet, dass er sie festnehmen würde. Logischerweise hatten diese begonnen, sich zu verteidigen. Nach einer Festnahme folgte eine Exekution – das hatten sie gewusst. Ihre einzige Option war es also gewesen, sich gegen ihre Verfolger zur Wehr zu setzen und zu fliehen.

Im Kampf hatte 2B sie jedoch zerstört. Die drei Androidinnen hatten ihn initiiert, also hatte 2B anschließend vorgegeben, ihre Vernichtung wäre unvermeidlich gewesen.

Eigentlich wäre es die perfekte Erklärung gewesen. Doch der scharfsinnige 9S hatte verlauten lassen, dass etwas »irgendwie eigenartig« wäre, und sich daraufhin direkt bei Anemone über die Details der Diebstähle erkundigt, als sie wieder zurück ins Lager gekommen waren. Natürlich hatte Anemone keine Informationen für ihn gehabt. Es hatte ja auch nie einen Diebstahl gegeben.

Anschließend hatte 9S Operator 21O kontaktiert, um sich bei ihr über die Diebstähle zu erkundigen.

»Dies ist eine vertrauliche Angelegenheit. Ich kann Ihnen deshalb nichts darüber sagen.«

Das war die einzige Antwort gewesen, die er bekommen hatte. 2B hatte bereits gespürt, dass diese Sache keine gute Wendung nehmen würde, doch nichts weiter tun können, als mit verschränkten Armen danebenzustehen und zuzusehen.

»Seien Sie vorsichtig, 9S«, hatte Operator noch gesagt. Sie hatte nichts über die Deserteurinnen um 8B gewusst und auch nichts darüber, dass alles ein abgekartetes Spiel gewesen war. Aber selbst sie hatte wohl ein ungutes Gefühl bei dem Fall gehabt, weshalb sie 9S den Rat gegeben hatte, Vorsicht walten zu lassen. Ihr wohlwollender Ratschlag war es bestimmt, der in 9S das Misstrauen gegenüber dem Kommando gedeihen ließ …

»2B?«, forderte 9S sie noch einmal zu einer Antwort auf.

»Ah, es ist nichts. In Ordnung. Lass uns gehen.«

Letztendlich hinderte sie 9S nicht daran, Antworten bei Pascal zu suchen. Selbst wenn sie ihn aufhielte, würde er nicht so einfach aufgeben. Das wusste sie, weil er ein Scanner-Modell war. Er würde wahrscheinlich sowieso zu Pascal gehen und es am Ende vielleicht sogar vor 2B geheim halten. Und das wäre ein noch größeres Problem.

»Pascal? Hier ist 9S«, sagte er, als Pascal auch schon auf dem Übertragungsdisplay erschien.

»Wir möchten dich etwas fragen«, fügte er hinzu, während 2B mit gemischten Gefühlen lauschte.

✳ ✳ ✳

Wegen des geringeren Risikos, abgehört zu werden, war ein persönlicher Besuch vorzuziehen. Als sie schließlich bei Pascal angekommen waren, hatte er allerdings keine aufschlussreichen Informationen parat.

»Wir haben in der Tat Informationen über diese A2-Androidin in unseren Archiven. Jedoch hat sie unser Dorf nie persönlich besucht«, sagte Pascal und fügte zögernd hinzu, dass ihnen allerdings bekannt war, dass sie ziemlich gefährlich war.

2B erinnerte sich daran, dass A2 ein kleines Maschinenwesen, das noch nicht einmal hatte gehen können, einfach vor ihren Augen ausgelöscht hatte. In diesem Moment hatte sie keine Skrupel bei A2 feststellen können. Und stark war sie auch. Sie konnte locker mit der Kampfstärke eines neuen YoRHa-Modells umgehen oder diese sogar übertreffen. Aus der Perspektive der Maschinen musste sie eine unglaublich große Bedrohung darstellen.

»Tut mir leid. Mehr Informationen habe ich nicht«, meldete Pascal.

»Ich verstehe«, antwortete 9S.

2B konnte die Enttäuschung deutlich von seinem Profil ablesen.

Sie verließen Pascals Dorf und machten sich auf den Weg zurück zur Ruinenstadt. Obwohl sie eine Abkürzung nahmen, kamen sie nicht schneller voran, da 9S' Tempo um einiges langsamer als für gewöhnlich war. Er war sichtlich niedergeschlagen. Ab und an schien es, als ob er tief in Gedanken versunken wäre und vielleicht seinen »nächsten Schritt« planen würde. Das war gefährlich. 2B musste dies unterbinden.

»9S«, rief sie seinen Namen. »Warum hast du Pascal nach A2 gefragt?«

2B klang dabei schon fast so, als wollte sie ihn ins Kreuzverhör nehmen, wohl auch, weil sie langsam bereute, 9S nicht von seinem unsinnigen Vorhaben, Kontakt zum Feind aufzunehmen, abgebracht hatte.

»Der Kontakt zu Maschinen wird nur nach Beratung mit dem Kommando empfohlen«, sagte 2B.

Auch wenn 9S aus unschuldiger Neugierde heraus agiert hatte, würde dies von der Kommandantin durchaus als problematisch angesehen werden. Noch dazu war seine Motivation dieses Mal nicht nur seiner Neugierde geschuldet, sondern fußte auch auf Misstrauen. Wenn das Kommando das irgendwie herausfinden würde …

»Tut mir leid.«

Die Niedergeschlagenheit in 9S' Stimme bestürzte 2B. War sie zu forsch zu ihm gewesen? Sie wusste, dass er ein Scanner-Modell und einfach seiner Natur gefolgt war, und doch hatte sie ihn so barsch konfrontiert. Sie fügte ihrer Aussage schnell eine Beschwichtigung hinzu: »Ich nehme jedoch an, Neugierde kann auch von Vorteil sein … auf ihre Weise.«

Auch wenn gerade diese ein zweischneidiges Schwert war.

»Danke, 2B.«

9S' Mundwinkel hoben sich leicht. Er hatte eine gesunde Portion Wissbegier, war aufrichtig und verbreitete gute Stimmung … Er war wirklich wie der Sonnenschein, der die Erde erhellte.

Deshalb, wünschte sie sich von Herzen, *mach bitte keinen Fehler. Deine Neugierde darf nur die Maschinenwesen betreffen, sonst nichts. Und falls es doch um etwas anderes geht, dann lass es bitte nie deine Kameraden sein … oder die Kommandantin.*

»Lass uns zurück zum Widerstandslager gehen. Wir sollten unsere Persönlichkeitsdaten überprüfen und unsere Vorräte auffüllen«, sagte 2B.

Vielleicht war das alles zwecklos. Vielleicht würde trotz allem wieder genau dasselbe passieren. Und doch …

Denn das war mein Versprechen an dich, flüsterte ihr Herz ganz leise.

✳ ✳ ✳

»Die Trupps A bis C sollen die Küste bewachen und die Trupps D und E werden die oberirdische Transportroute sichern. Anschließend …«

Bei ihrer Rückkehr ins Widerstandslager fanden sie Anemone vor, die den versammelten Truppen geschäftig allerlei Anweisungen gab. Es herrschte ungewöhnlich reges Treiben.

»Ach, 2B und 9S! Euer Timing ist perfekt!«, wandte sie sich an die beiden.

Noch bevor sie überhaupt fragen konnten, wurden sie von Anemone schon über den Inhalt der Mission unterrichtet. Es ging um das Aufstocken der Vorräte.

»Unsere Androidenstreitkräfte haben gerade einen Träger im Pazifischen Ozean eingesetzt. Er müsste bald zur Nachschubversorgung hier eintreffen«, erklärte Anemone weiter.

9S machte ein Gesicht, als ob er sich gerade an etwas erinnert hätte. Er war mit der Informationssammlung auf der Erde betraut, deshalb wusste er auch über die militärische und taktische Lage in anderen Regionen Bescheid.

»Es geht um den Flugzeugträger *Blue Ridge*, nicht wahr? Ich habe schon davon gehört«, sagte er.

»*Blue Ridge II*, um genau zu sein. Schön, dass wir uns verstehen«, antwortete Anemone.

»Wir sollen den Träger also eskortieren?«, fragte 9S daraufhin.

»Nein, ich wollte euch darum bitten, entlang der Küste Wachdienst zu halten und dabei ein Auge auf das gelagerte Raketenarsenal zu haben. Uns sind Informationen über eine hohe Aktivität von Maschinen aus der Gegend zugegangen. Ich fürchte, dass wir nichts gegen sie ausrichten können. Deshalb kommt ihr hier ins Spiel«, sagte Anemone.

»Überlass das nur uns«, antwortete 9S mit stolzgeschwellter Brust und fügte hinzu: »Wir sind immerhin die neuesten Modelle. Nicht so veraltet wie zum Beispiel A2.«

Dass A2s Name so einfach aus ihm herausprudelte, konnte nur bedeuten, dass er die ganze Zeit an sie gedacht hatte. Aber sie hatten ja auch gerade erst einen bitteren Kampf gegen dieses sogenannte veraltete Modell ausgefochten.

»A2? Angriffseinheit … Nummer 2?«

Anemones Miene hatte sich schlagartig verändert.

»Könnte es sein, dass du etwas über A2 weißt, Anemone?«, fragte 9S vorsichtig.

»N… Nein. Ich weiß nichts.«

Das war offensichtlich eine Lüge. Im Vergleich zu denen der YoRHa-Einheiten, deren halbes Gesicht von taktischen Augenbinden bedeckt war, waren die Gesichtsausdrücke der Widerstandsmitglieder einfacher zu deuten.

»Ich war nur ein wenig neugierig«, fügte Anemone hinzu.

Auch das war ganz klar eine Lüge, denn sie war sichtlich aufgewühlt und bebte. War irgendetwas zwischen A2 und Anemone vorgefallen?

»Nun, das ist alles, ich danke euch schon mal. Wenn ihr irgendwelche YoRHa-Angelegenheiten regeln müsst, dann könnt ihr die natürlich priorisieren«, verabschiedete sich Anemone auch schon aus dem Gespräch. Sie drehte sich um und ging los. Und natürlich war es 2B nicht möglich, Anemones Gesichtsausdruck von ihrem Rücken abzulesen.

✳ ✳ ✳

Das Gebiet, in dem das Raketenarsenal gelagert wurde, lag an einer Küste, die auch die »Versunkene Stadt« genannt wurde. Wie der Name schon vermuten ließ, waren hier unzählige Gebäude entweder halb oder bereits vollständig im Meer versunken. Er war also wörtlich zu nehmen.

»Die Fundamente hier wurden im letzten Krieg ausgebombt. Als Folge scheint die ganze Stadt langsam zu versinken«, erklärte 9S.

Die Gebäude, die dem kompletten Untergang noch irgendwie entkommen waren, konnte man als frühere Wolkenkratzer identifizieren. Heute lugten nur noch ihre obersten Stockwerke aus dem Meer hervor.

Obwohl es noch Festland in dieser Region gab, begannen einige Straßen bereits, langsam im Meer zu verschwinden. Das Wasser hatte sich mittlerweile über eine erhebliche Fläche ausgebreitet. Manche Stellen waren in richtige Matschgruben verwandelt worden, sodass es schwierig war, dort einen stabilen Stand zu finden.

Wie Anemone schon gesagt hatte, lungerten die Maschinenwesen hier überall herum. Sie machten sich auf dem Festland breit, doch waren auch auf den Dächern der bereits halb versunkenen Gebäude anzutreffen. Gehende, fliegende, kleine, mittelgroße – es war, als wären alle Arten von Maschinen hier versammelt. 2B und 9S räumten mit einer nach der anderen auf, während sie sich ihren Weg zum Raketenarsenal bahnten.

Der Himmel war strahlend blau und wolkenlos. Das Sonnenlicht spiegelte sich auf den tanzenden Wellen der Meeresoberfläche und war schon fast zu hell, so sehr blendete es 2B. Eigenartigerweise schien die Sonne in dieser Gegend bei jedem Besuch der beiden. Und wie immer würde 9S sagen: »Heute ist ein perfekter Tag zum Fischen!«

Gerade als 2B dachte, dass sie heute zum ersten Mal hier wäre, um etwas anderes als Meeresforschung zu betreiben, öffnete Pod das Übertragungsdisplay. Es war eine Notmeldung von der Kommandantin persönlich.

»Wie Sie sicher wissen, steuert das Trägerschiff mit dem Nachschub im Moment den Hafen an. Es wird jedoch gerade von einem Schwarm Maschinen angegriffen und steht unter Beschuss. Ich habe alle YoRHa-Trupps in der Ruinenstadt um Hilfe gebeten und Sie müssen ebenfalls zur Verstärkung hin. Ich schicke Ihnen sofort Flugeinheiten und Koordinaten. Viel Glück. Ende und aus.«

Als ob sie nur auf die Beendigung der Übertragung gewartet hätten, kamen die Flugeinheiten auch schon im Sturzflug auf 2B und 9S zu. Sie mussten bereits vor der Nachrichtenübertragung vom Bunker ausgesandt worden sein.

»Die Kommandantin ist wieder mal eine echte Sklaventreiberin, meinst du nicht auch?«, seufzte 9S.

Er bezog sich sicher darauf, dass sie nach der Beseitigung etlicher Maschinenwesen gerade einmal eine kurze Verschnaufpause gehabt hatten. 2B verstand seinen Missmut zwar, aber das hier war ein Notfall.

»Was wäre sie denn für eine Anführerin, wenn sie andere nicht herumkommandieren würde?«, tadelte 2B.

Sollte ein Gruppengefüge auf lange Zeit funktionieren, durfte man keine individuellen Komplikationen berücksichtigen. Man musste immer versuchen, das große Ganze im Auge zu behalten, anstatt sich mit Kleinigkeiten auseinanderzusetzen. Man musste blitzschnell Entscheidungen darüber treffen, was zurückgelassen oder aufgegeben werden konnte, nur um anschließend die gesamte Verantwortung dafür selbst zu schultern. 2B wusste, dass die Kommandantin zu alledem fähig war.

»Hm … wenn du meinst«, murmelte 9S weiter, denn er schien immer noch nicht mit seinen Beschwerden fertig zu sein.

2B ignorierte sein Gezeter und stieg in die Flugeinheit.

✳ ✳ ✳

Als sie den Flugzeugträger *Blue Ridge II* erreichten, sahen sie sofort, dass dieser in einen harten Kampf verwickelt war. Große Gruppen fliegender Maschinenwesen hatten sich um ihn herum versammelt und keine Sekunde verging, in der der Träger nicht schweren Angriffen ausgesetzt war.

»Ist ja fast wie ein Insektenschwarm«, meldete 9S über die Kommunikationseinheit.

»Ein *Insektenschwarm*?«

»Das Wort beschreibt eine große Ansammlung kleiner, herumschwirrender Insekten …«

»Egal jetzt. Wir zerstören sie«, meldete 2B bestimmt zurück.

Sie stellte ihre Flugeinheit in den Kampfmanöver-Modus, stürzte sich auf die Ansammlung und mähte ein Maschinenwesen nach dem anderen nieder. Als sie ihren Blick kurz nach unten richtete, sah sie das bereits völlig zerstörte Geleitschiff, dessen Überreste zwischen den

Wellen hin und her trieben. Es hatte aufgrund seiner eingeschränkten Manövrierfähigkeit wohl keinen Hauch einer Chance gegen eine Gegnerzahl dieser Größenordnung gehabt. Davon abgesehen waren ohnehin zu wenig Androidenstreitkräfte an Bord des Flugzeugträgers.

»2B! Ich registriere einen sehr großen Feind, der auf uns zukommt! Er kommt aus Südosten!«, rief 9S über die Lautsprecher.

2B konnte sehen, wie sich eine fliegende Goliath-Klasse-Maschine über den Luftraum näherte. Sie sah fast wie eine der Königskrabben-Maschinen aus, die 2B bei einer früheren Meeresforschungsmission einmal gefangen hatte. Doch nur ihre Form war ähnlich, die Größe war eine völlig andere Dimension.

2B ließ ihre Flugeinheit eine scharfe Kehrtwende machen. Wenn der Goliath seine Feuerkraft mit in die Schlacht involvierte, könnte der Flugzeugträger mit einem einzigen Schuss schweren Schaden nehmen. Räumte 2B die Maschine also nicht aus dem Weg, bevor der Träger in deren Schussreichweite gelangte, wäre er verloren.

»9S! Flieg höher!«, rief 2B.

Die Goliath-Klasse-Maschine hatte eine beträchtliche Menge an Seeminen auf der Meeresoberfläche verteilt. Der Luftraum war zwar voller kleiner Maschinen, doch diese hatten im Vergleich zu einer Seemine eine weitaus geringere Zerstörungskraft.

2B räumte einige der kleinen Maschinen aus dem Weg, während sie sich dem Goliath immer weiter annäherte. Sie griff die Artillerie ihres Feindes an, erledigte alle weiteren Gegner, die ihre Verfolgung aufgenommen hatten, und fokussierte ihre Angriffe danach wieder auf den Goliath. Dieses Spiel wiederholte sie einige Male.

»Feindliche Lufteinheit zerstört«, meldete 2B schließlich.

Der Körper der königskrabbenartigen Maschine knickte ein und riss einige der kleineren Flugmaschinen mit sich, als sie ins Meer unter ihnen stürzte. 2B konnte keine Anzeichen eines Wiederauftauchens feststellen.

»Lass uns jetzt zum Träger fliegen und dort helfen«, sagte 2B.

»Moment! Ich registriere noch immer eine große feindliche Einheit!«, wandte 9S über die Lautsprecher ein.

Was redete er da bloß? 2B hatte der Goliath-Maschine doch gerade den Garaus gemacht und vor allem eben noch bestätigt, dass der zerstörte Körper in den Tiefen des Meeres versunken war.

»Woher kommt das Signal?! Wenn sie so groß ist, sollten wir sie sehen können …«, schrie 9S, als seine Stimme auf einmal von einem gewaltigen Getöse übertönt wurde.

Im selben Moment stieg etwas aus dem Meer auf. 2B dachte noch, dass die massive Wassersäule, die in die Luft schoss, das Resultat irgendeiner Explosion gewesen wäre – doch da lag sie falsch.

Die dadurch entstandene Welle traf die *Blue Ridge II* mit voller Wucht, woraufhin der Träger kenterte. 2B konnte sehen, wie ihr Rumpf vom tosenden Meer begraben wurde. Doch sie realisierte erst Sekunden später, dass dies nicht durch die Welle geschehen war, sondern sich irgendetwas, das aus dem Meer aufgestiegen war, in die *Blue Ridge II* verbissen hatte.

Im nächsten Moment war der Flugzeugträger entzweigeteilt und seine Überreste trieben ins Meer hinaus.

»Was ist das?!«, rief 2B.

Es war ein Gegner von unvorstellbarer Größe. Er war gewaltiger als jede noch so gigantische Maschine, mit der sie es bisher zu tun gehabt hatten. Das Monster hatte drei riesige Augen und vier kleinere darunter.

Sie alle leuchteten hell in der einen Farbe, die feindliche Gesinnung bedeutete: Rot.

»Das ist ein Ungeheuer ...«

9S' Worte trafen mitten ins Schwarze. Sie hatten es mit einem Gegner absurder Größe und Stärke zu tun. Einem Maschinenungeheuer. Es hatte den Träger in Sekundenbruchteilen mit dem Maul in seine Einzelteile zerlegt. Die Schlacht, die nun vor ihnen liegen würde, stand unter keinem guten Stern.

Was sollten sie tun? Wie sollten sie eine erdrückende und überwältigende Situation wie diese zu ihren Gunsten wenden? 2B suchte verzweifelt nach einer Antwort, während sie finster in die rot aufblitzenden Augen ihres Gegners starrte ...

Wie erwartet, hatten sie es mit einem mächtigen Feind zu tun – vielleicht konnte man sogar sagen, dass dessen schreckliches Ausmaß all ihre schlimmsten Erwartungen übertraf.

Die Schusswaffen der Flugeinheiten waren aufgrund des Schutzschilds aus elektromagnetischen Wellen, den das Monstrum um sich herum projiziert hatte, völlig nutzlos. Sogar die Laserangriffe per Satellit aus dem All konnten gegen die Barriere nichts ausrichten und prallten einfach ab.

2B und 9S versuchten schließlich, den Gegner durch physische Geschosse der Verteidigungsartillerie zu verwunden, indem sie diese in sein Maul schossen, das als Einziges nicht vom Schutzschild abgeschirmt war. Die Geschosse wurden zwar nicht wie der Laser zurückgeworfen, doch Schaden konnten sie ebenfalls keinen ausrichten.

Kurz darauf geschah etwas, das sie nicht für möglich gehalten hatten. Das Monstrum erhob sich aus dem Wasser und nahm eine aufrechte

Haltung ein. Sie konnten nun sehen, dass es eine humanoide Maschine überdimensionaler Größe war. Die ganze Zeit über hatten sie gedacht, ihrem wahren Gegner bereits gegenüberzustehen, doch zu ihrem Entsetzen mussten sie nun feststellen, dass sie bisher nur den Kopfteil der Maschine attackiert hatten …

Sie hatten getan, was sie konnten. Selbst ihre ausgeklügelte Angriffsstrategie, ihrem Gegner mit den Satellitenlasern der stärksten Feuerkraft über seinen Rachen beizukommen, war vollends gescheitert.

»Wie können wir so einen Feind denn schlagen …?«

Jede Streitkraft musste in diesem Moment dieselben Worte wie 2B geflüstert haben.

Das Monster ließ sich nicht aufhalten. Weiße elektrische Entladungen tanzten in unregelmäßigen Abständen um es herum durchs Wasser, während es gemächlich voranschritt. 2B fühlte die Vibrationen jedes einzelnen Schrittes bis zu sich hin. Die Erschütterungen waren so stark wie die, die die Ruinenstadt zum Einsturz gebracht hatten. Nun lag jedoch ein noch intensiveres Gefühl der Unruhe in der Luft.

»Die Situation ist schlimm! Rückzug!«, tönte es aus den Lautsprechern.

Das Monstrum schüttelte seinen Körper und machte einen Satz auf die Androiden zu. 2B versuchte auszuweichen, doch es war bereits zu spät. Sie fühlte noch, wie sie durch die Luft geschleudert wurde, und bereitete sich auf den schweren Sturz vor.

Doch der Aufprall trat nicht ein. Stattdessen erlebte sie eine unerwartet weiche Landung.

»Alles in Ordnung, 2B?«, fragte eine Stimme.

»Pas…cal?«

2B sah, dass auch 9S samt seiner Flugeinheit von anderen Maschinen im Luftraum abgefangen worden war. Es waren die Einwohner von Pascals Maschinendorf.

»Danke, dass ihr uns gerettet habt«, richtete sich 2B an den Dorfvorsteher.

Sie hatte daran gezweifelt, dass Maschinenwesen Empfindungen haben konnten. Sie fand es sogar überaus verdächtig, dass sich Maschinen als »friedliebend« bezeichneten. Sie war auch dann zögerlich gewesen, ihnen zu glauben, als sie erfahren hatte (oder vielleicht sogar, weil sie es schon gewusst hatte), dass von ihnen tatsächlich keine Gefahr ausging. Und nun waren ihnen auch noch genau diese Maschinen zu Hilfe gekommen …

Mit einem Gefühl der Erleichterung keimte gleichzeitig Sorge in 2B auf. Die soeben gewonnene Erkenntnis machte ihr Angst, also lenkte sie ihre Aufmerksamkeit bewusst wieder auf die Bedrohung vor sich. Sie starrte das Monstrum mit finsteren Blicken an.

»Dieses gewaltige Maschinenwesen ist eine uralte Waffe, die in der Vergangenheit schon einmal unschädlich gemacht wurde«, erklärte Pascal, während er auf Sicherheitsabstand ging.»Ich weiß das, weil ich damals, als es passierte, Teil des Maschinennetzwerks war. Unmittelbar nachdem das Wesen das Festland erreicht hatte, drehte es durch und griff alles an, was in Sichtweite war. Niemand fand heraus, wie man es zerstören kann. Am Ende haben wir es im tiefen Ozean versenkt.«

»Das heißt also …« 9S' Stimme drang nun durch die Lautsprecher zu 2B. »Das Kommando hat mir die Feinddaten zukommen lassen. Das letzte Auftauchen der Maschine auf dem Festland liegt dreihundertzwanzig

Jahre zurück. Alle Widerstandskämpfer in seiner Umgebung wurden vollends ausgelöscht.«

»Das bedeutet demnach, dass sich dieses katastrophale Ereignis wiederholen könnte, wenn wir nicht verhindern, dass es ans Festland kommt. Aber wie stellen wir das an …?«, fragte 2B.

Die Geschosse ihrer Flugeinheiten richteten nichts gegen ihren Gegner aus. Selbst die Satellitenlaserangriffe aus dem All konnten den elektromagnetischen Schutzschild des Monstrums nur für kurze Momente stören. In so einer Situation hätte wahrscheinlich nicht einmal die Selbstzerstörungsexplosion durch eine Reaktion der Blackboxes genug Kraft, um den Gegner zu vernichten. *Gab* es überhaupt eine Möglichkeit, ihn irgendwie aufzuhalten?

»Die Granatwerfer! Die Kurzstreckengranaten, die auf dem Träger hätten installiert werden sollen!«, rief 9S über die Kommunikationseinheit.

Sie hatten bereits durch ihre vorherigen physischen Geschosse in die Mundhöhle des Gegners festgestellt, dass diese nicht zurückgeworfen wurden. Glücklicherweise waren alle Granaten und das Raketenarsenal, für deren Schutz sie angeheuert worden waren, noch vollkommen intakt.

»Ich werde testen, ob sie einsatzbereit sind«, meldete 9S.

Um die Granatwerfer bedienen zu können, war es erforderlich, in ihre Programmeinstellungen einzugreifen.

»Verstanden. Ich gebe dir Deckung«, antwortete 2B.

9S steuerte seine Flugeinheit geradewegs auf die Abschussrampe des Granatwerfers zu. Um seine Sicherheit zu gewährleisten, beseitigte 2B indes alle kleineren Maschinenwesen, die sich in seinem Weg befanden.

Obwohl ihre Gegner langsam weniger wurden, waren immer noch eine Menge der kleinen Maschinen übrig. *Das nennt man also einen Insektenschwarm*, schoss 2B durch den Kopf, als sie sich an 9S' Worte erinnerte, während sie durch ihre Feinde hindurchfegte.

Mitten im Gefecht und eine Maschine nach der anderen zu Boden schlagend, sah sie auf einmal, wie sich der Granatwerfer aktivierte. Auch die Abschussrampe veränderte ihren Winkel. Direkt neben einer der Granaten sah sie 9S' Flugeinheit schwanken. Pod 153 verkündete über die Kommunikationseinheit, dass die Granate abschussbereit sei.

»Feuer!«, rief 9S.

2B entfernte sich aus der Schussbahn der mit voller Kraft abgefeuerten Granate. Deren Ziel war das Riesenmonster – und sie flog geradewegs darauf zu.

Das Monstrum öffnete sein Maul sperrangelweit, fast so, als ob es die Gefahr erkannte und seine Gegner einschüchtern wollte. Doch die Granate versank deshalb genau dort, wo sie sollte – tief im Rachen der Riesenmaschine.

Der Feind krümmte sich und schüttelte seinen gewaltigen Körper. Ein fürchterlicher Schrei, der wie grölender Donner klang, fuhr aus ihm heraus. Im selben Moment ereilte 2B noch der Gedanke, sich besser weiter vom Schlachtfeld zu entfernen, doch dann wurde bereits alles weiß.

Und gerade, als sie erkannte, dass sie von der Explosion verschlungen worden war, fiel alles in Dunkelheit.

Das Erste, was 2B hörte, war ein Rauschen. Bald erkannte sie, dass es das Geräusch der Wellen war, die regelmäßig hin und her schwappten.

»Ugh …«

Sie fand sich inmitten bröckelnden Zements und rostigen Eisens wieder. Sie hatte eine Bauchlandung hingelegt. Langsam richtete sie ihren Körper auf. Noch taumelte sie ein wenig, doch es hinderte sie nicht am Gehen.

2B drehte sich um und erblickte einen unansehnlichen Metallberg, der aus dem Wasser der See ragte. Die Reste ihres fürchterlichen Feindes. Das Monstrum war in aufrechter Haltung lichterloh verbrannt, wovon nur noch weiße Rauchschwaden zeugten, die hier und da von seinem leblosen Körper aufstiegen. Sie hatten die kolossale Maschine endlich zum Stillstand gebracht.

Im selben Moment erinnerte sich 2B. Die Granate war ins Maul des Monstrums gedrungen, worauf eine EMP-Explosion gefolgt war. 9S' Versuch, die Kontrolle über den Granatwerfer zu erlangen, war geglückt.

Doch von 9S war nirgends eine Spur. Und auch Pascal und die anderen Bewohner des Maschinendorfes waren nirgendwo zu sehen.

»2B an Bunker, bitte kommen. Ende.«

2B wollte zuerst einen Überblick über die Lage gewinnen, bevor sie wieder mit 9S zusammentraf.

»Operator an … 2B! 2B, sind Sie in Ordnung?!«, drang eine nervöse Stimme zu ihr.

Operator 6O klang etwas angespannter als sonst – vielleicht, weil sie in Panik war.

»Ich mache eine Systemdiagnose … Die Kernfunktionalität scheint unbeeinträchtigt«, antwortete 2B.

»Gott sei Dank!«

Das erleichterte Seufzen von Operator 6O am anderen Ende ging nicht an 2B vorbei.

Sie versuchte, so gefasst und ruhig wie möglich zu klingen, obwohl es sie einerseits amüsierte, dass Operator sich so übermäßige Sorgen zu machen schien. Andererseits hatte sie auch Schuldgefühle, ihr überhaupt solche Sorgen bereitet zu haben.

»Ich brauche einen Statusbericht.«

»Verstanden. Was die große Maschine betrifft, die die Küste angriff: Sie gab ihren Widerstand vor acht Stunden auf – nach Ihrem Granatenangriff«, antwortete Operator.

»Acht … Stunden?! So lang ist das her?!«, erschrak 2B.

Sie verstand nun, warum Operator gerade so nervös geklungen hatte. Diese war sicher überrascht, endlich durchzukommen, nachdem die Kommunikation zu 2B für acht Stunden unterbrochen gewesen war.

Operator fuhr fort: »Allerdings hat ihr EMP-Schlag die Kommunikationskanäle in der gesamten Gegend ausgeschaltet, sodass die Kontaktaufnahme zu vielen Einheiten sowie etwaige Reparaturmaßnahmen hinterherhinken.«

»Wo ist 9S?«, fragte 2B.

Operator 6O begann auf einmal zu stottern. »Wir … haben ein schwaches Blackbox-Signal empfangen, es reichte aber nicht zur Positionsbestimmung.«

2B wusste, dass ihr Kamerad noch am Leben sein musste, da seine Blackbox Signale aussandte. Dass diese allerdings schwach waren und sein genauer Standort nicht bestimmt werden konnte, deutete darauf hin, dass er schwere Verletzungen erlitten hatte.

»Erbitten Sie bei der Kommandantin die Erlaubnis, sofort eine Suche zu starten«, meldete 2B.

»Oh, die Kommandantin hat schon befohlen, dass die Rettung überlebender YoRHa-Mitglieder höchste Priorität genießt.«

Obwohl 2B über diese Nachricht erleichtert war, überkam sie im selben Moment abermals das Entsetzen über den langen Ausfall ihrer Funktionsfähigkeit.

»2B. Wenn Sie 9S finden ... lassen Sie es mich wissen. Okay?«

Operator verabschiedete sich mit diesen Worten.

»Wird erledigt«, antwortete 2B knapp, bevor sie sich eiligen Schrittes auf den Weg machte.

2B schloss die Bergungsmission entlang der Küste in Windeseile ab und kehrte zum Widerstandslager zurück.

Die in Pod 042 installierten Sensoren waren nicht dafür gemacht, schwache Blackbox-Signale aufzuspüren. Laut der Unterstützungseinheit brauchte man für die Suche deshalb einen dynamischen Scanner. Glücklicherweise gab es auf der Erde innerhalb des Widerstandslagers Aufzeichnungen über die frühere Nutzung eines ebensolchen Geräts und falls es das Schicksal gut mit 2B meinte, hätte es sogar noch eines gelagert.

Sie verlor keine Zeit mit Erklärungen, als sie Anemone endlich fand.

»Ich suche nach einem sogenannten dynamischen Scanner, der auch schwache Blackbox-Signale registrieren kann«, erklärte sie kurz.

»Einem dynamischen Scanner?«, fragte Anemone mit einem leichten Stirnrunzeln nach. Sie nickte verständnisvoll. »Verstehe. Das muss hart sein.«

Anemone musste bereits von der Bergungsoperation bezüglich der anderen YoRHa-Einheiten gehört haben. Sie hatte eins und eins zusammengezählt und verstand, dass 2B gerade mitten in einer Mission steckte und deswegen ins Lager zurückgekehrt war.

»Die Zwillinge haben das Gerät gebaut. Ich glaube, sie sind gerade von einer Expedition zurückgekommen.«

»Die Zwillinge?«, fragte 2B.

»Die beiden rothaarigen Androidinnen dort. Sprich mit ihnen«, empfahl Anemone.

»Verstanden.«

Es sparte wichtige Zeit, dass Anemone wie immer ebenfalls kurz angebunden war. 2B hatte ihr bereits den Rücken zugekehrt, als sie noch einmal von ihr gestoppt wurde.

»2B.« Gesprächszusätze waren ungewöhnlich für Anemone.

»Die Zwillinge, sie …« Anemone brach ihren Satz ab, bevor sie ihn beendet hatte.

»Ja?«, drängte 2B.

»Ach, schon gut.«

Sie wollte zwar gerne wissen, warum Anemone sie aufgehalten hatte, nur um dann ihren Gedanken nicht zu Ende zu führen, doch stellte keine weiteren Fragen. Zeit war im Moment äußerst kostbar.

Sie sah sich um und fand die rothaarigen Androidinnen, von denen Anemone gesprochen hatte. Die Blicke von 2B und einer von ihnen trafen sich.

»Was willst du?«, fragte eine forsche Stimme.

Die wild zerzausten Haare der Androidin erinnerten 2B an das gesträubte Fell eines wilden Tieres.

»Ruhig, Devola. Es gibt keinen Grund, so streitsüchtig zu sein«, sagte die andere.

»Und du musst nicht gleich jedem dahergelaufenen Idioten trauen, Popola.«

2B konnte aus diesem Schlagabtausch herauslesen, dass die Streitlustige wohl Devola genannt wurde und die andere Androidin, die sie zurechtgewiesen hatte, Popola hieß. Popola hatte dieselbe Haarfarbe wie Devola, doch ihre Haare waren glatt und auch sonst unterschieden sie sich offensichtlich durch ihren Charakter.

»Tut mir leid. Können wir dir helfen?«, fragte Popola.

»Ich brauche einen Scanner, der schwache Blackbox-Signale empfangen kann«, antwortete 2B.

Unerwarteterweise war es Devola, die sich daraufhin zu Wort meldete: »Ah. Ja, vor einiger Zeit habe ich an so etwas herumgebastelt.«

Sie stand blitzschnell auf und begann, im Gepäck neben sich herumzuwühlen.

»Wenn du das Signal einer Blackbox aufspüren willst, dann suchst du nach jemandem, oder?«, fragte Popola, den Kopf leicht schief geneigt.

Die beiden hatten wohl noch nichts von der Bergungsmission der YoRHa-Einheiten mitbekommen. Anemone hatte aber auch gesagt, dass »sie gerade erst von einer Expedition wiedergekommen« waren, also hatte sie die Nachricht wahrscheinlich noch nicht erreicht. Als 2B noch einmal die verschmutzte Kleidung der Androidinnen begutachtete, bestätigte sich ihre Vermutung, dass sich die beiden eine ganze Zeit lang im Feld aufgehalten haben mussten.

»Hier. Wenn du willst, gehört er dir«, verkündete Devola.

Sie legte einen kleinen Chip, der für den Pod gedacht war, in 2Bs offene Hand. 2B bedankte sich, woraufhin Devola die Mundwinkel steil nach oben zog, um ein Lächeln zu formen. Es war ein warmes und freundliches Lächeln, das ihr 2B nach dem schroffen ersten Eindruck nie zugetraut hätte.

»Hoffentlich findest du deine vermisste Person schnell«, sagte Popola. Ihr Lächeln war vergleichsweise kaum wahrnehmbar, aber da. Ihre zurückhaltende Art und Sprechweise waren das komplette Gegenteil von Devolas, obwohl beide dieselbe Haarfarbe und sogar die gleichen Gesichtszüge hatten. »Bitte lass uns wissen, wenn du sonst noch etwas brauchst, okay?«

»Und glaube nur nicht, dass wir deswegen Freunde sind!«

»Ach, Devola …«

Popola stupste Devola von der Seite an.

»Ich meine es ernst«, gab Devola mit einem bösen Blick zurück.

2B war sich nach dieser Interaktion sicher, dass mit den Zwillingen irgendetwas »los war«. Das musste es sein, was Anemone ihr eigentlich hatte sagen wollen, bevor sie sich dann doch dagegen entschieden hatte.

Allerdings war 2B im Moment nicht interessiert daran, diese Umstände genauer zu untersuchen oder sich mehr Gedanken darüber zu machen. Hätte sie eine Aufforderung der Kommandozentrale über die Festnahme der beiden gehabt, wäre das etwas anderes gewesen, aber es gab keinen solchen Befehl und deshalb lag auch kein Problem vor. Jeder hatte ein oder zwei Sachen, die er nicht gern preisgeben wollte … und sie selbst war da keine Ausnahme.

✳ ✳ ✳

2B kehrte zur Versunkenen Stadt zurück, um ihre Rettungsmission fortzusetzen. Der von Devola gebaute dynamische Scanner war überaus präzise

und ermöglichte es ihr, einige Blackbox-Signale in der Gegend auszumachen, die ihr vorher komplett verborgen geblieben waren.

Die schwachen Signale kamen von allen möglichen Orten – aus dem
Schatten der Trümmer, aus den Spalten zwischen den Gebäudewänden sowie auch von gut versteckten Plätzen, die man beim ersten Hinsehen niemals vermutet hätte. Die Signale stammten von schwer verwundeten Opfern, die sich weder aus eigener Kraft befreien noch um Hilfe rufen konnten.

Bei jeder Einheit, die sie fand, ging 2B auf die gleiche Weise vor. Sie
verabreichte ihr ein Vakzin gegen einen Logikvirus, sandte die Koordinaten des Opfers an den Bunker und übermittelte eine Bergungsanfrage.

Unter allen Opfern war jedoch weiterhin keine Spur von 9S.

»Ich müsste das Blackbox-Signal so eigentlich erfassen können …«

Warum war sein Standort nirgends auszumachen? Vielleicht war das
Signal wirklich viel zu schwach oder aber einfach zu weit entfernt …

»Vermutung: Die Einheit 9S wurde in der gewaltigen Explosion auf
dem offenen Meer mitgerissen.«Pod, der hinter 2B hergeschwebt war,
flog nun in ihr Sichtfeld.»Vorschlag: Suchradius vergrößern.«

»Kann es sein, dass er noch weiter weggeschleudert wurde?«

»Bestätigung.«

Wenn 9S noch weiter ins Landesinnere geschleudert worden war,
wäre das ja immerhin zu verschmerzen. Aber was, wenn es die offene
See war? Bei dem Gedanken allein lief es 2B kalt den Rücken hinunter.

»Negativ.«

»Ich hatte doch noch gar nichts gesagt«, erwiderte 2B.

»Jegliche Information über 9S' Standort ist spekulativer Natur. Daraus
ergibt sich, dass es sinnlos ist, aufgrund einer Schlussfolgerung, die auf diesen Spekulationen beruht, pessimistisch zu denken.«

»Okay.«

Pod hatte recht. Es ergab keinen Sinn, sich in irgendwelche negativen Wahnvorstellungen zu verbeißen, solange keine einzige Information gesichert war.

»Davon abgesehen bist du heute sehr gesprächig, Pod«, sagte 2B.

»Zustimmung: Dieser Pod ist eine Unterstützungseinheit und spricht, wann immer es notwendig ist.«

Verstehe, dachte sich 2B, doch es kam nicht über ihre Lippen. Sie realisierte, dass Pod heute so gesprächig war, weil 9S nicht da war. Wäre er hier gewesen, dann hätte er wie immer einfach ununterbrochen irgendetwas von der Seite beigesteuert. Hätte Pod keine Konversation geführt, wäre es still gewesen. Er hatte wohl entschieden, dass diese Stille nicht gut war.

»Vorschlag: 2B sollte mehr aus Eigeninitiative sprechen.«

»Negativ.«

Das viele Sprechen und Lachen war 9S vorbehalten. Es war seine Rolle. 2B hatte niemand anderen gebeten, diese Rolle zu übernehmen. Egal, ob jemand dieselben Worte oder dieselben Ausdrücke wie 9S benutzte, niemand konnte ihn ersetzen. Zumindest wäre dieser Jemand nicht der 9S, der er für 2B war …

Sie wanderte entlang der Küste und war in Gedanken versunken, als sie auf einmal ein Ächzen unter einem der Leichenhaufen vernahm. Auch der Scanner reagierte.

»Bericht: Blackbox-Signal registriert. Lebensfunktionen aktiv.«

2B hievte den Androidenkörper, der sich bereits zur Hälfte im Wasser befand, unter den anderen hervor. Seine Kleidung war so vollgesogen, dass er furchtbar schwer war, und es kostete 2B einiges an Kraft, ihn ins Trockene zu befördern.

»Pod, setze ein Prüfmodul sowie einen Schutz vor Logikviren ein.«

Dann half 2B der Einheit, Wasser auszuhusten, und beförderte sie in Rückenlage, woraufhin sie ihre Augen leicht öffnete.

»Ich habe den Bunker kontaktiert und ein Rettungssignal ausgesandt. Die müssten bald hier sein«, versicherte ihr 2B.

»Da… Danke …«, brachte die Einheit gerade noch heraus.

»Wir sind im Moment auf der Suche nach unserem Kameraden, der YoRHa-Einheit 9S. Wenn Sie irgendwelche Informationen über ihn haben, dann geben Sie sie uns bitte.«

»9… S …? Das ist der Junge, der bei Ihnen war, richtig …?«

»Bitte. Jede Kleinigkeit hilft.«

»Ich habe ihn gesehen, ja … Die Explosion hat ihn weggepustet …«

Die Androidin war zum Zeitpunkt der Explosion bei 9S gewesen und hatte ihn gesehen.

»In welche Richtung?«, fragte 2B.

Sie spürte, wie ihre Stimme zitterte.

»Ich werde … die Landestelle so gut wie möglich einschätzen und die Daten an Sie übertragen.«

»Danke.«

Pod bestätigte daraufhin auch schon die Übermittlung der Daten.

»Das kann doch …!«

2B verstand nun, warum nicht einmal der dynamische Scanner 9S' Aufenthaltsort hatte ausmachen können. Die Koordinaten seiner vorausberechneten Landestelle waren viel weiter im Landesinneren, als die Versunkene Stadt überhaupt hineinreichte.

»Bleiben Sie hier, bis das Rettungsteam eintrifft«, sagte 2B zu der verwundeten Androidin.

»Hoffentlich … finden Sie … ihn …«

2B nickte ihr bestimmt zu und rannte dann zielstrebig in Richtung der soeben erhaltenen Koordinaten.

Eine andere Perspektive – »Adam«

Je mehr ich weiß, desto weniger verstehe ich. Je mehr ich erforsche, desto stärker entziehen sich mir meine Erkenntnisse. Die Spezies »Mensch« ist voller Mysterien und Widersprüchlichkeiten.

Zuerst einmal unterscheiden sich die Menschen im Wesen grundlegend von uns Maschinen. Sie bildeten Gruppen und lebten zusammen, doch hatten kein Netzwerk so wie wir. Betrachtet man ihre Motivationen genauer, so schienen sie vorwiegend um das eigene Wohl besorgt zu sein. Und doch hatten sie allem Anschein nach eine schwache Bindung zum eigenen Selbst.

Dies wird zum Beispiel bei der Selbstreplikation klar. Der Selbstreplikationsprozess der Menschen war äußerst schlampig und inkonsistent. Aber es ist nicht so, dass sie keine Technologien für perfekte Selbstreplikationen gehabt hätten. Diese waren vorhanden, doch die Menschen wollten sie nicht nutzen. Stattdessen waren sie dem unvollkommenen Selbstreplikationsprozess der sogenannten »Fortpflanzung« verfallen.

Darüber hinaus verboten sie es, das Original und die Kopie als dieselbe Person anzusehen. Das Original wurde »Elternteil« getauft und die Kopie »Kind«. Beide wurden als eigenständige Entitäten angesehen. Sie standen mehr in der Relation eines Schöpfers und eines Erschaffenen als der eines Originals und einer Kopie.

Und da die Menschheit ihre Schöpfung, die Androiden, bereits hatte, hätte es doch keinen Grund für sie gegeben, ihre Selbstreplikaten so rücksichtslos wie ihre Schöpfungen zu behandeln. Es ist mir einfach unbegreiflich. Ein Rätsel.

Unsere Schöpfer jedoch ließen kein Rätsel ungelöst. Sie waren zerbrechliche Wesen ohne Besonderheiten. Sie hatten keinen Funken an Originalität in sich. Langweilig. Im Vergleich dazu waren die Mysterien der Menschheit glorreich und strahlend.

Egal, wie viel Material ich auch untersuche, ich forsche und forsche und forsche und werde doch niemals damit fertig.

»Warum müssen wir all diese Bücher lesen, Bruder?«

»Wissen erweiterte den Horizont der Menschen und bereicherte ihr Leben.«

»Aber warum können wir nicht einfach alle Daten sofort zu uns übertragen?«

»Zu deinem Kopf könnten wir das vielleicht. Aber nicht zu deinem Herzen.«

»Hm. Verstehe.«

Die Schrift, die die Menschen zurückgelassen haben. Mit nur ein paar Dutzenden von einzigartigen Zeichen, die sie zusammenfügten, waren die Menschen in der Lage, erstaunliche und prächtige »Welten« zu erschaffen. Es waren nicht nur einfache Informationen, die sie niederschrieben. Es waren kleine Universen in sich.

Indem sie die verschiedenen Kombinationen ihrer Zeichen »lasen«, konnten die Menschen diese Welten selbst erfassen und aufnehmen. Ein Datentransfer könnte so etwas niemals erreichen. Ich glaube, dass sich die Vielfalt der Menschheit in ihren Büchern widerspiegelt.

Während ich willkürlich verschiedenste dieser Bücher verschlang, realisierte ich etwas. Allen menschlichen Motivationen und

Entscheidungen lag ein spezifisches Konzept zugrunde, das immer wieder auftauchte.

Der Tod.

Die Menschen schienen eine Vorliebe für Redewendungen und Komposita zu haben, die sich mit dem Tod beschäftigten. Er war in ihrer Sprache allgegenwärtig. »Den Tod finden«, »sich den Tod holen«, »Todesangst«, »todgeweiht« – um nur ein paar Beispiele zu nennen. Es gab auch eine Vielzahl an Schriften, deren Hauptthema der »Tod« war. Besonders unter dem Genre der »Philosophie« schien sich dieses Thema zu häufen.

Der Tod. Der Tod war ein Konzept, das für uns Maschinenwesen nur schwer zu begreifen war.

Wir waren durch das Netzwerk miteinander verbunden und starben nie. Auch wenn die Energie in unserem Kern erlosch, wir bis aufs Äußerste der Zerstörung erlagen oder alle unsere Funktionen zum Stillstand kamen, so gab es für uns immer einen Neustart. Und wie es scheint, ist ein Neustart nach dem Stillstand aller Funktionen immer noch etwas anderes als der Tod.

Viele Kreationen der Menschen entsprangen allein ihrer Furcht vor dem Tod. Immer wieder scheiterten sie bei dem Versuch, ihn zu überwinden. Und obwohl sie ausreichende Technologien zur Verfügung hatten, mussten sie letztendlich doch mit dem Tod an ihrer Seite koexistieren.

War es wirklich so schwer, den Tod loszulassen? Oder war er geradezu wie ein komplexer Zauber, von dem man nicht ablassen konnte?

Würde ich als Maschine, die den Tod nicht begreifen kann, ihn eines Tages doch verstehen? Würde ich die Menschen dann auch endlich verstehen?

Vielleicht ist es unser Fluch als Maschinenwesen, die Menschen so sehr verstehen zu wollen. Wir alle, mich eingeschlossen, imitieren die Menschen. Wir imitieren ihre Worte, ihre Fortbewegung, ihre Empfindungen, ihr Aussehen, sogar ihre Beziehungen zueinander …

Warum das alles? Warum ist unser Interesse an den Menschen so gewaltig?

»Bruder, darf ich den hier kaputt machen?«

»Nein. Wenn du ihn kaputt machst, können wir ihn nicht mehr benutzen.«

»Aber der hat dir doch schlimme Sachen angetan, oder, Bruder?«

»Das stimmt. Aber du darfst ihn nicht kaputt machen.«

»Okay.«

Wir brauchten keinen Grund, um gegen die Androiden zu kämpfen. Trotzdem war der Kampf gegen sie kein »Kampf auf Leben und Tod«. Denn genau wie wir konnten die Androiden immer wieder auferstehen.

Aber wenn es einen Grund für sie und mich gäbe zu kämpfen, wenn ich der Androidin einen Grund zum Kämpfen geben würde … könnten wir dann einen Kampf auf Leben und Tod ausfechten?

»Bruder, lass uns spielen.«

»Ich bin beschäftigt.«

»Lass uns ›Mensch‹ spielen.«

»Später.«

»Wann können wir spielen?«

»Wenn ich mit meiner Arbeit fertig bin.«

»Okay. Ich warte, bis du fertig bist.«

»Gut. Warte hier.«

»Hier?«

»Kannst du alleine hier warten?«

»Wenn ich hier warte, spielst du dann mit mir?«

»Ja.«

»Okay, dann warte ich.«

»Braver Junge.«

»Ich werde hier warten, bis du zurückkommst, Bruder!«

Ich konnte Eva auf keinen Fall mitnehmen. Er würde sofort einen Neustart einleiten. Ein Neustart nach dem Stillstand aller Funktionen ist kein echter Tod. Ich will es wissen. Ich will das Rätsel lösen. Das Rätsel der Menschen.

Vielleicht werde ich dann endlich von den Geistern meiner Schöpfer befreit.

Die vorausberechneten Koordinaten von 9S' Absturzpunkt führten 2B in den bereits bekannten Krater der Ruinenstadt. Wollte man von der Versunkenen Stadt aus zu Fuß dorthin gehen, würde das einiges an Zeit in Anspruch nehmen, denn die eingestürzten Bauten und die zerklüfteten Straßen würden einen zu weiten Umwegen zwingen. Betrachtete man allerdings die Luftlinie zwischen 2B und 9S' vermeintlichem Standort, so war die Entfernung nicht allzu groß. Wenn die gewaltige Explosion ihn in gerader Linie weggeschleudert hatte, dann war es keine Überraschung, dass er so weit weg gelandet war.

Der im Pod installierte Scanner reagierte.

»Bericht: 9S' Blackbox-Signal empfangen.«

»Wo ist er jetzt?«, fragte 2B.

»Antwort: Unterirdisches Höhlennetzwerk.«

»Im Höhlennetzwerk? Dort, wo das Alien-Schiff ist?«

»Bestätigung.«

Der Höhleneingang war aufgrund des Erdrutsches in der Ruinenstadt freigelegt. Die Koordinaten deuteten auf das Gebiet im Krater hin, also bestand natürlich die Möglichkeit, dass 9S geradewegs in die Höhle gestürzt war. Doch …

»Wir gehen runter.«

2B nutzte eine Leiter, die am Rande der Kratersenkung weiter in die Tiefen führte, und stieg hinunter. Immer wieder suchte sie die Steinwände nach Spuren ab, die 9S hätte hinterlassen können. Doch es war nichts von seinem Hab und Gut oder irgendwelchen Kleiderfetzen zu sehen – und schon gar nicht er selbst.

Als sie endlich am Grund der Höhle angekommen war, fand sich 2B erneut inmitten seichten Wassers wieder, was einen stabilen Stand schwierig machte. Auch hier war keine Spur von 9S. Ihr Blick glitt nach oben. Sie befand sich in beträchtlicher Tiefe. Hätte sie ohne den Gleitmechanismus des Pods hinunterspringen müssen, hätte sie sich sicher Verletzungen zugezogen.

Da 9S durch eine Explosion hinuntergeschleudert worden war und die Leiter in der Senkung nicht hatte benutzen können, mussten seine Verletzungen dementsprechend schwer sein. Der Sturz hätte ihn auf den Grund der Höhle befördert, wo er mit voller Wucht aufgeschlagen wäre. 2B wusste, dass er nach so einer Beschädigung nicht direkt aufstehen oder sich mit Leichtigkeit hätte fortbewegen können.

Trotzdem lag 9S nicht hier. Aber warum?

»Bericht: Die Quelle des Blackbox-Signals kommt vom Ende des unterirdischen Tunnels.«

»Vom Ende des Tunnels?«

Am Grund der Höhle bemerkte 2B zwei schmale Durchgänge, die tiefer in den Fels führten. Einer von ihnen endete bald in einer Sackgasse, wohingegen der andere noch viel weiter hinein, bis zum Schiff der Aliens, führte. Wenn Pod »vom Ende des Tunnels« sprach, dann meinte er wohl den Gang, der sich bis zum Feindschiff hindurchschlängelte.

2Bs Alarmglocken schrillten. Wenn 9S nach seinem Sturz noch zum Gehen in der Lage gewesen wäre, wieso hätte er dem Tunnel dann weiter ins Höhleninnere folgen sollen? Sie befahl Pod, das Licht einzuschalten, und trat hinein. Sie folgte demselben Pfad, den sie letztes Mal schon gegangen waren, bis Pod auf einmal ein »Moment« verlauten ließ.

»Analyse: Die Quelle des Blackbox-Signals befindet sich hier rechts.«

»Rechts? Also nicht im Schiff der Aliens?«

»Zustimmung: Das Signal ist schwach, doch es kommt aus einer anderen Richtung als der, in der die Route liegt, die bei der früheren Untersuchung der Höhle eingeschlagen wurde.«

2B nahm eine kleine Abzweigung nach rechts und ging weiter.

»Könnte 9S so weit hineingeraten sein ...?«, fragte sie sich.

Die ganze Situation war tatsächlich sehr eigenartig. Wieso hätte 9S einer unbekannten Route so tief in die Höhle hinein folgen sollen? Wenn es ihm möglich gewesen war, eine so enorme Entfernung zurückzulegen, dann hätte er doch auch über die Leiter an die Erdoberfläche klettern können, oder nicht?

Doch was 2B diesmal am Ende des Weges fand, war ein Aufzug. Nun war es klar. Es gab nur eine Erklärung für all das, und die war ...

»Alarm: Möglicher Hinterhalt voraus.«

»Mir egal«, antwortete 2B knapp und drückte den Knopf, der den Aufzug herbeiholte.

Darin gab es keine Stockwerksanzeige, doch sie fühlte, dass der Aufzug nach unten fuhr. Das Höhlensystem befand sich bereits sehr weit unter der Erdoberfläche, doch nun begab sich 2B noch viel tiefer in den Untergrund. Angesichts einer solchen Tiefe war jetzt klar, warum der Scanner es nicht geschafft hatte, eine genauere Koordinate anzuzeigen.

Nachdem der Aufzug eine Weile in unregelmäßigen Abständen hin und her geschaukelt hatte, kam er schließlich zum Stehen. Die Tür öffnete sich mit einem lauten Knarzen und gleißendes Licht erfüllte 2Bs gesamtes Sichtfeld.

»Was ... ist das hier?«, fragte sie zögerlich.

2B blinzelte durch ihre Augenlider, um einen Blick auf ihre Umgebung zu erhaschen. Alles hier war weiß. Ihre Augen hatten sich schon so an die Dunkelheit gewöhnt, dass sie der Anblick entsprechend blendete.

»Analyse: Die Gegend hier ist aus kristallisiertem Silizium und Kohlenstoff zusammengesetzt. Weitere Details unbekannt.«

2B machte sich ein genaueres Bild von dem Ort, an dem sie nun gelandet war. Sie sah eine Stadt mit Häuserreihen, die sich bis in die Unendlichkeit fortzusetzen schienen. Doch nichts hatte eine Farbe. Völlig weiße Gebäude mit aschgrauen Fensterrahmen warfen noch grauere Schatten auf die weißen Straßen vor ihr. Da hier alles »aus kristallisiertem Silizium und Kohlenstoff« erbaut worden war, hatte natürlich auch nichts eine Farbe.

»Wer würde so eine Stadt so tief unter der Erde bauen …?«

»Unbekannt«, antwortete Pod.

Aber das reichte 2B. Wenn nicht einmal Pod eine Antwort darauf hatte, bedeutete das, dass es auch die Androiden nicht wissen konnten. Außerdem war hier im Gegensatz zur Erdoberfläche keine Verwitterung der Gebäude zu erkennen. Die Gebilde konnten also nicht sehr alt sein. Die Wahrscheinlichkeit, dass die Aliens dies zu ihren Lebzeiten erschaffen hatten, war demnach gering. All diese Überlegungen ließen nur eine Antwort zu: Die Maschinenwesen waren dafür verantwortlich.

»Bericht: Blackbox-Signal von 9S erfasst.«

2B ging behutsamen Schrittes in die Richtung, die Pod anzeigte. Wenn dieser Ort von den Maschinen erschaffen worden war, konnte man nicht vorsichtig genug sein. Doch sie kam nicht weit.

»Das ist doch …?!«

Sie lief los, ohne nachzudenken. Inmitten all des Weiß waren schwarze Flecken in ihrem Sichtfeld aufgetaucht. Als sie näherkam, bemerkte sie, dass es sich um leblose Androiden in YoRHa-Uniformen handelte. Und sie waren nicht nur an einer Stelle, sondern überall.

»Was ist mit den Leichen …?«

»Hypothese: Der Feind hat sie bewusst hier platziert.«

Die unterirdische Höhle war erst entdeckt worden, als die Ruinenstadt eingestürzt war. Sogar jetzt noch wurde diese Information als vertraulich behandelt, weshalb sie nicht mit anderen YoRHa-Einheiten geteilt worden war. 2B erfuhr nun selbst zum ersten Mal von dieser »weißen Stadt«. Es war schwer vorstellbar, dass andere YoRHa-Einheiten hier aus eigener Motivation eingedrungen waren.

Das bedeutete jedoch, dass die Maschinenwesen sie entführt und hierhergebracht haben mussten. Wann sie jedoch getötet worden waren, war unklar.

Als 2B wieder zu Sinnen kam, merkte sie, wie sie mit aller Kraft sprintete. Sie musste 9S so schnell wie möglich retten, solange seine Blackbox noch Signale aussendete.

»Tut mir leid, daran kann ich mich gar nicht erinnern.«

2B erinnerte sich an 9S' Stimme. Und sie erinnerte sich auch an den Schmerz, der ihr die Brust zugeschnürt hatte, als diese Worte über seine Lippen gekommen waren.

»Die Bandbreite reichte dort unten nicht ganz, weißt du? Ich hatte vermutlich gerade genug Zeit, deine Erinnerungen zu sichern. Meine Erinnerung reicht nur bis zu dem Punkt, an dem wir uns kennenlernten.«

Von wann waren die Persönlichkeitsdaten, die im Bunker als Back-up vorlagen? Falls 9S' Körper zerstört worden war, würde sein Gedächtnis an jenen Punkt zurückkehren.

Nur das nicht, dachte 2B. Das wollte sie um jeden Preis vermeiden. Sie wollte das alles nicht noch einmal durchmachen.

✳ ✳ ✳

Sie lief weiter, bis sie einen großen Platz erreichte. Auch an diesem Ort war alles von den Straßen bis hin zu den Gebäuden völlig in Weiß und Aschgrau getaucht. Das Blackbox-Signal war zwar schwach, doch kam nun aus nächster Nähe.

»Willkommen … in meiner geliebten Stadt.«

Im Zentrum des Platzes stand Adam und begrüßte 2B. Sie war nicht einmal überrascht, denn sie hatte schon die ganze Zeit geahnt, dass er es war, der sie hierhergelockt hatte. Das einzig Unerwartete an der ganzen Sache war, dass sie die Maschine Eva nirgends ausmachen konnte.

»Ich … oder wir, die Maschinenwesen, haben ein großes Interesse an der Menschheit. Doch das habe ich schon zuvor erwähnt«, fuhr er fort.

2B schenkte ihm kein Gehör und ging weiter auf ihn zu. Sie war wachsam und vorsichtig, da sie nicht wusste, ob irgendwo Fallen gelegt waren.

»Liebe. Familie. Religion. Krieg. Je mehr menschliche Aufzeichnungen ich ausgrabe, desto entzückter bin ich von ihrer Vielschichtigkeit, die sonst keine andere Spezies zu bieten vermag.«

Ekel überkam 2B. Sie erinnerte sich daran, wie 9S' Augen jedes Mal funkelten, wenn er die menschliche Zivilisation erforschte. Es war ein furchtbares Gefühl für sie, dass sie ähnliche Worte nun aus dem Mund einer Maschine hören musste. Noch dazu von einer, die 9S mit großer Wahrscheinlichkeit entführt hatte.

»Diese Stadt ist einer der vielen Bereiche, die ich erschaffen habe, weil ich begierig darauf bin, die Menschen zu begreifen …«

2B merkte, dass sie noch etwas anderes anwiderte. Es war Adams Kleidung. Als sie im Alien-Schiff gegeneinander gekämpft hatten, war sein Oberkörper frei gewesen. Doch nun trug er ein weißes Hemd mit Kragen und sogar eine schwarz gerahmte Brille – alles Dinge, die 2B in den Datenbanken der Menschen gesehen hatte. Seine Imitation war so vollkommen, dass die Androidin es abstoßend fand.

»Ein so großartiger Ort ist doch viel zu schön, um als Androidenfriedhof zu enden, nicht wahr?«

»Friedhof?«

Ein bekennendes Lächeln zeichnete sich auf Adams Lippen ab. 2B dachte an all die YoRHa-Einheiten, die hierhergebracht worden sein mussten und nun überall in der Stadt herumlagen. Sie zählte eins und eins zusammen.

Er hatte sie umgebracht …

Sie versuchte, ihre Wut zu unterdrücken, und zog still ihr Schwert. Adam ließ sich davon nicht beeindrucken und erzählte einfach weiter.

»Wir haben die Besonderheiten der Menschen bis ins kleinste Detail studiert und imitieren sie. Manche imitieren die Liebe. Manche die Familie. Auch ich habe ihre Eigenschaften studiert und übe mich in Imitation. Ich schaue ihre Filme, lese ihre Bücher, trage ihre Kleidung, esse ihr Gemüse, singe, tanze … Dadurch begriff ich die Wahrheit. Der Kernpunkt der Menschheit … ist der Konflikt. Sie kämpfen. Stehlen. Töten. DAS ist das Menschentum in reinster Form!«

Adams Stimme wurde nach und nach leidenschaftlicher. Er streckte seine Arme in dramatischer Weise von sich und ließ seine Rede bis in alle Ecken des Platzes hallen. Es wirkte, als würde er vor einer Gruppe von Leuten sprechen und nicht nur vor 2B. Sein Gehabe machte diese jedoch nur noch rasender.

»Der Hass ist in der Liebe und die Familie ist voller Zank und Streitereien. Die Zivilisation schritt voran, um das Stehlen effektiver zu gestalten, und die Gesellschaft wurde ausgebaut, um das Töten in größerer Zahl zu ermöglichen ...«

»Rede nicht so über die Menschen!«

2B hatte nicht bemerkt, dass sie ihr Schwert in all ihrer Wut hatte niederschnellen lassen. Sie hätte erwartet, dass Adam mit seiner Teleportationsfähigkeit ausweichen würde, doch er fing ihren Schwerthieb mit einem Arm ab. Einer seiner Hemdärmel riss entzwei. Karminrote Flüssigkeit spritzte der Androidin entgegen.

»Aber liege ich denn falsch? Ist das nicht, was die Menschheit ausmacht?«

»Sei still!«, rief 2B.

Die offene Wunde schloss sich und der vermeintliche Blutfluss stoppte. Adams schrecklich effiziente Regenerationsfähigkeit kam wieder zum Einsatz, sein Gesicht verzog sich zu einem eigentümlichen Ausdruck. Nichts davon passte zu den Worten, die er gleich aussprechen würde.

»Warum bekämpfen sich die Menschen, wenn sie doch von derselben Spezies sind? Was treibt sie zum Kämpfen? Ich will es wissen. Ich will wissen, was die Essenz der Menschen ausmacht!«

»Unsinn!«

2B wartete nicht auf eine Antwort und schlug mit ihrem Schwert ein weiteres Mal auf Adam ein. Erneut spritzte die blutähnliche Flüssigkeit auf und versiegte sogleich. Und wieder erschien dieser eigentümliche Ausdruck in Adams Gesicht. Es sah wie Traurigkeit aus.

»Wir Maschinen existieren in einem verbundenen Netzwerk. Wir sind unsterblich. Unbesiegbar …«

Wollte er etwa sagen, dass ihre Attacken daher zwecklos waren? In dem Fall würde 2B einfach so lange ununterbrochen angreifen müssen, bis seine Regeneration nicht mehr hinterherkam. Doch Adams darauffolgende Worte warfen ihre Theorie über den Haufen.

»Und doch existiert innerhalb dieser unendlichen Datenwelt nicht das geringste Anzeichen des Seins. Des Lebens. Der Tod – und selbst das Konzept des Todes – hat für uns keine Bedeutung. Deshalb habe ich meine Verbindung zum Netzwerk durchtrennt«, erklärte er.Der Anflug von Traurigkeit war plötzlich aus seinem Gesicht verschwunden. Adam lachte nur. Es schien, als ob er sich von Herzen freuen würde.»Und jetzt … lass uns einen Todeskampf ausfechten!«

2B merkte, dass diese Worte sie wieder auf den Boden zurückholten. Sie wollte nicht unbedingt töten. Aber ihr Gegner war ein Maschinenwesen, also griff sie an. Das war alles.

»Ich habe keine Zeit für dich«, sagte sie mit kühler Stimme.

Sie musste 9S schnell finden, ihn retten und wieder nach Hause bringen. Nur deswegen war sie hier.

»Warum hasst du mich nicht? Waren die Leichen deiner Kameraden nicht ausreichend?«, fragte Adam.

Als 2B hörte, was Adam zu der Zurschaustellung der Leichen motiviert hatte, lief es ihr kalt den Rücken hinunter.

»Warnung: Vitalwerte steigen. Vorsicht vor Provokation durch den Feind.«

»Weiß ich doch.«

Sie musste nicht extra von Pod gewarnt werden. Dass YoRHa-Einheiten keine Empfindungen gestattet waren, wusste sie selbst.

»Nun, was ist dann hiermit?«, fragte Adam. Sein gesamter Körper reduzierte sich zu einem gleißenden Faden und er teleportierte sich. 2B folgte ihm in die Richtung, in der er wieder auftauchte, bis ihr Blick das obere Stockwerk eines Gebäudes traf. Dort schwebte Adam und zeigte auf die Hauswand neben sich.

»Dies habe ich nur für dich vorbereitet«, verkündete er.

Im selben Moment, in dem er diese Worte aussprach, begann die Hausmauer zu bröckeln. Dahinter kam eine schwarze Uniform zum Vorschein.

»Ich meine, immerhin … brauchen wir alle etwas, für das wir kämpfen können, oder?«

Es war 9S, gekreuzigt. Seine vier Gliedmaßen waren mit Lanzen an einem Kreuz befestigt, kein Funken Kampfgeist schien mehr in ihm zu sein. Der Android wehrte sich nicht und stöhnte nicht, sondern hing einfach nur vollkommen kraftlos da.

»Du Mistk…!« 2Bs Mund wurde trocken und sie spürte, wie ihr Atem zu rasen begann. »Ich bring dich um!«

Es fühlte sich an, als würde irgendetwas in ihrem Inneren an ihr reißen und zerren. Es war ihr unmöglich, ihre Rage zurückzuhalten. Sie realisierte gar nicht, wie ihre Hände bebten. Adam hingegen lachte zufrieden und sank langsam wieder auf den Boden hinunter.

»JA! Das ist es! Das ist das Gefühl! PURER HASS!«, rief er.

2B kümmerte das nicht. Sie würde ihn töten. Mit voller Kraft sprintete sie los und stürzte sich auf ihn.

»Du Mistkerl!!!«

Ihre Klinge fuhr zielstrebig durch Adam hindurch. Alles um sie herum wurde rot. Sie hörte Schreie, doch auch Adams Gelächter, das einfach nicht aufzuhören schien.

»Wir beide lieben die Menschen über alles. Könnte man da nicht sagen, Maschinen und Androiden sind von ein und derselben Art?«

2B wollte ihn einfach nur zum Schweigen bringen. Sie wollte ihr Schwert am liebsten direkt in sein Maul stoßen, aus dem sogar jetzt noch unnützes Zeug kam. Leider gelang ihr dies nicht, also stach sie einfach wie wild auf ihn ein.

»Aber du musst es doch auch schon bemerkt haben, oder? Dass die Menschen ausgestorben sind?«

»Halt die Klappe!«

Sie zielte auf Adams Gesicht ab und wollte ihm einen Tritt versetzen, doch verfehlte ihn. Rasend vor Wut schwang sie ihr Schwert.

»Warnung: Feind nutzt Ablenkungstaktik.«

»Ruhe!«

Adam und Pod sollten beide endlich aufhören, auf sie einzureden. *Ich will es nicht hören! Schweigt endlich!*

Die Menschen waren ausgestorben? Davon wusste sie nichts. Davon wollte sie nichts wissen. Das musste sie jetzt auch gar nicht kümmern.

Adam lachte schrill. Sein weißes Hemd war mittlerweile völlig in Karminrot getränkt. 2B konnte es nicht mehr ertragen, die ganze Zeit seine gebleckten Zähne sehen zu müssen, während er munter weiterlachte.

Er war eine Maschine. Man konnte Maschinen nicht mit Androiden vergleichen. Auch wenn Adams Fleisch und ihres eine ähnliche Textur aufwiesen und auch durch seine Adern eine warme Flüssigkeit floss, so waren sie doch grundverschieden.

Ihre Absichten unterschieden sich voneinander. Der Sinn ihres Daseins war ein anderer. Also würde auch das Ziel ihres Weges ein anderes sein.

»Stirb …!«

Bei dem, was dann passierte, verschlug es 2B den Atem. Ihr Schwert hatte Adams Rumpf durchstoßen und er hatte sich nicht gewehrt. Das Gefühl ihrer Klinge, die auf sein Fleisch traf, war einem anderen erschreckend ähnlich, das ihr … sehr vertraut war.

Im nächsten Moment klammerte sich Adam an 2B fest, doch es war unklar, ob er das aus größtem Schmerz oder aus der Absicht auf einen Gegenangriff heraus tat. Schließlich verlor er die Kraft in seinen Armen und seine Hand, die eben noch auf 2Bs Hinterkopf gelegen hatte, glitt nun an ihrer Schulter hinab.

2B riss ihr Schwert aus seinem Rumpf. Die lauwarme Flüssigkeit, die aus ihm heraussickerte, bedeckte sie von oben bis unten. Adam fiel auf die Knie und kippte dann zur Seite um.

»Ist das … der Tod …?«

Er sah zufrieden aus, doch immer noch nicht so, als wäre er wunschlos glücklich. Und trotzdem kräuselten sich seine Lippen zu einem Lächeln.

»So finster … So kalt …«

Eine große Pfütze seines roten Lebenssaftes breitete sich unter seinem Körper aus. 2B betrachtete die Szene vor sich, während sie versuchte, ihren unsteten Atem zu beruhigen.

Adams Worte gingen ihr nicht aus dem Kopf. »*Maschinen und Androiden sind von ein und derselben Art.*« Diese Aussage wollte sie als falsch abtun und einfach ignorieren, doch irgendetwas hinderte sie daran. Sie war sich sicher, dass es daran lag, wie es sich angefühlt hatte, Adams Fleisch mit ihrem Schwert zu durchstoßen. Die Vertrautheit dieses Gefühls hatte sie überrascht. Es musste so sein, ja ... Es war ...

Ein lautes Krachen erfüllte den Platz und riss sie aus ihren Gedanken. Es klang, als würde irgendetwas in sich zusammenfallen und lautstark vom Himmel regnen. Eilig drehte 2B sich um.

Die weißen Klötze, die 9S an der Hauswand festhielten, begannen zu bröckeln. Und auch die Hauswand um ihn herum fing an, sich in kleine Stücke zu teilen und herunterzurieseln.

»9S!«

2B lief sofort zu ihm hinüber und fing ihn kurz vor seinem Aufprall auf der Erde auf. Seine Kehle zitterte, als ob er etwas sagen wollte. Schwach öffnete er die Lippen und versuchte eindeutig, ihren Namen zu nennen. »2B« sollte es heißen. Alles war in Ordnung, seine Blackbox-Signale waren immer noch aktiv, seine Persönlichkeitsdaten intakt.

Ein warmes Gefühl breitete sich in 2Bs Brust aus. Doch zur selben Zeit beschmutzte auch ein kleiner, schwarzer Fleck ihr Bewusstsein. Was war das bloß? Egal. Sie würde später darüber nachdenken.

»Komm schon. Lass uns nach Hause gehen, 9S.«

Sie nahm ihn auf ihre Arme und ging los, während sie ihn ganz nah bei sich hielt.

Eine andere Perspektive – »Eva«

Ich wollte Bruder wirklich gern nachgehen, aber ich hab mich BE-hErrsCht. Ich hab ihm versprochen, dass ich hier auf ihn warte. Ich halte immer alle Versprechen, die ich Bruder gebe.

Bruder ist zu dem Ort gegangen, den wir unseren »Spielplatz« nennen. Die Stadt, in der wir immer zusammen Mensch spielen. Es ist unfair, dass er einfach alleine hingegangen ist. Ich wollte auch mitspielen. Ich wollte die Androiden gemeinsam mit meinem Bruder kaputt machen.

Auf einmal war Bruder weg. Ich hab versucht, ihn über das Netzwerk zu erreichen, aber er war nirgends zu finden. Ich spüre nicht mehr, dass wir verbunden sind.

Was ist nur passiert?

Ich wollte schnell dorthin, wo Bruder hingegangen ist. Aber ich konnte nicht. Ich hab ihm versprochen, hier zu warten.

Bruder ist nicht wiedergekommen. Nicht nach einer Stunde, auch nicht nach zwei.

Was ist passiert? Ob es so lang dauert, die Androiden kaputt zu machen? Ich sollte ihm lieber helfen gehen.

Ich hätte sie schon vorher umbringen sollen. Hab es mir ja gedacht. Aber Bruder hat sein Versprechen an mich eingelöst und den Kampf kurz gehalten. Wir hätten sie fast gehabt, aber dann war es schon an der Zeit für das Versprechen. Danach haben wir auf unserem Spielplatz Mensch gespielt.

Bruder, bereust du etwa, dass du ihnen damals nicht schon den Rest gegeben hast?

Ich hab gedacht, wenn ich bis 100 zähle, dann kommt Bruder wieder. Wenn ich bis 200 zähle, dann kommt Bruder wieder. Wenn ich bis 300 zähle …

Aber ich hab bis 9999 gezählt und Bruder ist nicht zurückgekommen.

Ich hab gewartet und gewartet, aber Bruder ist nicht zurückgekommen. Ich hab das Versprechen schließlich gebrochen. Ich hab gewusst, er würde mich dann nicht loben und sagen, ich wäre ein »guter Junge«, aber ich bin trotzdem gleich rüber zum Spielplatz.

Ich wollte es schnell beenden. Mit meiner Hilfe würde es schneller gehen. Wir würden die Androiden geschwind umbringen, hab ich gedacht.

Aber dann waren dort gar keine Androiden. Nicht mal die, die wir als Lockvögel ausgelegt haben.

Es war nur Bruder da. Er hat am Boden gelegen. Ich hab seinen Namen gerufen, aber er hat nichts gesagt. Ich hab ihn geschüttelt, aber er ist nicht aufgewacht.

Ich wollte ihn schnell neustarten, aber … ich hab es nicht geschafft.

Bruder war tot. Die Androiden haben Bruder umgebracht.

Zuerst wusste ich nicht, was ich jetzt tun sollte. Ich hab mir vorher nie vorstellen können, dass Bruder einmal weg wäre. Bruder war da, seit ich auf der Welt bin. Wir waren immer, immer, immer zusammen.

Bruder bewegt sich jetzt nicht mehr. Wir können nie wieder zusammen spielen.

Ich hab endlich verstanden, was »Bruder ist tot« wirklich bedeutet. Ich war echt überrascht, wie viel ich dann geweint hab. Ich hab es gar nicht aufhalten können, das Schluchzen ist ganz von selbst gekommen.

Meine Brust hat sich so zugeschnürt, dass es richtig wehgetan hat. Es hat so, so wehgetan, dass ich mich auf dem Boden herumgewälzt hab. Aber es hat immer noch wehgetan, also hab ich meinen Kopf immer und immer wieder gegen die Tischplatte gehauen. Das hat auch wehgetan und dann war mein Kopf ganz wirr. Ich hab ihn noch stärker gegen die Platte gehauen. Ich musste, weil wenn ich das nicht getan hätte, wäre alles in meinem Kopf ganz durcheinander gewesen.

Wieso bist du gestorben?

Bruder ist ganz alleine auf die Welt gekommen, aber es hat nicht lang gedauert und dann waren wir zu zweit und dann waren wir zusammen bis zu seinem Tod.

Wir waren immer zu zweit, seit ich auf der Welt bin, aber jetzt bin ich allein und ich werde allein sein bis zu meinem Tod …

Ich hab es immer schon gewusst. Ich hab gewusst, dass Bruder Dinge hatte, die größer waren als ich und die ihn sehr beschäftigt haben. Ich hab gewusst, dass Bruder mich nie so lieb gehabt hat wie ich ihn.

Das hab ich gewusst, weil ich Bruder, und nur Bruder, immer zugesehen hab. Und trotzdem wollte ich immer mit ihm zusammen sein. Alles war gut, solange Bruder bei mir war.

Für mich ist Bruder der Einzige … der Einzige, den ich bei mir haben will.

He, Bruder. Ich hab nichts gegen Kämpfen oder so.

Aber ich mag nicht, wenn dir wehgetan wird.

Und ich mag überhaupt nicht, wenn du nicht da bist.

Können wir also nicht gemeinsam, zu zweit, irgendwo an einen ruhigen Ort gehen …?

EINE Welt. OHNE BRUDER. KANN STERBEN

9S durchlief im Bunker einen Ganzkörperscan und eine Datenwartung. Wenn der Prozess abgeschlossen wäre, würde er wieder zurück ins Feld geschickt. Bis zu diesem Zeitpunkt war 2B auf eigenständiger Aufklärungsmission unterwegs.

Sie suchte in der Zwischenzeit Pascals Dorf auf, um noch mehr Daten über die Maschinen auf der Erde zu sammeln. Auch dieses Mal war Pascal überaus kooperativ und teilte sogar Informationen über Maschinen in anderen Regionen mit 2B.

Da er jedoch vom Netzwerk der Maschinen abgeschnitten war, waren seine Informationen eher bescheidener Natur und würden im besten Falle als Referenzmaterial dienen.

Doch ein paar spannende Details, die gewiss 9S' Interesse geweckt hätten, wurden 2B ebenfalls anvertraut: Innerhalb des Maschinendorfs hatten sich verschiedene Gruppierungen zusammengetan, die Religionspraktiken der Menschen imitierten.

Doch während 2B all diese Untersuchungen durchführte, regte sich etwas in ihrem tiefsten Inneren. Sie konnte Maschinenwesen nicht mehr nur als »einfache Metallklumpen« ansehen, wie sie es bisher getan hatte. Ihre Grundansichten hatten sich leicht geändert.

Da waren Adam und Eva, zwei Maschinen, die die Menschen in Gestalt und eloquenter Sprache nachahmten. Und da waren Pascal und die Bewohner des Maschinendorfs, die zwar keine menschliche Gestalt hatten, doch ein friedliches Zusammenleben befürworteten. All diese Maschinen besaßen ganz klar einen Intellekt, waren zu Empfindungen fähig und hatten einen eigenen Willen.

Gab es also überhaupt Unterschiede zwischen den Androiden und ihnen?

In den Aufzeichnungen der menschlichen Zivilisation gab es Filme und Bücher über »Roboter«. In frühester Zeit hatten die Menschen »Roboter« erschaffen, die den Maschinenwesen sehr ähnlich waren. Sie hatten sie für verschiedene Arbeiten eingesetzt. Also hatte es diese »Roboter« sogar schon vor der Technologie gegeben, die es ermöglichte, Androiden zu erschaffen.

»Könnte man da nicht sagen, Maschinen und Androiden sind von ein und derselben Art?«

Adams Worte und sein Lachen gingen 2B einfach nicht aus dem Kopf. Also konzentrierte sie sich darauf, einen Fuß vor den anderen zu setzen, um nicht mehr daran denken zu müssen.

Sie ging zurück ins Widerstandslager, wo sie ihre Vorräte auffüllte und einen Körperscan durchführen ließ. Danach besuchte sie ein weiteres Mal Pascal im Maschinendorf. Dies wiederholte sie mehrfach.

Als sie so ihre nächsten Schritte plante, wurde sie plötzlich von einer Nachrichtenübertragung gestört.

»Hier … das Widerstands…lag…«, hörte sie eine abgehackte Stimme aus den Lautsprechern.

Im Hintergrund war einiges an Lärm zu hören. Es war schwierig, die Stimme eindeutig als Anemones zu identifizieren, aber sie ähnelte ihr auf jeden Fall.

»Bericht: Störsignale erkannt.«

2B stand ganz still und fokussierte sich vollkommen auf die Nachricht. Die Übertragungsqualität war so schlecht, dass sie sonst vermutlich kein einziges Wort verstanden hätte.

»Maschinen …! … Verstärkung … Verbündeten …! Bitte …«

Die Übertragung war auf einmal beendet. Ob Anemone und die anderen einem EMP-Angriff zum Opfer gefallen waren? Sicher war jedenfalls, dass es im Widerstandslager Schwierigkeiten gab.

»Setzen wir uns in Bewegung«, sagte 2B.

Glücklicherweise war es bis zum Lager nur ein Katzensprung, doch sie wurde schon bald aufgehalten. Eine beträchtliche Menge an Maschinen hatte sich in der gesamten Ruinenstadt angesammelt.

Neben den sonst in dieser Region häufig vertretenen zweibeinigen Maschinen hatten sich nun auch fliegende in verschiedenen Größenordnungen dazugesellt. Eine erhebliche Anzahl mittelgroßer Flugmaschinen kam aus dem Luftraum geradewegs auf sie zu.

»Wieso sind hier so viele?«, fragte 2B.

»Ursprung unbekannt« war alles, was Pod zu vermelden hatte. Offensichtlich war hier etwas im Gange … 2B hatte ja auch gerade diese kryptische Nachricht des Widerstandslagers empfangen.

»Pod, ruf den Bunker über die Satellitenübertragung.«

»Verstanden.«

Irgendetwas war hier los. Irgendetwas Ungewöhnliches.

2B verdrängte das Gefühl, so schnell wie möglich ins Widerstandslager zu müssen, und konzentrierte sich zunächst auf die Beseitigung des Maschinenschwarms direkt vor sich.

Sie musste sich einer richtigen Flut von Feinden entgegenstellen. Es dauerte lang, bis sie alle vernichtet hatte.

Als sie dann endlich weiter Richtung Lager eilen konnte, sah sie plötzlich Flammen am Horizont aufsteigen. Sogar aus dieser Entfernung waren misstönende Metallgeräusche und Hilfeschreie zu hören.

Schwarzer Rauch untermalte die Szene. Die Maschinen hatten das Lager überfallen.

»Was ist hier …?!«

Wie versteinert blieb 2B am Eingang des Lagers stehen. Es sah aus, als würden die Androiden von den Maschinen zu Boden gezwungen werden, doch das war nicht alles. Die Maschinen hatten aus dem Lager ein *Fressgelage* gemacht – und die Androiden waren ihre Beute.

Angefressene Androidenleichen waren über das ganze Lager verteilt. Manche erinnerten nicht einmal mehr an ihre ursprüngliche Gestalt, so entstellt waren sie.

Auch wenn die Maschinen schon früher Angriffe unternommen hatten, so hatten sie dies noch nie getan, um Androiden zu fressen. So etwas machten Maschinen nicht. Zumindest hatte 2B das bis zu diesem Zeitpunkt gedacht …

Aber nun gab es keine Zeit zu verlieren. 2B kickte eine Maschine, die sich in einen Androiden verbissen hatte, in hohem Bogen davon und zertrümmerte sie mit ihrem Schwert. Sie verwandelte jede Maschine auf dem Platz in unförmige Metallgebilde und drang weiter ins Innere des Lagers vor, um zurückgebliebene Überlebende zu lokalisieren.

»2B!«, rief ihr eine Stimme zu.

Es war Anemone. Sie war gerade dabei, Kameraden nahe des Ressourcenlagerplatzes zu evakuieren.

»Was ist hier los?«, fragte 2B.

Sie musste sich zuallererst einen Überblick über die Lage verschaffen. Doch Anemone schüttelte den Kopf.

»Ich weiß es nicht«, antwortete sie. »Sie sind aus dem Nichts aufgetaucht … haben das ganze Lager überrannt. Wir haben versucht, uns zu wehren, aber unsere Schusswaffen haben keine Wirkung gezeigt!«

Was ist hier nur los?, fragte sich 2B, als Pod bereits seine Analyse der Situation teilte. Er bestätigte, dass die feindlichen Maschinen alle von Energieschilden umgeben waren. Kein Wunder also, dass die Schusswaffen nicht effektiv genug waren.

»Empfehlung: Physische Nahkampfangriffe.«

»Alles klar«, antwortete 2B.

Sie konnte innerhalb des Lagers ohnehin keine ihrer Fernkampfwaffen verwenden. Die Feuerwaffen der Widerstandsmitglieder waren da eine Ausnahme, doch die Ferngeschossfunktionen ihres Pods hätten das Lager durch die zu hohe Feuerkraft unnötig gefährdet.

»Anemone. Du bringst die anderen Androiden von hier weg«, bat 2B.

Nahkampf war die Aufgabe eines B-Modells, also war nun sie an der Reihe.

»Viel Glück«, hörte sie Anemone noch sagen, während sie sich bereits umgedreht und ihr Schwert gezogen hatte.

Gerade als 2B endlich die letzten Feinde innerhalb des Lagers aus dem Weg geräumt hatte und für einen Statusbericht zurück zu Anemone wollte, hörte sie ein ohrenbetäubendes Dröhnen, das von außerhalb kam. Es war so stark, dass die Druckwelle sie schon fast in die Luft hätte werfen können.

2B rannte augenblicklich in die Richtung des Geräusches. Unweit des Lagers wartete ein neuer Feind auf sie. Es war eine riesige Maschine in Spinnengestalt, mit mehreren Beinen, auf denen ein kugelförmiger

Körper saß. Ein ernst zu nehmender Gegner, aber auch einer, den man selten einfach so antraf.

Zuerst das ungewöhnlich große Aufkommen an Feinden, dann die Maschinen, die Androiden fraßen, und nun das Spinnenwesen vor ihr … Irgendetwas war hier los, denn all das war nicht normal. Aber es half nun nichts, sich den Kopf darüber zu zerbrechen. Davon würde sich auch nichts ändern.

2B sprang hoch in die Luft und versetzte dem kugelförmigen Körper der Maschine einen Hieb mit ihrem Schwert. Viel Schaden konnte sie ihrem Gegner damit jedoch nicht zufügen. Außerdem war die Spinnenmaschine äußerst flink. Die vielen Beine halfen ihr, schnell auszuweichen, was auch die Fernkampfwaffe des Pods nicht effektiver machte.

Wenn nur 9S hier wäre. Ein flüchtiger Gedanke an ihn sowie Bilder von den Kämpfen, die 9S und sie in der Verlassenen Fabrik, im Vergnügungspark und in der Versunkenen Stadt ausgefochten hatten, huschten an 2Bs geistigem Auge vorüber.

Wenn ihr Kamerad hier wäre, würde er die Schwachstelle des Gegners sicher durch seine Hackingfähigkeiten finden, die Kontrolle über ihn übernehmen und ihr so ein Zeitfenster für einen …

»2B!«

Erst dachte sie, sie hätte sich die Stimme nur eingebildet. Sie war so in ihre Erinnerungen vertieft gewesen, dass sie auch nur Teil ihrer Fantasie hätte sein können.

Doch die Stimme war ihr sehr vertraut. Sie kannte sie genau. 2B hob den Blick und versuchte festzustellen, woher sie gekommen war. Sie sah eine Flugeinheit, die auf den Boden zusteuerte. Er war es tatsächlich.

Dann sprang er aus der Flugeinheit, die unbemannt weiter in vollem Tempo auf den Boden zuraste.

»9S!«

9S, der soeben abgesprungen war, landete direkt neben 2B. Als er aufkam, verließ ihn jedoch jeglicher Gleichgewichtssinn und er taumelte zu Boden.

»Alles in Ordnung?!«, rief 2B und eilte zu ihm, um ihm aufzuhelfen.

Im selben Augenblick ertönte das laute Donnern einer Explosion in ihrem Rücken, auf das nur Sekunden später eine heiße Druckwelle folgte. Die Flugeinheit war mit voller Wucht in die spinnenartige Maschine gekracht. Auch wenn diese gut darin war, Fernkampfwaffen auf dem Boden zu entgehen, so hatte sie wohl nicht mit herunterfallender Artillerie gerechnet. Sie hatte keine Chance auf ein Ausweichmanöver.

»Puh! Zum Glück hat sie genau getroffen!«, meldete 9S stolz.

Doch auf sein eben noch schmerzverzerrtes Gesicht legte sich auf einmal ein Ausdruck der Überraschung.

9S' Blick traf direkt an 2Bs Schulter vorbei auf etwas hinter ihr. Er starrte auf die Stelle, an der die Überreste des Spinnenwesens hätten sein sollen, das durch die plötzliche Explosion der Flugeinheit in Flammen stand.

»Was ist denn nun wieder?«, fragte 2B.

Sie drehte sich um und sah, wie vermutet, die Überreste der Maschine. Die glatte Kugel hatte durch den Effekt der Explosion und die enorme Hitze eine eigentümliche Form angenommen. Einige Metallteile begannen, sich zu regen, und eine Gestalt kam zum Vorschein.

»Ihr Androiden …«

Sie kannten dieses Gesicht und diese Stimme. Es war Eva, der mit den Metallresten der spinnenartigen Maschine verwachsen zu sein schien. Rotes Licht blitzte in seinen Augen auf und er blickte auf 2B und 9S herab.

»Ich werde alles … einfach AllEs zErstörEn!«

Als ob seine Worte ein Signal für sie gewesen wären, kamen aus allen Richtungen zweibeinige Maschinen und versammelten sich. Sie schwärmten um die Überreste der Spinnenmaschine und Evas Körper herum und klammerten sich fest. Einige der Maschinen begannen, die Überreste zu fressen, und wieder andere verschmolzen mit dem metallenen Konglomerat. Bald schon bildeten Eva, die Überreste und alle neu erschienenen Maschinenwesen eine einzige Masse, die sich zu einer gewaltigen Sphäre formte. Eine löchrige, entstellte, kugelförmige Masse, die zu einem wahren Monster herangewachsen war.

Die Sphäre begann, immer wildere und schnellere Kreise zu drehen, wodurch der Erdboden im Zentrum der Bewegung ausgehoben und sämtliche Bäume und Pflanzen in ihrem Radius zerstört wurden. Alle fliegenden Maschinen, die zufällig in ihre Umlaufbahn gerieten, wurden einfach von dem Luftstrom mitgerissen und zu Pulver verarbeitet. Die furchterregende Kraft, die sich direkt vor den Androiden entfaltete, machte weder vor Freund noch Feind halt. Gerade als sich 2B den Kopf darüber zerbrach, wie sie diesen Gegner besiegen sollte, wurde sie von einer Stimme aus dem Lautsprecher unterbrochen.

»2B! Kannst du mich hören?!«

Es war eine Nachricht von Pascal. Das laute, statische Geräusch erinnerte 2B an die letzte Übertragung mit Anemone.

»Unser Dorf wird … Aaaaah!«, begann er, doch die Übertragung war bereits abgebrochen.

2B rief sich die schreckliche Szene ins Gedächtnis, die sie gerade noch im Widerstandslager hatte miterleben müssen.

»Gehen wir, 9S.«

Sie konnte die Maschinen im Dorf nicht einfach im Stich lassen. Es war wohl Glück im Unglück, dass das Maschinenmonster, das mit Eva verschmolzen war, längst die Kontrolle verloren hatte und 2B und 9S deshalb nicht verfolgte.

✳ ✳ ✳

Der Durchgang zur Abkürzung, die die Ruinenstadt und Pascals Dorf verband, war mit einer Barrikade versperrt worden. Allerlei Gestrüpp und Abfallholz war zusammengetragen worden, um das Dorf zu schützen. 2B und 9S sahen einige Maschinen, die abwechselnd mit vollem Körpereinsatz darauf einschlugen. Da die Blockade nur aus Holz und Ästen bestand, ließ ihre Robustheit zu wünschen übrig. Es war also nur eine Frage der Zeit, bis der Feind sie durchbrochen hätte.

2B startete einen Überraschungsangriff auf die Maschinen vor ihnen und hatte Sekunden später auch schon die erste zerstört. Anschließend nahm sie sich diejenigen vor, die gerade dabei waren, die Äste aus der Blockade herauszureißen. Glücklicherweise konnten die zweibeinigen Maschinen sich nur langsam umdrehen, also kamen sie erst gar nicht zu einem Gegenangriff. Es war ein Kinderspiel für 2B, sie aus dem Weg zu räumen.

»2B! 9S!«, dröhnte es erneut aus den Lautsprechern.

Offenbar waren sie Pascals Dorf schon sehr nahe, weshalb die Nachrichtenübertragung wieder funktionierte.

»Pascal! Was ist passiert?!«

»Anscheinend sind die Maschinen, die mit dem Netzwerk verbunden sind, völlig durchgedreht. Wir haben den Eingang zum Dorf verbarrikadiert und versuchen, sie abzuwehren, aber … mit diesen Waffen können wir nicht viel ausrichten …«

Wenn schon die Widerstandsgruppe mit ihren Waffen nichts gegen die Feinde hatte unternehmen können, dann gelang es dem Pazifistendorf um Pascal erst recht nicht.

»Durchgedreht« beschrieb die Maschinen gut, die sich auf 2B stürzten, während sie sie auseinanderschlug und niedertrat. Allerdings waren hier nicht nur weniger Feinde als im Widerstandslager, sondern auch 9S war da, um 2B im Kampf zu unterstützen. Deshalb dauerte es auch nicht lange, bis alle Gegner aus dem Weg geräumt waren.

»Ich danke euch. Ihr habt uns sehr geholfen«, wandte sich Pascal an sie.

Er war hinter der Barrikade hervorgekommen, als die Luft wieder rein gewesen war. Die anderen Bewohner aus dem Dorf hatten sich indes bereits an die Verstärkung der halb zerstörten Blockade gemacht.

»Du hast gesagt, die Maschinen seien völlig durchgedreht?«

»Ja. Sämtliche Maschinen im Netzwerk sind gleichzeitig durchgedreht. Ich habe keine Details, aber ich denke, die leitende Einheit könnte die Kontrolle verloren haben. Das wurde dann vermutlich ins Netzwerk gespeist und direkt auf die Maschinen übertragen …«

Die leitende Einheit? 2B war überrascht, weil sie davon noch nie etwas gehört hatte. Doch so eigenartig war es dann auch wieder nicht. Sie hatte sogar schon eine Theorie darüber aufgestellt.

»Das ist Eva … Er muss es sein«, sprach 9S bereits den Namen aus, der auch 2B auf der Zunge lag.

Eva hatte vorhin noch alle möglichen kleinen Maschinen um sich geschart und sich dann einverleibt. Er musste sie über das Netzwerk zu sich gerufen haben. Und all das war gewiss nur möglich, weil *er* die leitende Einheit war.

Höchstwahrscheinlich war der, der vor ihm alle Maschinen kontrolliert hatte, Adam gewesen. Doch dieser hatte sich während des Kampfes mit 2B selbstständig vom Netzwerk abgekoppelt. Er musste die leitende Rolle an Eva weitergegeben haben. 2B wäre nicht überrascht gewesen, hätte Eva dieselben Fähigkeiten und Kräfte wie Adam, bedachte man nur, dass Ersterer aus Letzterem entstanden war.

»Werden alle anderen gestoppt und aufhören, in einer Gruppe zu agieren, wenn wir diese leitende Einheit zerstören?«

Pascal nickte.

»Pod, ich möchte, dass du Evas derzeitige Position herausfindest«, bat 2B sofort.

»Bericht: Position wurde bereits erfasst.«

Wie es aussah, hatte Pod bereits die Suche nach Evas Standort eingeleitet, als 2B und 9S noch im Gespräch mit Pascal gewesen waren. Die Koordinaten auf der Karte wiesen direkt auf das Zentrum des Kraters in der Ruinenstadt.

»Wir werden uns um Eva kümmern. Du hältst so lange die Stellung im Dorf, Pascal«, sagte 2B.

»Verstanden. Bitte seid vorsichtig, 2B und 9S.«

Von einer Maschine in den Kampf gegen eine andere Maschine verabschiedet werden. Das wievielte Mal war das nun? Aber 2B merkte, dass sie das nicht mehr so unangenehm berührte wie in der Vergangenheit.

✳ ✳ ✳

Sie waren gerade auf dem Weg hinunter in die Kraterzone, als eine Nachricht hereinkam. Sie mussten Eva so schnell wie möglich vernichten, doch ihnen war eine Vielzahl kleiner Maschinen im Weg, die sie verlangsamten. Frustriert kämpften sie sich durch das Gemenge, als sie auf einmal etwas hörten.

»BRU…DER … mEin … BRUDER …«

Das Übertragungsdisplay hatte sich ohne Vorankündigung geöffnet und eine verzerrte Stimme war zu vernehmen.

»Er kapert wohl die Übertragungskanäle«, sagte 9S und verzog das Gesicht.

»Und da macht er keinen Unterschied zwischen Freund und Feind, was?«

2B erinnerte sich an die wild gewordene Sphäre. Sie kreiste über den Boden, drehte sich ohne Rücksicht auf Verluste und riss auch andere Maschinenwesen mit in die Zerstörung. Das war alles Eva. Die Schreie seiner Artgenossen waren sogar aus dem Netzwerk herausgedrungen. Was für eine rücksichtslose Art, seinem Frust Ausdruck zu verleihen.

»He, Bruder. Kann ich sie jetzt töten?«

»Entspann dich, Eva. Wir verhandeln doch noch.«

Das war eines der Gespräche gewesen, die Adam und Eva im Schiff der Aliens geführt hatten. Wenn 2B jetzt so darüber nachdachte, dann war damals schon klar gewesen, wie die beiden zueinander standen. Und auch in dieser weißen Stadt hatte 2B sich zurecht darüber gewundert, dass Eva nicht anwesend gewesen war.

Sie hatten es also mit einer Maschine zu tun, die den Tod eines ihr nahestehenden Artgenossen beklagte …

Plötzlich stoppten die Angriffe. Alle Maschinenwesen im Umkreis standen aufrecht und ließen ein Geräusch los, das mehr Heulen als Schreien war.

»Wa… Was soll das?«

Jede einzelne Maschine zitterte, bebte und stand wie angewurzelt da. Es wirkte ein bisschen, als würden sie einen EMP-Angriff vorbereiten, doch keine der Maschinen sah aus, als würde sie tatsächlich zum Angriff übergehen.

»Was zur Hölle … ist hier los?«

Das Heulen hörte auf und auch das rote Licht in den Augenlämpchen der Maschinen erlosch. Sie kippten alle um, als wären sie geschlagen worden. Ihre auf der Seite liegenden Körper kamen zum völligen Stillstand und ihre sämtlichen Funktionen schienen deaktiviert.

Auf einmal hörte 2B ein kleines Vögelchen zwitschern. Erst dieses Zwitschern ließ sie erkennen, wie still es um sie herum geworden war. Bis vor wenigen Minuten hatte sie von überallher Geschosse rattern und Explosionen knallen hören können, doch nun hatte all das ein Ende genommen. Die Blätter im Geäst des Baumes raschelten, als der kleine Singvogel sich wieder auf den Weg in die Lüfte machte. 2B konnte sogar das Rauschen des Bachs wieder hören.

»Ist Eva auch hierfür verantwortlich? Hat er die Maschinen zum Stillstand gebracht?«, flüsterte 9S.

Wenn Eva über das Netzwerk alle Maschinen gleichzeitig zur Randale anstiften konnte, dann konnte er sie gewiss auch dazu bringen, gleichzeitig alle Funktionen einzustellen.

Aber was war dann das, was sie eben noch miterlebt hatten? Wieso hatten die Maschinen so aufgeheult? 2B schien es fast, als hätten sie vor Schmerz gebebt und einen letzten Todesschrei losgelassen. Vielleicht war »zum Stillstand bringen« der falsche Ausdruck für das, was sie gesehen hatten. Vielleicht war es eher ein »Gemetzel« gewesen …

»Gehen wir, 9S«, sagte 2B.

Die beiden liefen weiter in den Krater hinein. Ihre Schritte hallten in der fast schon unheimlichen Stille noch ein wenig lauter als sonst. Die Maschinen waren vielleicht ausgeschaltet, doch Eva lebte noch. Die Kartendaten zeigten die genaue Position seiner Funksignale an.

2B wusste, dass alles Sinn ergeben würde, wenn sie ankämen. Da war sie sich sicher. Sie würden Antworten darauf finden, was hier eigentlich los war. Und so liefen sie weiter den Steilhang hinunter, während sie herunterfallendem Geröll auswichen. Sie steuerten geradewegs auf das Zentrum des Kraters zu.

Genau da, wo die Koordinaten es angegeben hatten, fanden sie Eva. Er saß auf einem hohen Betonstück und blickte gen Himmel. Von der zerstörungswütigen Sphäre war keine Spur mehr. Eva sah indes aus, als würde er nach etwas suchen. 2B dachte sogar, er unterdrückte seine Tränen. Aber das war unmöglich – Maschinen waren nicht in der Lage zu weinen. Sie tat es als ihre Einbildung ab.

Langsam wandte Eva sich den Androiden zu.

»Ah … Da seid ihr ja.«

Es wirkte, als würde er von einem Skript ablesen. War seine Sprechweise zuvor schon kaum akzentuiert gewesen, klang sie nun regelrecht monoton. Er hatte jedoch entgegen dem Anschein, den sein Tonfall erweckte, ein breites Lächeln auf den Lippen. Nach und nach wurde seine Atmung geräuschvoller, bis er auf einmal lachend losprustete.

»Ich weiß, dass ihr zwei das genauso empfindet. Dass diese Welt … völlig bedeutungslos ist«, sagte Eva, während er sich von seinem Betonthron erhob. Sein Oberkörper geriet leicht ins Wanken und sein Gelächter hatte aufgehört. »Was mich betrifft, so war mEin BruDEr … ALLES FÜR MICH …«

Tränen liefen ihm über beide Wangen. 2B wollte es nicht glauben. Es war das erste Mal, dass sie sah, wie eine Maschine weinte.

Die Trauer in Evas Gesicht verwandelte sich jedoch umgehend in Zorn. Ein schwarzes Muster erschien auf seiner gesamten rechten Körperhälfte und breitete sich weiter und weiter aus, bis sein ganzer Körper in Schwarz gehüllt war.

Allerlei Metallsplitter und Abfall aus Eisen und Geröll erhoben sich aus dem Boden. Wie Eisenspäne zu einem Magneten wurden die Metalltrümmer von Evas schwarzem Körper angezogen und blieben daran haften. Die einzelnen Abfallteile krachten laut, während sie sich auf ihm anordneten.

»Und jetzt … muss AllEs STERBEN!«, jaulte Eva, in seine neue Rüstung aus metallenen Überresten gehüllt.

Die Luft vibrierte förmlich. 2B wusste, dass 9S und sie in großer Gefahr wären, wenn sie Eva nicht besiegen würden. Nicht ihre Vernunft verriet ihr das, sondern ihr tiefster Instinkt.

Sie versetzte Eva den stärksten Schwerthieb, der ihr möglich war, doch er hielt ihn mit bloßen Händen auf. Eine YoRHa-Streitkraft wog fast einhundertfünfzig Kilogramm und 2B hatte ihre gesamte Masse für diesen Angriff mobilisiert. Auch wenn seine Metallrüstung ihn schützte, hatte Eva diesem Angriff somit nicht ohne die kleinste Verletzung entgehen können. Rote Flüssigkeit trat zwischen den Ritzen der einander überlagernden Metallteile hervor.

Eva ließ sich davon jedoch nicht beeindrucken und begann, mit seinen Fäusten zuzuschlagen. Vielleicht hatte er gar kein Schmerzempfinden oder aber »etwas« überschrieb jeglichen Schmerz, den sein Körper gerade empfand …

»wArum hABt ihr mEinEn BruDEr gEtötEt?!«

2B konnte Evas Angriff, für den er weit ausgeholt hatte, mit Leichtigkeit ausweichen. Seine Treffsicherheit war nicht hoch. Eigentlich sah es aus, als würde er überhaupt nicht treffen wollen und einfach wild um sich schlagen, nur um seiner Wut freien Lauf zu lassen.

Als er jedoch auf den Boden einschlug, waren seine Fäuste in der Lage, alles Geröll in kleine Kiesel zu verwandeln, die daraufhin in alle Richtungen schossen. Einer der Steine traf 2B am Arm, doch sie merkte gar nicht, wie sich ihr Gesicht zu einer Grimasse verzog. Die kleinen Kiesel hatten trotz ihrer verschwindend geringen Masse eine enorme Stärke. Bekäme sie einen seiner Faustschläge direkt ab, würde sie das nicht ohne Weiteres wegstecken können – so viel war ihr klar.

»9S! Zurück!«, rief sie.

Die Kampffähigkeiten eines S-Modells würden nichts gegen Eva ausrichten können. Versuchte 9S anzugreifen, wenn selbst das Ausweichen schon Risiken barg, wäre das fatal.

2B vergewisserte sich aus den Augenwinkeln, dass 9S weiter Abstand nahm, duckte sich, um Evas Faustschlägen zu entgehen, und näherte sich ihrem Feind. Sie zielte auf einen Spalt zwischen den Metalltrümmern, die an seinem pechschwarzen Körper festgesaugt waren, und stieß ihr Schwert hinein.

Sie spürte einen eigenartigen Widerstand, der sich anfühlte, als wäre Metall auf Metall getroffen. Nur ein paar kleine Splitter hatten sich gelöst und fielen zu Boden.

Trotz allem versuchte 2B es wieder und wieder. Langsam, aber sicher blätterten die Trümmerteile von Evas Körper ab.

Schon bald hatte sie schließlich einen Teil seiner Haut entblößt. 2B richtete ihr Schwert erneut auf Eva und stieß zu. Die bekannte rote Flüssigkeit spritzte ihr entgegen, doch Eva schien weiter unbeeindruckt und veränderte rein gar nichts an seinem Verhalten. Egal, wie oft und an welchen Stellen 2B seine Haut durchbohrte und wie viel seines roten Lebenssaftes er dadurch verlor, er schwang einfach weiter seine Fäuste.

Sein Verhalten war ganz natürlich, wenn man bedachte, dass die feinen Sensoren, die Schmerzempfinden bei ihm auslösen sollten, deaktiviert waren. Er spürte den Schmerz einfach nicht. Er hatte kein Gefühl dafür, in welchem Zustand sich sein Körper befand und wie viel Schaden er schon erlitten hatte, bis seine beschädigte Motorik ihn zum Innehalten zwang.

»Pod!«, rief 2B.

Sie hatte die Situation richtig eingeschätzt und entschieden, dass jetzt der perfekte Moment für einen wirksamen Schlag wäre. Pod feuerte einen Laser direkt auf Eva, der mit voller Wucht getroffen wurde und endlich ins Taumeln geriet. Sein Oberkörper begann zu beben. *Nur noch ein bisschen*, dachte 2B bei sich.

»Alarm: Massive Energie-Signatur registriert.«

»Was heißt das?«, fragte 2B.

Würde er jetzt eine Explosion verursachen, die ebenso stark wie die der Goliath-Klasse-Maschine war, die den Krater in der Ruinenstadt verursacht hatte? 2B wich sofort zurück, um mehr Distanz zwischen sich und Eva zu schaffen. Doch ihre Annahme wurde bereits widerlegt.

Evas Körper hüllte sich in ein eigenartiges Licht. Der blutartige Sprühregen versiegte und er begann, sich zu regenerieren.

»Vermutung: Die vielen Maschinen im Umkreis liefern Energie an den Feind.«

»Eva holt sich also über das Netzwerk die Energie der Gegner hier?«

»Bestätigung.«

2B erinnerte sich an ihren Kampf mit Adam. Bis dieser sich selbstständig vom Netzwerk getrennt hatte, hatte er sich immer wieder regenerieren können, egal, wie viel Schaden er erlitten hatte. Was sie jetzt erlebte, war genau dasselbe.

»So kommen wir nicht weiter …«

Wenn sie ihre Angriffe in diesem Tempo fortsetzte, wäre also alle Anstrengung umsonst. 2B konnte sich nicht vorstellen, jemals in der Lage zu sein, Eva so viel Schaden zuzufügen, der das Tempo seiner Regenerationsfähigkeit übertreffen würde.

Auf einmal hörte sie eine Stimme hinter sich.

»Ich werde versuchen, Eva zu hacken und ihn vom Netzwerk zu trennen.«

2B wirbelte herum und sah 9S, der still in Evas Richtung starrte.

»Okay. Ich zähle auf dich!«

2B schützte 9S' verwundbaren Körper. Sie warf die Kieselsteine, die Eva in seine Richtung schoss, mit flinken Bewegungen ihres Schwertes zurück und stieß die auf sie herniederprasselnden Faustschläge mit Tritten und weiteren Hieben von sich. Doch sie konnte sie nicht alle abwehren und stürzte schließlich zu Boden.

»Warnung: Das Netzwerk, mit dem der Feind verbunden ist, wächst zu einer gigantischen Größe heran.« Pods Stimme klang aufgeregt.

»Analyse: Die Aktionen von 9S haben eine inakzeptabel geringe Erfolgschance.« Obwohl 2B ihn ignorierte, sprach Pod immer weiter.

»Vorschlag: Einheit 2B sollte Einheit 9S verlassen und die Deckung aufgeben.«

»Halt die Klappe! Wenn 9S sagt, dass er es schaffen kann, dann wird er das auch!«, brüllte 2B ihn wütend an.

Endlich war Pod still. 9S hatte sie mit seinen Hackingfähigkeiten schon viele Male aus einer brenzligen Lage gerettet. Und ihre Rolle war es, ihn dabei zu schützen und zu unterstützen.

Im selben Moment spürte 2B einen leichten Stich in ihrer Brust. Ehe sie sichs versehen hatte, kämpfte sie schon wieder mit 9S Seite an Seite, als ob es das Normalste auf der Welt wäre. Doch trotz allem war sie für 9S …

Nein. Darüber durfte sie jetzt nicht nachdenken.

»Bericht: Trennung des Feindes vom Netzwerk bestätigt.«

2B sah über ihre Schulter zurück zu 9S. Nicht eine einzige Zuckung hatte sie vorhin von ihm registriert, doch nun bebte er am ganzen Leib. Sie wusste, was das bedeutete, und setzte erneut zum Angriff gegen Eva an.

Die Androidin wich all seinen Tritten gekonnt aus und duckte sich unter jedem seiner Faustschläge hindurch. Sie schlug so oft auf Eva ein, wie sie konnte. Es gab kein Anzeichen dafür, dass sich seine Wunden wieder schließen würden. Endlich hatte sie eine Chance, ihn zu zerstören.

2B war sich sicher, dass sie ihrem Feind tatsächlichen Schaden zufügte. *Nur noch ein bisschen und er ist erledigt.* Doch sie ließ sich von diesem Gedanken zu sehr hinreißen und gab ihm dadurch die Chance, sie in einer ungeschützten Sekunde anzugreifen.

Scheiße, dachte sie noch, als sie einen harten Schlag spürte. Eine von Evas Fäusten hatte sie direkt getroffen. Sie hatte versucht, sie mit ihrem Schwert abzuwehren, doch es war ihr nicht möglich gewesen, den Einschlag abzufedern. Mit einem lauten Klirren brach die Klinge ihres Schwertes und flog in hohem Bogen davon. Um von der unsagbar starken Druckwelle nicht in die Knie gezwungen zu werden, stemmte sie ihre Beine mit aller Kraft in den Boden.

Wieder prasselten die Faustschläge auf sie ein. Doch ihr war vom vorherigen Schlag noch schwindelig, deshalb gelang es ihr nicht, allen auszuweichen.

Im selben Moment schoss jemand aus ihrem Rücken kommend an ihr vorbei. 9S hatte einen Satz nach vorne gemacht. Sie sah, wie auch sein Arm auf dieselbe Weise wie Evas Fäuste in Metallüberreste gehüllt war. Er musste sich Evas Fähigkeit, den in der Umgebung liegenden Eisenabfall an sich zu binden und als Schutzbarriere zu benutzen, durch das erfolgreiche Hacking angeeignet haben und war dabei, das Verhalten des Feindes zu kopieren.

»Eva!«

Eva reagierte viel zu langsam auf 9S, da er gerade damit beschäftigt war, 2B den Gnadenstoß zu versetzen. 9S' von Metall bedeckter Arm traf auf Evas Faust, die ebenso durch Metall verstärkt war. Es donnerte laut und eine Stoßwelle folgte.

»2B! Jetzt!«, rief 9S ihr zu, als er von der Welle mitgerissen und weggeschleudert wurde.

Eva konnte den Schlag nicht völlig abfedern, weshalb sich sein ganzer Körper nach hinten bog. 2B zog ihr Großschwert. Sogar eine Waffe schweren Kalibers mit trägem Schwung würde jetzt einen Treffer landen.

2B ließ ihr Schwert im Eiltempo auf Eva niederschnellen, der seine Balance noch nicht wiedergefunden hatte. Er schaffte es jedoch, die Klinge mit seiner rechten Hand aufzuhalten. 2B schlug erneut auf ihn ein. Diesmal stemmte sie ihr gesamtes Körpergewicht in den Schwerthieb.

Ein dumpfes Geräusch ertönte und Evas rechter Arm war abgeschlagen. Er rollte noch einige Zentimeter über den Boden, nachdem er heruntergefallen war. Ein lauter Schrei erfüllte das Schlachtfeld. 2B schlug erneut zu.

Evas Schrei nahm an Lautstärke zu. Das Großschwert wurde 2B aus den Händen geschleudert. Es war ein EMP-Angriff, der ihre Knie schließlich aufgeben ließ und sie zu Boden zwang.

»Alarm: NKSS zerstört. Nahkampf nicht mehr möglich.«

2B richtete sich entgegen Pods Nachricht auf und sammelte ihr zerbrochenes Schwert ein. *Nur noch ein bisschen.* Wenn sie Eva noch einen einzigen letzten Schlag versetzen könnte, würde sie ihn besiegen.

Plötzlich war der Kampf vorbei. Eva bewegte sich kein Stück mehr. Hatte er alle seine Kräfte für die EMP-Attacke aufgebraucht? Er war an derselben Stelle auf die Knie gefallen, an der er gerade noch voller Wut angegriffen hatte. Sein Kopf hing einfach nur da.

»BRU...DER ...«

2B näherte sich Eva langsam. Er sah aus, als wäre er völlig niedergeschlagen – im wahrsten Sinne des Wortes.

»iCh wolltE doch sonst ... niChts ...«

Hatte er deshalb alle Maschinen gleichzeitig zum Stillstand gebracht? Hatte er die ganze Wut und den Hass, der eigentlich 2B für den Mord an Adam hätte gelten sollen, ziellos an allem und jedem in seiner Umgebung ausgelassen, weil er sich der gesamten Welt entledigen wollte, in der Adam nicht mehr war?

So ein selbstsüchtiges Verhalten war ganz und gar ungewöhnlich für eine Maschine. Eva war viel, viel egoistischer, als es einer YoRHa-Streitkraft, der alle Empfindungen abgesprochen wurden, jemals erlaubt wäre …

2B hob ihr abgebrochenes Schwert und holte aus. Sie beseitigte ihre letzten Zweifel und rammte Eva das Schwert in den Hinterkopf. Er fiel zu Boden, als ob er in sich zusammensacken würde. Sein charakteristisches Funksignal war erloschen. Alle seine Funktionen waren somit eingestellt.

»Endlich … ist es …«

»Vorbei.«

2B seufzte vor Erleichterung und blickte zum Himmel hinauf. Das Schwert, das sie eben noch fest umklammert hatte, glitt ihr aus der Hand und schepperte noch einmal laut, als es auf dem Boden landete.

2Bs gesamter Körper war mit Wunden übersät. Es war ungewiss, ob sie sich so überhaupt weiter fortbewegen könnte. 9S musste es ähnlich gehen. Zuerst würden sie ins Widerstandslager zurückkehren, um einen Körperscan durchzuführen, und dann müssten sie für eine Wartung weiter zum Bunker … Das war ihr Plan, doch dann …

Sie hörte ein Stöhnen hinter sich.

»9S?«

Sie bekam keine Antwort. Hastig wirbelte 2B herum, nur um 9S vorzufinden, dessen Kehle komplett aufgerissen war.

»9S …!«

Sie wollte zu ihm hinüberlaufen, doch ihre Beine gehorchten ihr nicht. Irritiert taumelte sie in seine Richtung, so schnell ihre Füße sie trugen. Seine Augenbinde musste sich gelöst haben, als er durch die enorme Kraft weggeschleudert worden war. 2B konnte 9S' Augenfarbe klar erkennen.

»Ich glaube, ich habe mir einen Logikvirus eingefangen, als Eva vom Netzwerk getrennt wurde ...«

»Nein ...«

9S machte ein Gesicht, als ob er gleichzeitig lachen und weinen würde. Dann begannen seine Pupillen, rot zu leuchten. Ein typisches Symptom eines Logikvirus. Wenn der Virus sich schon so weit ausgebreitet hatte, gab es keine Rettung durch ein Vakzin mehr.

»Schon gut. Ich kann ja jederzeit meine Sicherheitskopie vom Bunker herunterladen und wiederkommen«, sagte er.

»Aber ... *du* wirst nicht wiederkommen, deine Identität, die du bis zu diesem Moment entwickelt hast ...«

Vielleicht hatte er seine Daten ja während der letzten Wartung hochgeladen. Doch selbst wenn, wären alle Daten von da an bis zu diesem Zeitpunkt verloren. Der 9S, der aus der Flugeinheit herausgesprungen war und einen furchtlosen Hackingangriff auf Eva gestartet hatte, um ihn vom Netzwerk zu trennen ... und der 9S, der 2B vor Evas Gnadenstoß gerettet hatte ... und auch die Erinnerungen des 9S, der Eva gemeinsam mit ihr geschlagen hatte ... Er und seine Erinnerungen an diese Dinge wären für immer verloren.

»VermutliCh ... Aber wir dürFEn die kontaminierten Daten nicht in den Bunker hoChlADEn, also ...«

Unter 9S' Worte waren ein paar undeutliche Geräusche gemischt. Der Virus breitete sich also bereits auf seine Persönlichkeitsdaten aus.

»BittE, 2B ... Ich möChtE, DAss du ...« Er krümmte sich vor Schmerz. Es war nicht mehr viel Zeit, bis er sein Bewusstsein als 9S verlieren würde. »... DiEs Für miCh ... machsT ...«

2B wusste, was er sagen wollte. Er musste es nicht aussprechen. Ein Androide, der durch den Logikvirus kontaminiert worden war, würde die Kontrolle über seine eigenen Funktionen verlieren und sich bis zu seinem Tod gegen seine Kameraden stellen. Bevor dieser Punkt eintrat, musste der vom Virus befallene Körper beseitigt werden.

Sie nahm 9S' Gesicht in ihre Hände.

»In Ordnung« war ihre Antwort an ihn. Vielleicht bildete sie es sich nur ein, doch für den Bruchteil einer Sekunde sah sie den Hauch eines Lächelns auf seinen Lippen.

Ihre Hände glitten hinab, bis sie 9S' Kehle umfassten. Es wäre schmerzloser gewesen, hätte sie seinen Körper durch einen Schwertstoß in die Brust zerstören können, doch da ihr NKSS beschädigt war, blieb dies ihre einzige Option.

Sie stemmte ihr gesamtes Gewicht in ihre Hände und drückte zu. 9S begann, mit allen Gliedmaßen zu zucken und zu strampeln. Wenig später lag er völlig still da.

»Immer … Immer endet es so …«

Warum nur? Warum konnte sie ihrem Schicksal, 9S zu töten, niemals entfliehen, egal, was sie auch tat?

Das wievielte Mal war es wohl? Wie viele Male hatte sie ihn schon getötet?

9S war herausragend, selbst unter den Scanner-Modellen. Das war der Grund dafür, dass er immer wieder geheime Informationen des Kommandos aufspüren würde. Immer wieder würde er wegen seiner bemerkenswerten Hackingfähigkeiten versuchen, unauthorisierten Zugriff auf die Hauptserver zu erhalten. Und jedes Mal wieder wurde 2B vom Kommando der Auftrag gegeben, ihn deshalb zu zerstören.

Als 2B getarnt, sollte sie, 2E, 9S näherkommen, um ihn zu exekutieren. Danach würden Teile seiner Erinnerung gelöscht werden, zu denen auch alle vertraulichen und geheimen Informationen gehörten, die er bis dahin erlangt hatte. Natürlich würde dies auch alle Erinnerungen an 2Bs wahre Identität als 2E sowie ihre Handlungen einschließen.

Das war auch der Grund, warum 9S 2B immer wieder zu siezen begann, wenn sie zu einer neuen Mission eingeteilt wurden und sich zum ersten Mal nach der Löschung seiner Erinnerungen begegneten. Nur 2B wusste, dass sie dieselben Gespräche immer und immer und immer wieder führten.

»Nines …«

Der jetzige 9S erinnerte sich nicht einmal daran, dass 2B seinen Kosenamen in der Vergangenheit oft verwendet hatte, wenn sie ihn angesprochen hatte. Und er erinnerte sich auch nicht an all die Zeit, die die beiden schon miteinander verbracht hatten – eine Zeit, die nun schon so lange zurücklag.

Sie wusste, dass es ihre Pflicht war, ihre Kameraden zu exekutieren. Sie war die, die ihre beschädigten und bewegungsunfähigen Partner auf dem Schlachtfeld beseitigen musste; und gelegentlich hatte sie auch Deserteure und Rebellen zu jagen und zur Strecke zu bringen. Das »E« der E-Modelle stand für »Exekution«. Dies war ihre Aufgabe.

Und doch quälte sie bei jeder Tötung von 9S, jedes Mal, wenn sie seine Erinnerungen auslöschte, unerträglicher Schmerz. Es tat so weh, dass sie sich wünschte, ihre Pflicht aufgeben zu können. Am liebsten wollte sie selbst getötet werden.

Trotz allem gab sie sich jedes Mal für 2B aus, wenn sie mit ihm zusammentraf, denn sie hatte 9S höchstpersönlich ein Versprechen gegeben. Er wollte, dass sie sich – egal, wie viele Erinnerungen er auch verlor – wiedersehen konnten. Er wollte jedes einzelne Mal, dass *sie* ihn, ohne zu zögern, tötete. Das war sein Wunsch an sie, den sie ihm erfüllte – immer und immer wieder.

Tränen flossen ihr Gesicht hinunter und trafen auf 9S' erkaltete Wangen. Sie wollte doch gar nichts fühlen, aber konnte ihrer Trauer nicht entgehen. Wie oft würde sie diesen Schmerz wohl noch ertragen müssen? Und wie oft würde sie 9S' »Freut mich, Sie kennenzulernen« wohl noch hören müssen? Und wie oft würde sie ihr eigenes Herz noch belügen?

Sie hatte schon einmal versucht, sich einzureden, dass nur der erste 9S, den sie damals getroffen hatte, der *echte* gewesen war und alle anderen nach ihm nur eine Kopie. So konnte sie jedes Mal denken, dass sie im Grunde nur eine Fälschung aus dem Weg räumte.

Doch sie schaffte es nicht, sich selbst zu täuschen. Auch wenn sie sich sagte, er wäre eine Fälschung, so zehrten doch immer wieder die gleichen Schmerzen an ihr, wenn sie ihn eigenhändig tötete. Auch beim jetzigen 9S, der in diesem Moment unter ihr lag, handelte es sich um den *echten*.

Und gerade hatte sie noch nicht einmal den Befehl für die Exekution erhalten. Vielleicht hätte sie dieses Mal einfach 2B bleiben können. Wenn 9S nur nicht vom Logikvirus befallen worden wäre …

Vielleicht war dies ein Zeichen dafür, dass sie ihrem Schicksal ohnehin niemals entfliehen konnte. Es würde immer damit enden, dass sie 9S mit eigenen Händen töten musste …

»Ich dachte … dass du dieses Mal vielleicht einfach *du* bleiben könntest …«

Wie lange sie wohl schon hier weinte? Auf einmal spürte sie eine Präsenz in ihrer Nähe und blickte auf. Ein Maschinenkopf, der ein bisschen weiter von ihr entfernt auf dem Boden lag, regte sich. Plötzlich erschien ein grünes Licht in seinen Augenlämpchen.

»Es sind … immer noch welche am Leben?«, fragte sie.

Das war alles die Schuld der Maschinen. Der *jetzige 9S* war nur ihretwegen gestorben. All ihre Trauer wurde mit einem Mal durch Wut ersetzt. Sie richtete sich taumelnd auf und zog ihr gebrochenes Schwert.

»Gottverdammte Maschinen …!«

Sie wollte den Kopf gerade zerschlagen, doch auf einmal erfüllte das grüne Licht die Augen aller im Umkreis herumliegenden Maschinenköpfe gleichzeitig. Es blitzte und blinkte nun überall und das grüne Lichtermeer breitete sich langsam über die gesamte Ruinenstadt aus.

»Ist das … eine Nachricht?«

War das ein Signal? Maschinen, deren Augen grün leuchteten, griffen für gewöhnlich nicht an. Pascal und die Maschinen in seinem Dorf hatten ebenfalls grüne Lichter. Es war ein Zeichen dafür, dass sie nicht feindlich gesinnt waren. Wollten ihr die Maschinen mit diesen Datenübertragungen etwas sagen?

Schließlich richtete sich eine der Maschinen in ihrer Nähe auf. Auch ihre Augen leuchteten grün. Es handelte sich um eine zweibeinige Maschine, die um einiges größer als 2B war. Diese hielt sofort ihr Schwert bereit. Doch sie wusste nicht, ob sie schon erholt genug war, um sich in einen neuen Kampf stürzen zu können …

»Wa… Warte einen Moment, 2B!«

Die Maschine sprach fließend. Und sie hatte sie mit ihrem Namen angesprochen.

»Wer bist …?«

2Bs Augen weiteten sich. War das wahr? Konnte es so etwas überhaupt geben? Es war eine Maschine, die wie 9S klang und redete.

»Es sieht so aus, als ob ich meine persönlichen Daten in der Maschine gelassen habe. Bevor ich michs versah, wurde mein Selbstempfinden vom Umgebungsnetzwerk wiederhergestellt. Die Gleichschaltung so vieler Individuen und mehrere Rekonstruktionen meiner Selbst zu erhalten, ist eine ziemlich wertvolle Erfahrung. Daher wollte ich sie aufzeichnen, konnte jedoch nicht auf meine Speicherbereiche zugreifen. Deswegen bündelte ich sie einfach über den Speicher einiger naher Feinde. Wenn ich dann also in meinen eigenen Körper zurückkehre …«

»9S«, unterbrach ihn 2B.

Diese hastige Art zu sprechen – das war 9S' Charakteristikum, wenn er wieder etwas Aufregendes entdeckt hatte, das sein Interesse weckte. Seine Stimme war zwar nicht ganz die seine und auch sein Körper war ein anderer, doch 2B wusste, dass es 9S war, der da gerade vor ihr stand.

»Freut mich so, dass es dir gut geht …«

»Ja.«

Die Maschine streckte einen Arm aus. 2B kletterte darauf und schmiegte sich daran, während 9S sie gemeinsam mit dem Arm hochhob. Es war, als wollte er sagen: *Komm her und lass mich dein Gesicht sehen.* 2B blickte lang und tief in die Maschinenaugen vor sich, die immer noch grün leuchteten.

2. Mai des Jahres 11945. Eine gigantische Goliath-Klasse-Maschine tauchte auf offener See nahe der Versunkenen Stadt auf und versenkte bei ihrem Versuch, das Festland zu erreichen, den Flugzeugträger *Blue Ridge II*. Die gesamten YoRHa-Streitkräfte in der Umgebung kämpften dafür, dies zu verhindern. Ihnen glückte die Zerstörung des besagten Feindes.

Durch die EMP-Explosion, die auf die Zerstörung des Feindes folgte, erlitten unsere Truppen jedoch beträchtlichen Schaden, und die YoRHa-Einheit 9S wurde weit ins Festland hineingeschleudert. 9S wurde daraufhin von der feindlichen Maschine Adam entführt und über einen langen Zeitraum festgehalten.

Da eine Kontaminierung durch Logikviren oder Ähnliches befürchtet wurde, wurde direkt nach seiner Rettung eine Datenbereinigung im Bunker durchgeführt. In der letzten Wartungssequenz tauchte ein Fehler auf.

Während der Synchronisierung der Daten mit dem Bunkerserver stellte 9S ein winziges Rauschen fest und unterbrach den Prozess. Er stellte eine Verbindung zum Hauptserver her, um den Ursprung des Rauschens genauer zu erforschen.

Dabei entdeckte 9S eine ungewöhnliche Firewall, die er daraufhin durchbrach. Er ignorierte die Warnungen dieses Pods und eignete sich hinter der Firewall liegende Daten an. So gelangte er an den Index des streng geheimen »Projekts YoRHa«.

Aufgrund seiner herausragenden Fähigkeiten als Scanner-Modell wurde in der Planung bereits berücksichtigt, dass die YoRHa-Einheit 9S mit hoher Wahrscheinlichkeit an die Daten von »Projekt YoRHa« gelangen wird. Wie erwartet, unternimmt 9S bereits seit Längerem regelmäßig den Versuch, unautorisierten Zugriff auf den Hauptserver zu erlangen.

Dieser Pod ist für die Aufsicht der Einheit 9S verantwortlich und begleitet diese als Unterstützungseinheit bei gewöhnlichen Feldmissionen. Es ist die Pflicht dieses Pods, jeglichen unautorisierten Zugriff auf den Hauptserver durch 9S umgehend an das Kommando sowie das E-Modell zu melden.

Auch in diesem Zusammenhang hat es sich so zugetragen, dass das Kommando umgehend über den Durchbruch der Firewall des Hauptservers informiert wurde. Im Regelfall würde Kommandantin White nach der Meldung sofort einen Exekutionsbefehl an 2B, offizielle Identität 2E, erteilen. 2E würde nach dem Erhalt der Meldung zeitnah einen Reset der Persönlichkeitsdaten von 9S sowie eine partielle Erinnerungslöschung durchführen.

Doch in diesem Fall ist eine bedeutende Abweichung des Regelfalles eingetreten. Nicht nur meldete die Kommandantin keinen Exekutionsbefehl an 2E, sondern übergab 9S des Weiteren einen Datenchip mit Aufzeichnungen über den Menschheitsrat sowie das YoRHa-Projekt. Ein unerklärbares Verhalten.

26. Juni des Jahres 11945. Start des Großangriffseinsatzes auf der Erde. Durch den Verlust der Kerneinheiten »Adam« und »Eva« aufseiten des Feindes geriet die Befehlskette der feindlichen Maschinenwesen außer Kontrolle. Die beiden Streitkräfte 2B und 9S nehmen an der Mission als Guerilla-Einheiten teil.

Es wird prognostiziert, dass unsere geheime Hauptaufgabe bald ausgeführt werden muss.

Bericht: Pod 153 an Pod 042. Datenaufzeichnung im internen Netzwerk abgeschlossen.

Empfehlung: Vorbereitung der finalen Sequenz einleiten.

NieR:Automata™ Lange Geschichten

Kapitel 7
Geschichte von 9S / Verlust

»Wir können bestätigen, dass die feindlichen Netzwerk-Kerneinheiten namens Adam und Eva zerstört wurden. Die Befehlsstruktur des Feindes wurde ins totale Chaos gestürzt. Diese Chance darf uns nicht entgehen. Also haben die menschlichen Befehlshaber beschlossen, diesen Moment für einen Großangriff auf die Maschinen zu nutzen. Natürlich werden die YoRHa-Streitkräfte an diesem Einsatz beteiligt.«

9S sah aus den Augenwinkeln auf das Display des Pods, auf dem gerade das Gesicht der Kommandantin zu sehen war, während er durch die Ruinenstadt spazierte. Die kleinen Ästchen, die er dabei zertrat, krachten unter seinen Füßen.

»Erinnern Sie sich an Ihren Schmerz! Der Schmerz, als Ihnen Ihr Heimatland gestohlen wurde!«, dröhnte es aus den Lautsprechern.

»Mir wurde ja gar nichts gestohlen«, murmelte 9S.

Die YoRHa-Androidenmodelle wurden auf den Satelliten im Orbit gebaut und nicht auf der Erde. Doch die Kommandantin hatte auch nicht spezifiziert, *wessen* Heimat sie denn meinte. Da 9S jedoch wahrscheinlich der Einzige war, der solch verschrobene Gedanken hatte, würden die anderen es auch ohne diesen Zusatz verstanden haben. Es ging hier natürlich um die »Menschheit« und nicht um »die Androiden«.

Ein cleveres Wortspiel. Als ob der Schmerz der Menschen, als sie »ihr Heimatland« verloren hatten, schon fast der Schmerz der Androiden wäre, die dadurch zum Kämpfen animiert wurden. So wollte man natürlich unbedingt etwas für die Menschen tun. So waren die Androiden nun einmal programmiert.

»Wir werden unseren Kampf niemals aufgeben! Wir werden die Meere zurückerobern! Den Himmel! Das Land! Wir werden die Erde zurückerobern und sie der Geißel der Maschinen entreißen!«

Und hier kam das »Wir« ins Spiel. Die Worte »Wir werden niemals aufgeben« resultierten aus dem »Schmerz der Menschen« und dem Pflichtgefühl der Androiden ihnen gegenüber. Solange es für die Menschheit geschah, würde man bis zuletzt kämpfen und niemals aufgeben – das war die Empfindung, die diese Worte in den Androiden auslösten. Das Bilderbuchbeispiel einer Rede, die einzig und allein dazu gedacht war, den Kampfgeist der Soldaten zu stärken.

9S war von seinen eigenen Gedanken leicht angewidert. Aber er war auch ein wenig wütend auf die Kommandantin, die ihm einfach die freie Entscheidung überlassen hatte. Da hatte sie sich wirklich den Falschen ausgesucht.

Er hatte noch gedacht, sich verhört zu haben, als sie genau diese Worte an ihn gerichtet hatte.

»Entscheide selbst darüber«, hatte sie gesagt.

Er hatte nach seinem Geständnis, unautorisierten Zugriff auf den Hauptserver genommen zu haben, nicht mal eine Strafe dafür kassiert.

Ihm war ein schwaches Rauschen aufgefallen, als er 2Bs und seine Kampfdaten mit dem Hauptserver hatte synchronisieren wollen. Da er es nicht einfach hatte ignorieren können, war er in den Hauptserver eingedrungen, um nach dessen Ursprung zu suchen.

Er hatte das Rauschen nicht einfach als Einbildung abtun wollen, denn in letzter Zeit hatte er schon öfter »eine Präsenz« wahrgenommen. Es war ein Gefühl, als ob ihn jemand beobachtete oder ganz in der Nähe wäre … Doch die mysteriöse Präsenz war so flüchtig gewesen, dass er sie letztendlich doch als bloßen Schall und Rauch hatte betrachten müssen.

Das erste Mal hatte er sie im Serverkontrollraum gespürt. Es war auch damals schon gewesen, als ob ihm irgendjemand beim Arbeiten am Monitor über die Schulter geschaut hätte. Kurz darauf war jedoch Operator 21O ins Zimmer gekommen, also hatte er natürlich gedacht, es wäre ihre Präsenz gewesen. So hatte er dieses seltsame Gefühl schnell wieder vergessen.

Das zweite Mal war es im Hangar geschehen. Als er in seine Flugeinheit gestiegen war, hatte er sich gefühlt, als ob ihn jemand die ganze Zeit über aus den Schatten hinter den Säulen angestarrt hätte. Da er jedoch in eine Notmission verwickelt gewesen war, hatte er nicht nachprüfen können, ob wirklich jemand dort gestanden hatte. Er hatte es noch einmal versucht, als er wieder von der Mission zurückgekehrt war, doch hatte erneut nichts Ungewöhnliches feststellen können.

Das bedeutete, dass nicht einmal ein Modell des S-Typs mit seinen überdurchschnittlichen Ausforschungsfähigkeiten in der Lage gewesen war, die Präsenz wirklich zu erfassen. Aber gerade diese Herausforderung hatte ihn angespornt, die »Gestalt« in Form eines schwachen Rauschens nicht einfach davonkommen zu lassen.

Die Kommandantin hatte gesagt, die Menschen existierten nicht mehr. Das hatte 9S erfahren, als sie ihn zu sich gerufen hatte, weil ans Licht gekommen war, dass er unauthorisierten Zugriff auf den Server erlangt hatte.

Dass sie ungestört mit ihm hatte reden wollen, war ihm jedoch sehr gelegen gekommen. Endlich hatte er ihr die Frage stellen können, die ihm auf der Seele gebrannt hatte – ganz außer Reichweite der anderen Streitkräfte. Er hatte wissen wollen, warum die Pläne zur Gründung des Menschheitsrates Teil von »Projekt YoRHa« waren.

9S hätte es logisch gefunden, wenn dieses in den Gründungsaufzeichnungen des Menschheitsrates enthalten gewesen wäre. Immerhin waren es die Menschen gewesen, die die YoRHa-Androidenstreitkräfte erschaffen und das YoRHa-Projekt überhaupt erst entworfen hatten. Doch dass sich die Pläne zur Gründung des Menschheitsrates in den Daten von »Projekt YoRHa« befanden, war eigenartig gewesen, fast so, als hätte das Kommando selbst den Menschheitsrat erschaffen.

9S' Zweifel waren von der Kommandantin schließlich kurz und bündig bestätigt worden. Sie hatte gesagt, dass der Server des Menschheitsrates auf dem Mond von den Androiden errichtet worden wäre. Dann hatte sie noch hinzugefügt, dass die Menschheit bereits vor der ersten Invasion der Außerirdischen ausgelöscht worden sei und das, was die Androiden auf den Mond befördert hätten, das überbliebene »genetische Datenprofil der Menschen« gewesen wäre.

9S erinnerte sich daran, wie seine Stimme ganz fern geklungen hatte, als er sie daraufhin gefragt hatte, warum sie nie etwas gesagt hätte. Die Worte der Kommandantin waren ihm im Vergleich dazu klar im Gedächtnis geblieben.

»*Niemand kann ohne Grund kämpfen. Wir brauchten einen Gott, der uns die Stärke verleiht, unsere Leben zu opfern.*«

Anschließend hatte sie 9S einen Chip gegeben, auf dem all diese geheimen Informationen gespeichert waren, und zu ihm gesagt, dass er selbst entscheiden sollte, was nun zu tun wäre. Dann war sie aufgestanden und gegangen …

»Der Menschheit zur Ehre!«

Diese Worte. Nachdem 9S nun wusste, dass die Menschheit gar nicht mehr existierte, entfachten sie ein Gefühl der Unruhe in ihm. Als ganz gehaltlos konnte er die Phrase jedoch auch nicht abtun, denn seine Loyalität den Menschen gegenüber war tief in ihm verankert. Aber das

Salutieren mit der linken Hand auf seiner Brust fiel ihm nicht mehr so leicht.

Hätte er seine derzeitige Situation mit nur einem Wort beschreiben müssen, dann wäre es dieses gewesen: unerträglich.

»Was soll ich nur machen …?«

9S war sich außerdem nicht sicher, ob er 2B in alles einweihen sollte. Doch er wusste, dass es wahrscheinlich besser wäre, es ihr zu sagen.

B-Modelle wurden wegen ihrer Kampffertigkeiten immer an die vorderste Front geschickt. Sie wurden stets den größten Gefahren ausgesetzt. Deshalb war 9S auch der Meinung, dass 2B es von allen am meisten verdiente, die Wahrheit zu erfahren. Die Wahrheit darüber, dass es gar keine Menschen mehr gab, für die sie ihr Leben riskierte, um die Erde zurückzuerobern.

Wenn er sich jedoch vorstellte, wie es 2B nach dem Geständnis gehen würde, war es wahrscheinlich besser, nichts zu sagen. Es würde sie sicher aus der Fassung bringen, erführe sie davon. Sie wüsste gar nicht mehr, wohin mit sich. Zumindest ging es 9S so und er wollte auf keinen Fall, dass 2B dasselbe wie er durchmachen musste …

Letztendlich schaffte er es nicht, 2B in die ganze Wahrheit einzuweihen. Immer wieder hatte er versucht, während seines Systemchecks bei 2B die richtigen Worte zu finden, nur um dann nichts herauszubringen oder sie im letzten Moment zu verschlucken.

Als der Systemcheck abgeschlossen gewesen war, hatte er sogar noch einmal nach ihr gerufen, um sie zurückzuhalten, da sie den Raum schon hatte verlassen wollen. Doch auch da hatte er nicht mehr herausgebracht als »Sei vorsichtig«.

Und dann hatte auch schon ihr letzter großer Einsatz begonnen.

＊＊＊

Gleich nachdem 9S über den Transporter wieder in der Ruinenstadt angekommen war, merkte er, dass irgendetwas fehlte. Ihm war langweilig so ganz allein. Und während er so durch die Stadt wanderte, kamen zu diesem Gefühl des »Fehlens« auch noch etwas Einsamkeit und Niedergeschlagenheit hinzu.

Für gewöhnlich führte er alle seine Missionen an der Erdoberfläche gemeinsam mit 2B aus. Zwischen den halb eingestürzten Gebäuden hindurch, scheuernden Wüstensand in seinen Schuhen, auf der Jagd durch die mit Ölgeruch erfüllte Verlassene Fabrik – 2B war auf Schritt und Tritt bei ihm.

Er wusste, dass dies nicht selbstverständlich war. Die Pflichten eines S-Modells erstreckten sich größtenteils auf Solomissionen zur Informationsgewinnung. Es war auch unter seinen anderen S-Modell-Kollegen sehr unüblich, dass Aufklärungsmissionen gemeinsam durchgeführt wurden. Dass 2B sonst immer bei ihm war, stellte eine Ausnahme von der Regel dar.

»Und das sind Ihre Befehle. Haben Sie verstanden?«

9S war gerade in ein Gespräch mit Operator 21O verwickelt, die ihn vom Bunker aus kontaktiert hatte. Er strengte all seine Speicherschaltkreise an, um sich daran zu erinnern, was sie gerade noch zu ihm gesagt hatte.

»Ähm … Die Scanner werden sich in das feindliche Luftabwehrsystem hacken und es vor dem Hauptangriff lahmlegen, richtig?«

»So ist es richtig. Gut gemacht, 9S!«, erwiderte die Stimme aus dem Monitor.

»Warum sprechen Sie mit mir wie mit einem kleinen Kind?«, fragte 9S.

»Da geht wohl Ihre Fantasie mit Ihnen durch.«

Ihre letzte Behauptung war natürlich eine Lüge und ging nicht so schnell an 9S vorbei. Auch als er die Maschinen, die als Signalempfänger für das Luftabwehrsystem fungiert hatten, aufgehalten hatte, hatte sie dasselbe gesagt. *Gut gemacht.*

Doch das war noch nicht alles, was er sich von ihr anhören musste.

»Tun Sie alles Notwendige, um einen Kampf zu vermeiden.«

»Und wie soll ich den Trupp unterstützen, wenn ich nicht kämpfen kann?«

Neben Untersuchungen und der Informationsgewinnung lag eine weitere wichtige Rolle der S-Modelle darin, andere Streitkräfte im Kampf direkt mit ihren Hackingfähigkeiten zu unterstützen. Das Hakken konnte nicht an zu weit entfernten Zielen ausgeführt werden. Deshalb hielten sich S-Modelle zwar für gewöhnlich dort auf, wo sie das Kampfgeschehen nicht behinderten, in jedem Fall aber innerhalb des Kampfgebietes.

»Scanner-Einheiten wie Sie sind nicht für den Kampf ausgelegt.«

»Ach, machen Sie sich etwa Sorgen um mich?«

»Nein. Ich weise nur darauf hin, dass Sie auf dem Schlachtfeld eine Belastung sind.«

Kurz und bündig: Kinder müssen zu Hause bleiben.

»Ich kann verstehen, dass Sie mich von Ihrer Perspektive aus als Belastung betrachten … aber das ist doch gemein.«

Bisher hat sie mich doch auch nicht wie ein Kind behandelt, dachte er in diesem Moment noch. Sie hatte auch immer etwas zu nörgeln, wenn er im Serverkontrollraum arbeitete. *»Machen Sie eine Pause«* hier, *»Sie haben eine schlechte Haltung«* da.

9S seufzte tief und murmelte in sich hinein: »Das weiß ich doch auch selbst.«

Plötzlich kam eine weitere Übertragung von der Erde herein.

»11S an 9S. Bitte kommen.«

»9S hier. Fahren Sie fort«, antwortete er.

»Ich bin hier gerade fertig. Was ist mit Ihnen?«

Neben 9S waren auch andere Scanner-Modelle zur Stilllegung des feindlichen Luftabwehrsystems ausgesandt worden.

»Ähm, noch ein Gegner übrig, glaube ich.«

Er hatte gerade eines der Maschinenwesen eliminiert, die einen der Stahltürme in Beschlag genommen hatten, um den Luftraum zu übersehen. 9S glitt die Leiter hinab, während das Übertragungsdisplay weiterhin geöffnet war.

»Verstanden. Begeben Sie sich auf jeden Fall zurück zum Bunker, wenn Sie fertig sind, damit Sie Ihre Daten synchronisieren können.«

»Ach, richtig. Hatte ich glatt vergessen.«

9S hatte es bei der letzten Datensynchronisierung versäumt, den Vorgang zu beenden, da er zwischendurch das große Geheimnis aufgedeckt hatte. Seitdem lag ihm jeder Gedanke an die Synchronisierung irgendwelcher Daten fern.

»Bis Ihre Kampfdaten vollständig hochgeladen sind, kann keines der Scanner-Modelle Updates durchführen.«

Da konnte er nicht widersprechen. Natürlich war ihnen das nicht möglich.

»Okay. Ich kümmere mich darum, sobald ich hier fertig bin«, bestätigte 9S.

»Das freut mich!«, verabschiedete sich sein Kollege.

9S rannte direkt nach Beendigung der Übertragung los, um diesen »einen Gegner« zu deaktivieren, wie er es angekündigt hatte.

✳ ✳ ✳

Nachdem 9S das feindliche Luftabwehrsystem lahmgelegt hatte, traf er wieder mit 2B zusammen, die nun erneut aus dem Bunker auf die Erdoberfläche gekommen war. Die Vortruppen hatten bereits begonnen, den Feind in mehreren Gebieten anzugreifen. Als Teil des Guerilla-Kommandos sollten 9S und 2B die Frontstreitkräfte unterstützen, wo immer sie gebraucht wurden.

Alle feindlichen Maschinenwesen, mit denen sie es zu tun hatten, waren vom Netzwerk abgeschnitten. Und da dadurch auch ihre Befehlskette zerschlagen war, war es ein Kinderspiel, sie zu erledigen.

Dass nun auch 2B wieder an 9S' Seite war, machte ihr Unterfangen noch reibungsloser. Für 9S war es, als wäre endlich wieder alles zur Normalität zurückgekehrt.

»Bleib wachsam. Wir wissen nicht, womit wir es hier zu tun haben«, warnte 2B.

»Okaaay.«

Endlich konnten sie wieder wie immer kämpfen, was 9S ein Gefühl der Sicherheit gab. Gleichzeitig war es, als wäre eine riesige Last von ihm genommen worden. Für 2B sah das vermutlich aus, als wäre er nicht mehr richtig bei der Sache.

Es war jedenfalls klar, dass die Androiden die Oberhand hatten. 2B und 9S unterstützten die anderen Truppen, die die Feinde in Zangenformation in die Enge trieben, und dezimierten erfolgreich ihre Zahl. Gerade als sie dachten, dass ihre Mission schon bald wieder beendet wäre, wurden sie eines Besseren belehrt.

»9S, scanne den Umkreis und finde heraus, ob die Feinde Verstärkung schicken!«, rief 2B ihm zu.

Bisher hatten die Maschinen immer nur dann Truppen nachgeschickt, wenn die Anzahl ihrer Verbündeten in einem bestimmten Gebiet unter eine gewisse Zahl gesunken war. Auch wenn alle Maschinen in einem gewissen Gebiet ausgelöscht worden waren, hatte man Stunden später wieder dieselbe Anzahl an Feinden munter herumspazierend vorfinden können.

Doch dies hatte nur so lange funktioniert, wie es das Maschinennetzwerk gegeben hatte. 9S war überzeugt, dass die Wahrscheinlichkeit für ein erneutes Aufkommen jetzt um einiges geringer war, doch begab sich trotz allem an einen höheren Ort, von dem aus er das Gebiet gut überschauen konnte. Es war gewiss nicht schlecht, auf Nummer sicher zu gehen, und er hatte noch Energie übrig.

Also kletterte er die Überreste eines Wolkenkratzers hinauf und überprüfte, ob sich Feinde näherten. Durch das Kreuzfeuer, das auch im Luftraum stattfand, war die Sicht schlecht, doch alles in allem hatte sich die Lage im Vergleich zum Kampfbeginn bereits um einiges aufgeklart …

Plötzlich geschah etwas Undenkbares.

»Was? Was ist das für ein Geräusch?«, hörte er 2B über die Kommunikationseinheit flüstern.

Weil er hoch oben auf dem Gebäude und daher weit weg vom Geschehen war, hatte 9S keine Ahnung, was 2B mit diesem »Geräusch« meinte. Entsetzen überkam ihn.

»2B, was für ein Geräusch hörst du?«

Er spähte über den Erdboden und fragte sich, ob er es nicht von seinem Standpunkt aus herausfinden könnte. Er sah, dass 2B und die anderen die übrig gebliebenen Maschinen umzingelt hatten. Mit einem Mal hörten diese auf ganz unnatürliche Weise auf, sich zu bewegen.

Gleichzeitig erhoben sie alle ihre kugelförmigen Köpfe und fuhren sie nach oben aus. Ein unregelmäßig flackerndes Licht erschien. 9S erkannte von Weitem, dass die Maschinen gerade dabei waren, sich elektrisch zu entladen.

»2B …!«, rief er noch, als er durch die Lautsprecher laute Schreie vernehmen konnte.

2B und die anderen Streitkräfte wurden auf die Knie gezwungen, hielten ihre Köpfe und krümmten sich. Es war ein EMP-Angriff. Und sie befanden sich unmittelbar daneben.

9S ergriff einen der Arme des Pods und glitt mit ihm auf den Boden hinab. Während er im Gleitflug war, versuchte er, sich ein besseres Bild von der Situation zu machen. Es waren nur ein paar kleine zweibeinige Maschinen. Er wusste, dass diese Art zu EMP-Angriffen fähig war, auch wenn es darüber kaum Aufzeichnungen gab. 9S hatte es jedenfalls noch nie miterlebt.

»Pod! Ferngeschosse einsetzen!«, rief er.

Nachdem die Maschinen, die den EMP-Angriff generiert hatten, durch den Beschuss vollständig weggefegt waren, lief 9S hinüber zu 2B, die mittlerweile am Boden lag.

»Alles in Ordnung?!«

2B schüttelte den Kopf, als sie sich aufrichtete. Sie hatte anscheinend enorm viel Schaden erlitten, denn sie schaffte es nicht mehr, ganz aufrecht zu stehen.

»Hab … nicht aufgepasst … Ich muss … einen Neustart machen …«

»Verstanden. Ich gebe dir Deckung!«

Das Timing hätte nicht schlechter sein können, denn schon flogen die zur Verstärkung eilenden Feinde in das Gebiet ein. Es waren zu viele gegen einen, doch eine Flucht war für 2B ohne vorherigen Neustart ausgeschlossen. 9S musste sich ins Zeug legen, um wenigstens genug Zeit dafür zu gewinnen.

Er schoss einen Dolch auf einen der nächstgelegenen Gegner. Plötzlich wurde sein Sichtfeld unklar. Es war von Bildfehlern und ausgegrauten Pixeln übersät.

»Optische Tarnung?!«

Wann hatten die Maschinen so eine Technologie erworben? Camouflage- und Stealth-Taktiken sollten doch ausschließlich den Androiden vorbehalten sein.

»Was in aller Welt geht hier vor?!«

Er durfte sich jetzt nicht verwirren lassen. Mit seinen visuellen Sensoren war alles in Ordnung; es war einfach nur ein wenig schwerer, seine Gegner zu sehen.

»Ich muss 2B beschützen!«

Er stürzte sich auf seine Feinde, die er nur schemenhaft in den dunklen Schatten seines Sichtfeldes vermuten konnte.

9S fuchtelte blindlings mit seinem Schwert um sich und vielleicht erhöhte das sogar seine Effektivität im Kampf, denn ehe er sichs versah, hatte er eine beträchtliche Menge seiner Feinde zerstört. Bald schon war 2Bs Neustart abgeschlossen, sodass sie mit den restlichen Feinden aufräumen konnte.

Als alle Maschinen vernichtet waren, kehrte auch 9S' Sichtfunktion wieder zur Normalität zurück. Er scannte erneut die Umgebung. Es waren keine Anzeichen von Feindesaktivität mehr vorhanden. Auch die anderen Streitkräfte hatten nun ihre Neustarts durchgeführt und standen eine nach der anderen auf. Einige taumelten noch ein wenig, was vermutlich daran lag, dass sie sich noch nicht wieder vollständig von dem EMP-Angriff erholt hatten.

Plötzlich knickte 2Bs gesamter Körper ein und auch die anderen Streitkräfte im Umkreis gingen erneut in die Knie. Der Pod neben 9S begann, laut Alarm zu schlagen.

»Ist das ... ein großflächiger Virenangriff?!«

9S selbst wies keine Symptome einer Kontaminierung auf. Das musste bedeuten, dass sich der Virus während des EMP-Angriffs, also als 9S noch nicht in Reichweite gewesen war, unter den Streitkräften verbreitet und aktiviert hatte.

Er lief hinüber zu 2B, die sich vor Schmerzen die Haare raufte. Großflächenviren hatten eine hohe Ansteckungsgefahr, doch es war nicht schwer, sie zu beseitigen. 9S hackte sich zur genaueren Bestimmung in 2B ein und stellte fest, dass es sich um einen herkömmlichen Virus handelte.

Für die Beseitigung dieser Art von Virus war es außerdem möglich, ein Vakzin zu verabreichen. Und da im Moment viele Streitkräfte betroffen waren, kostete dies wohl auch weniger Zeit, anstatt sich einzeln in jede Einheit hacken zu müssen ...

Als 9S den Hackingprozess und die Virusbeseitigung bei 2B abgeschlossen hatte und in seinen Körper zurückgekehrt war, versuchte 2B erneut aufzustehen.

»2B, bitte lass dir Zeit«, sagte 9S.

Sie atmete schwer und presste ein »Okay« zwischen den Zähnen hervor. Sie war mit dem Virus infiziert worden, bevor sie sich vollständig von dem EMP-Angriff erholt hatte. Zusätzlich hatte sie das viele Kämpfen geschwächt.

Glücklicherweise waren keine Feinde mehr in der Nähe. 9S wollte gerade die Vakzine für die übrigen Streitkräfte vorbereiten und verabreichen, während 2B sich ausruhen sollte, als auf einmal etwas geschah.

All das Stöhnen und Ächzen der Streitkräfte um ihn herum hatte aufgehört. Stattdessen erfüllte nun unheilvolles Gelächter die Luft.

»Was ist hier los?«, fragte 9S.

2B brachte sich sofort in Position, sodass 9S und sie Rücken an Rücken standen. 9S wurde dadurch klar, dass 2B diese Situation als höchst gefährlich einschätzte.

Sogar die Streitkräfte, die bislang noch mit dem Gesicht nach unten auf dem Boden gelegen hatten, richteten sich nun auf. Ihre Köpfe hoben sich gleichzeitig, während ihr schrilles Gelächter kein Ende nahm. Die Augen jeder einzelnen ihrer Kameraden blitzten rot auf. 9S erinnerte sich noch daran, dass dies ein typisches Symptom des Virus war, als sie bereits zum Angriff übergingen.

»Sie wurden infiziert und übernommen?!«

Es war eigenartig. Für gewöhnlich waren Symptome wie das Verlieren des Bewusstseins über das eigene Selbst und Angriffe auf Verbündete bereits ein Zeichen eines Logikvirus im Endstadium. Doch der Virus, den 9S beim Hacken von 2B identifiziert hatte, war keiner, der sich mit so einer Geschwindigkeit ausbreitete.

»Ist es etwa eine neue Art von Virus?!«

Jetzt hatte er keine Zeit nachzudenken. Er wich den auf ihn niederschnellenden Schwerthieben aus und ging sofort auf Distanz.

»Wa…?!«, schoss ein Schrei der Verwirrung aus 2B, während sie versuchte zu kontern.

Sie konnte ihr Schwert nicht mehr bewegen. Ihre Angriffsfunktionen waren ausgefallen.

»Das liegt an deren YoRHa-IDs!«, rief 9S ihr zu.

Um im Kampfgeschehen nicht unabsichtlich Verbündete anzugreifen, unterband ihre Programmierung die Fähigkeit, Angriffe auf andere YoRHa-Streitkräfte zu richten, die ein spezielles Identifikationssignal aussandten. Diese Funktion war bei ihren Kameraden wohl bereits durch den Virus außer Gefecht gesetzt, da sie weiterhin ohne Rücksicht auf Verluste angriffen.

»2B, hier lang!«

9S und 2B liefen in ein Gebäude, das wirkte, als ob es jeden Moment einstürzen würde. Von hier aus würden sie sich wenigstens nur mit Angriffen aus einer Richtung herumschlagen müssen.

»2B, ich muss dich hacken und deinen Identifikationsschaltkreis braten! Pod, gib mir Deckung!«

Die beiden Pods beschäftigten die angreifenden Streitkräfte, während 9S sich ein weiteres Mal in 2B einhackte und ihren Identifikationsschaltkreis kurzschloss.

Als sein Hackingvorhaben umgesetzt war, sah 9S, wie 2B ihr Schwert bereits wieder über ihren Kopf hob, um auszuholen. Er wich, so schnell er konnte, zurück. In diesem Zustand konnte 2B nun auch 9S' YoRHa-Identifikationssignal nicht mehr empfangen. Er wollte sich aber nicht nur in Sicherheit bringen, sondern 2B auch genug Raum lassen, um sich rückhaltlos auf den Kampf fokussieren zu können.

»Pod«, befahl 9S, »stelle Verbindung zum Kommando her!«

9S wollte den derzeitigen Lagebericht in Erfahrung bringen, während 2B kämpfte. Die kleinen, seltsamen Maschinen, die EMP-Angriffe ausführen konnten, sowie ein Großflächenvirus, der sich mit unerwarteter Geschwindigkeit ausbreitete – irgendetwas Eigenartiges ging hier vor sich. Vielleicht wären die Gründe für all diese Ereignisse von den Satelliten im Orbit aus erklärbar. Doch die derzeitige Kontaktaufnahme stellte sich als schwierig heraus …

»Bericht: Verbindung kann nicht hergestellt werden. Maschinenwesen stören durch ihre Radiofrequenzen jedwede Kommunikation.«

»Wo?! Wo sind sie?!«

Pod 153 ging darauf über, die Quelle der Störsignale zu orten.

»Bericht: Quelle der störenden Radiofrequenzen lokalisiert. Auf Karte markiert.«

Das Signal kam von einer größeren Maschine. 9S rief 2B über die Kommunikationseinheit. Da sie nicht weit weg war, funktionierte die Übertragung einwandfrei. Er hörte ihre Stimme klar und deutlich.

»9S?«, fragte sie.

»Ich bewege mich jetzt zur Zielposition, von der das Störsignal kommt!«

»Verstanden. Wenn ich hier aufgeräumt habe, komme ich nach«, antwortete 2B.

Sie hatte das mit dem »Aufräumen« ganz unschuldig gesagt, doch in Wirklichkeit kämpfte sie gerade gegen eine Vielzahl von

YoRHa-Streitkräften, die außerdem auch noch B-Modelle wie sie waren. Es war also eine sehr ungewöhnliche Situation, in der sie sich befand.

Nachdem 9S ihre Nachricht erhalten hatte, eilte er ins Zentrum des Kraters. Dort fand er die große Maschine, die das Störsignal aussendete. Er wollte sie unschädlich machen, bevor 2Bs Kampf zu Ende war.

Letztendlich war es jedoch 2B, die der Maschine den Gnadenstoß versetzte. 9S hatte den Feind mehrmals gehackt, seine motorischen Funktionen gehemmt, allerlei Maschinenkörperteile heruntergesprengt und ihn langsam, aber sicher fast vollständig zerstört. Trotz allem war die Sache mit der Unterstützung von 2B, die nach ihrem Kampf gegen ihre Verbündeten direkt herbeigeeilt war, schneller erledigt.

Mit einem einzigen ihrer Schläge ließ sie den Feind verstummen. Natürlich sollte somit auch das Störsignal der Vergangenheit angehören und die Übertragung wieder reibungslos funktionieren.

»Stelle Verbindung zum Kommando her«, befahl 2B Pod 042.

Nun würden sie endlich erfahren, was hier vorgefallen war. Sie hatten so viele YoRHa-Streitkräfte verloren. Und der Virus war vielleicht sogar noch im Begriff, sich auszubreiten. Sie müssten so schnell wie nur möglich Bericht erstatten.

»Pod!«, drängte 2B Pod 042, der sein Übertragungsdisplay einfach nicht öffnen wollte.

Sie wurde ungeduldig.

»Verbindung abgebrochen. Kommando nicht erreichbar.«

»Verdammt, die stören unser Signal immer noch?!«

»Negativ. Der Signalempfang ist gut.«

Was hatte das zu bedeuten? 9S' und 2Bs Blicke trafen sich, beide perplex von der Situation, mit der sie gerade konfrontiert waren. Die Erklärung von Pod 042 machte die Sache nicht gerade verständlicher.

»Die Verbindung ist aufgrund eines serverseitigen Authentifizierungsfehlers abgebrochen. Das Kommando antwortet auf keinem Kanal.«

»Scheiße. Was ist nur mit dem Bunker passiert …?«

Wenn wirklich alle Verbindungsmöglichkeiten zum Bunker getrennt waren, konnte das nicht länger an einer gewöhnlichen Störung liegen. Es bedeutete, dass die Streitkräfte auf der Erdoberfläche abgeschnitten waren. Man konnte es mit der Trennung einer Maschine vom Netzwerk gleichsetzen. Bis gerade eben hatten sie noch gedacht, dass es ein Kinderspiel wäre, die Maschinen zu erledigen, da ihre Befehlskette zerschlagen war, doch nun waren sie selbst in eine sehr ähnliche Situation geraten.

Sie hatten jedoch keine Zeit, noch länger darüber nachzudenken.

»Bericht: Große Anzahl feindlich gesinnter YoRHa-Streitkräfte nähert sich.«

Feindlich gesinnte YoRHa-Streitkräfte. Es gab also noch andere ihrer Verbündeten, die von dem Virus befallen worden waren? Und auch noch … eine große Anzahl?

Als 2B und 9S ihre Blicke hoben, sahen sie, wie sich in schwarze Kampfanzüge gehüllte YoRHa-Einheiten um den Krater herum sammelten, um sie dort einzukesseln. Es waren viel zu viele, als dass sie es zu zweit mit ihnen aufnehmen könnten. Vielleicht hätte die Situation anders ausgesehen, wären sie beide B-Modelle gewesen.

»Scanner-Einheiten wie Sie sind nicht für den Kampf ausgelegt.«

Operator 21Os Worte huschten kurz an 9S' Gedächtnisschaltkreisen vorbei. Was sie gesagt hatte, stimmte. Auf dem Schlachtfeld wäre ein S-Modell einfach nur eine Belastung ...

Die YoRHa-Streitkräfte, deren Pupillen mit rotem Licht erfüllt waren, stürmten den Krater abwärts auf das Duo zu. Sofort waren sie umzingelt. 2B zog ihr Schwert und begab sich in Verteidigungspose.

Konnten sie denn irgendwie Verstärkung anfordern? 9S fiel ein, dass der Bunker eine Backdoor für den Notfall besaß. Also sozusagen eine Hintertür im Server. Wenn sie dort Zugriff erlangten, könnten sie über die Serververbindung Kontakt zu einem Operator aufnehmen und ... Nein, all das dauerte zu lange. So würden sie bis zum Eintreffen der Unterstützungskräfte nicht durchhalten.

Aber vielleicht mussten sie ja auch gar nicht um Verstärkung bitten?

»Pod, du hast vorhin gesagt, der Signalempfang wäre gut, oder?«

»Bestätigung«, antwortete Pod 153.

Das bedeutete also, dass die Bandbreite im Bereich der Kraterzone für einen Massenupload ausreichend war. Deshalb hatte sich die große Maschine auch hier breitgemacht – damit ihr Störsignal möglichst weit reichte.

»Wir werden unsere Blackboxes auf Selbstzerstörung stellen und die Reaktion nutzen, um alle Feinde hier auf einmal auszuschalten«, sagte 9S.

2B sah ihn ungläubig an. Er erklärte es ihr eilig.

»Im Bunkersystem ist eine Backdoor installiert, über die ich unsere persönlichen Log-Daten mithilfe eines Not-Uploads hochladen kann.«

Sie würden ihre Körper hier zurücklassen und heimkehren. 9S erinnerte sich zwar selbst nicht mehr daran, doch hatte gehört, dass 2B und er auf diese Weise bereits unzählige Maschinen der Goliath-Klasse hatten ausschalten können.

2B antwortete mit einem knappen »Verstanden«, als sich auch schon die YoRHa-Streitkräfte auf die beiden stürzten. Im selben Moment startete 9S den Datenupload.

Auf 9S kamen aus allen Richtungen Angriffe zu, denen er geschickt auswich. Er ging in Verteidigungsstellung. Während des Hochladens konnte er nicht auf seine bevorzugten S-Modell-Kampftaktiken wie Gegenhacks zugreifen. Allerdings sahen sie sich hier so vielen Feinden ausgesetzt, dass das Hacken wahrscheinlich ohnehin nicht möglich wäre.

»9S! Bist du endlich fertig?!«, rief 2B ungeduldig.

Ihr Kamerad war gerade bei siebzig Prozent angekommen. Auch wenn die Bedingungen für den Upload gut waren, so war die Menge der Daten beträchtlich.

»Fast! Wir sind bei zweiundneunzig Prozent!«

9S fühlte einen brennenden Stich in seinem Rücken. Er hatte wohl einen fiesen Schlag kassiert, doch das kümmerte ihn nicht. In wenigen Sekunden würde er seine Körperhülle nicht mehr benötigen.

»2B! Deine Blackbox!«

Der Upload der Log-Daten war abgeschlossen. 9S holte seine Blackbox hervor und lief zu 2B hinüber.

»9S …!«

Er sah, wie sie ihre Blackbox ebenso hervorholte. Dann wurde sein gesamtes Sichtfeld erschüttert. Er war von einer YoRHa-Einheit zu Boden gedrückt worden.

Von irgendwoher kam ein lautes Knacken, als wäre eins seiner Gelenke gebrochen. 9S streckte seine Hand mit der fest umklammerten Blackbox nach 2B aus, damit sie ihr Ziel erreichen würde. Er sah die Blackbox seiner Kameradin. Nur noch ein kleines Stück. Auf einmal wurde auch 2B von einer feindlichen YoRHa-Einheit von hinten zu Boden gerissen.

9S' Körper wurde an unzähligen Stellen zerquetscht und zerschlagen. Es knackte immer wieder. Bald wusste er nicht mehr, welche Teile an ihm zerstört waren oder wo seine Schmerzen überhaupt herkamen. Seine Hände zitterten. 2Bs Blackbox kam immer näher.

Dann blendete ihn weißes, gleißendes Licht. Doch all das würde er ohnehin gleich vergessen …

✳ ✳ ✳

Als 9S die Augen öffnete, sah er die Decke seines Zimmers. Seine Erinnerung reichte nur bis zu dem Zeitpunkt, an dem er seine Blackbox hervorgeholt hatte, doch da er sich im Bunker befand, musste sein Plan erfolgreich gewesen sein.

Er sprang auf und ging auf den Gang hinaus. Pod hatte auf ihn gewartet und die ganze Zeit über bereitgestanden. Als sie damals während ihrer Maschinentilgungsmission in der Verlassenen Fabrik einen Datenupload hatten vornehmen wollen, hatte die Bandbreite nicht ausgereicht, um die Pod-Programme ebenfalls hochzuladen. Doch dieses Mal hatten nicht nur die Persönlichkeitsdaten von 2B und 9S gesichert werden können, sondern auch gleichzeitig die Programme von Pod 153 und Pod 042. Pod-Programme waren aber ohnehin nicht datenschwer.

9S rannte den Gang entlang bis zu 2Bs Zimmer. Er war etwas besorgt, ob 2B tatsächlich unversehrt in einen neuen Körper hatte zurückkehren können. Immerhin war die ungewöhnliche Situation um den Authentifizierungsfehler auf Bunkerseite bezüglich ihrer Kommunikationskanäle immer noch nicht aufgeklärt.

Seine Sorge war jedoch unbegründet. 9S wollte gerade an die Tür klopfen, da öffnete sie sich schon und 2B kam heraus.

»Wir müssen uns beim Kommando zurückmelden«, schoss es aus ihr hervor.

Und weg war sie. 9S folgte ihr. Er wusste, sie müssten sich beeilen. Es war schließlich möglich, dass gerade jetzt die Alarme im Kommandoraum schrillten und alle in Panik waren …

Seine Vorstellung hatte jedoch nichts mit der Realität zu tun, mit der sie nun konfrontiert waren. Im Kommandoraum war es vollkommen ruhig. Die Monitore, die eigentlich durch die Übertragungsunterbrechung vollkommen schwarz hätten sein sollen, zeigten weiterhin Bilder der Erdoberfläche. Man konnte sehen, wie sich die YoRHa-Streitkräfte Kämpfe mit den Maschinenwesen lieferten – ein völlig normaler Anblick.

»Was ist hier …?«

Das war falsch. Die meisten der YoRHa-Streitkräfte auf der Erde hatten ihr Bewusstsein doch durch die Ansteckung mit einem Virus verloren und die Frontlinie war komplett aufgebrochen. Die Kommandantin aber gab einen Befehl nach dem anderen an die Streitkräfte im Raum und auf der Erdoberfläche und die Operatoren tippten weiterhin konzentriert und kühl an ihren Terminals. Niemand hier zweifelte auch nur eine Sekunde an den dargestellten Geschehnissen auf den Monitoren.

»Kommandantin!«

»2B? 9S?«, antwortete sie und drehte sich mit einem fragenden Gesichtsausdruck zu ihnen um. »Was machen Sie hier?«

»Die YoRHa-Einheiten am Boden wurden mit einem Virus infiziert und haben die Kontrolle über sich verloren. Wir mussten unsere Black-boxes sprengen, um sie aufhalten zu können.«

9S unterbrach plötzlich seinen Redefluss. Das tat er jedoch nicht frei-willig, nein … Er wurde vom scharfen Blick der Kommandantin zum Schweigen gebracht.

»Ein … Virus? Wovon reden Sie da? Keine unserer Bodeneinheiten hat etwas von einem Virus gemeldet.«

»Das sind falsche Bildübertragungen!«

9S meinte die Monitore, die Szenarien abbildeten, die es gar nicht geben konnte. Wenn die Kommandantin dachte, die Bilder würden der Realität entsprechen, musste er sie irgendwie vom Gegenteil über-zeugen.

»Jegliche Kommunikation mit dem Bunker war abgeschnitten und …«

»Und warum haben Sie überhaupt das Schlachtfeld verlassen? Ich habe keinen Rückzug befohlen.«

Der Blick der Kommandantin war kalt. 9S wurde immer klarer, dass sie ihm nicht glauben würde, egal, was er jetzt sagte. Doch dann fiel 2B in das Gespräch ein.

»Wie wir schon sagten, die YoRHa-Streitkräfte sind durchge-dreht!«, rief sie.

Die Kommandantin erschrak ein wenig, vermutlich aufgrund 2Bs bedrohlicher Miene. Nachdem sie 2B und 9S ausgiebig gemustert hatte, sagte sie schließlich etwas, das 9S sich nie hätte vorstellen kön-nen.

»Wenn hier jemand infiziert scheint, dann sind es ja wohl Sie.«

»Sind Sie *irre*?!«

Warum wollte sie es nicht verstehen? Warum drang nicht zu ihr durch, in welcher Gefahr die Streitkräfte auf der Erdoberfläche und der Bunker sich befanden?

Die Verzweiflung in 9S' Stimme transportierte nichts von alledem zu ihr.

»2B … 9S … Sie werden aufgrund des Verdachts auf eine Viruskontamination festgenommen.«

»Augenblick mal …!«, wehrte sich 9S.

Sekunden später fanden sie sich von einer Gruppe bewaffneter Streitkräfte umzingelt wieder, die ihre Schusswaffen auf sie richtete. Eine Diskussion wäre zwecklos. Und das alles, obwohl sich ihre mit dem Virus infizierten Kameraden auf der Erdoberfläche gerade gegenseitig niedermetzelten.

9S starrte verzweifelt in den Lauf einer Waffe vor sich. Dann bemerkte er, dass die Waffe wackelte. »Ugh«, hörte er sie ächzen, bevor die Streitkraft vor ihm einknickte. Ihre Waffe fiel mit einem lauten Scheppern zu Boden.

»Das kann doch …«

Wie aus dem Nichts kam auf einmal schrilles Gelächter.

»Bingoooo«, hörte man Operator 6Os amüsierte Stimme.

Die Streitkräfte, die sich gerade noch auf dem Boden gekrümmt hatten, richteten sich langsam wieder auf und hoben ihre Köpfe. Ihre Pupillen leuchteten rot.

»Der Virus?!«

Dies betraf jedoch nicht nur die bewaffneten Einheiten. Auch die Augen aller Operatoren im Kommandoraum leuchteten auf einmal rot auf. 9S zwar zwiegespalten. Einerseits verstand er nicht, warum das alles gerade passierte, und andererseits hatte er so etwas bereits geahnt.

»Der Virus ist also bis in den Bunker vorgedrungen …«

9S hatte es gewusst. Von dem Moment an, in dem er die Monitorübertragungen gesehen hatte, war ihm klar gewesen, dass hier etwas faul war.

»Jaaahaaaahaaa! Bingooooo!«

»Operator, was …«

»Das ist nicht der Operator«, presste 2B zwischen ihren Zähnen hervor. »9S, das ist …«

»Jepp. Wir sind eure geliebten Maschinenwesen.«

Was auch immer von Operator 6O Besitz ergriffen hatte, lachte fröhlich.

»Wir sprechen durch das Netzwerk und den Virus zu euch.«

Durch den Virus? War so etwas überhaupt möglich?

»Wir hatten ziemlich viel Spaß dabei, euch zu beobachten. Aber ich fürchte, das ist jetzt das Ende dieses Außenpostens«, fügte die Stimme kichernd hinzu.

Mit gellendem Gelächter stürzten sich sowohl die Operatoren, inklusive 6O, als auch die bewaffneten Streitkräfte auf 2B und 9S.

»Kommandantin! Wir müssen los.«

2B warf 9S einen Blick zu. Er nickte. Sie mussten sofort flüchten und die Kommandantin in Sicherheit bringen.

Während sich 2B mit den Streitkräften herumschlug, führte 9S die Kommandantin hinaus auf den Gang.

»Das macht Spaaaß, das macht Spaaaß!«, hörten sie Operator 6Os Stimme noch hinter sich nachhallen. »Der Virus, den wir hier eingepflanzt haben, ist so wunderschön aufgeblüht«, quietschte sie vergnügt.

Wenn sie den Virus hier »eingepflanzt« hatten, dann bedeutete das, dass die Maschinen den Bunker bereits seit geraumer Zeit infiltriert haben mussten. In 9S keimte die Vermutung, dass sein ständiges Gefühl, von irgendeiner Präsenz beobachtet zu werden, die er nie hatte identifizieren können, von ebendiesen Maschinen ausgegangen war.

»Aber sagen Sie mir ... Warum sind Sie beide nicht infiziert?«, fragte die Kommandantin.

»Vermutlich, weil ich unsere Datensynchronisierung aufgeschoben habe. Ich habe während des Synchronisierungsvorgangs ein eigenartiges Rauschen vernommen und wollte dem nachgehen ...«

Es war also keine Einbildung gewesen. Das schwache Rauschen waren in Wirklichkeit die Maschinen gewesen, die sich als Virus getarnt hatten. Wenn 9S die Unstimmigkeit und den Virus direkt unschädlich gemacht hätte, dann wären unzählige ihrer Verbündeten jetzt noch am Leben.

»Ich bin bei meiner Suche sogar bis in den Hauptserver vorgedrungen, aber dann ...«

Nein, das wäre unmöglich gewesen. Wie hätte er einen Virus unschädlich machen können, wenn er ihn nicht einmal identifizieren konnte?

»Ich verstehe. So ist das also ...«, sagte die Kommandantin mit leiser Stimme, fast schon flüsternd.

Sie wusste über den unautorisierten Zugriff durch 9S Bescheid.

2B fegte durch die Androidenstreitkräfte, die sich unaufhaltsam auf sie stürzten, und rief: »Kommandantin! Der Bunker ist verloren. Wir müssen evakuieren!«

Eine Explosion war von irgendwoher zu hören. Der Bunker war im Begriff, von innen heraus zerstört zu werden.

»Die Transporter sind ebenfalls mit dem Virus infiziert. Wir müssen mit den Flugeinheiten über den Hangar fliehen.«

Für gewöhnlich war es nur ein Katzensprung vom Kommandoraum bis zum Hangar. Doch gerade wirkte die Distanz unüberbrückbar. Wie viele ihrer Kameraden würden sie wohl töten müssen, bis sie endlich dort ankämen?

Einige von ihnen waren völlig besessen, wieder andere hatten noch etwas Bewusstsein übrig. Doch sie alle fanden ihr Ende durch Klingen und Schläge, damit der Weg zum Ziel geebnet werden konnte.

Endlich waren die drei an der Tür des Hangars angelangt. Wieder hörten sie eine Explosion in der Ferne. Sie klang stärker als die vorherige und verursachte ein solches Beben, dass man fast dachte, der Boden würde Wellen schlagen.

»Kommandantin, Beeilung!«

2B griff nach ihrem Arm. Doch die Kommandantin schüttelte diesen erst ruhig und dann vehementer von sich.

»Ich bleibe hier. Ich kann nicht mit euch gehen.«

Ihr Kopf war bis eben noch gesenkt gewesen, doch nun blickte sie auf. Ihre Pupillen leuchteten rot.

»Auch ich habe meine Daten mit dem Server synchronisiert …«

»Aber 9S kann sich in Ihr System hacken und den Virus bes…!«

»Wir haben keine Zeit!«, unterbrach die Kommandantin 2B mit entschlossener Stimme. »Sie beide sind die letzten verbleibenden Mitglieder der YoRHa. Es ist Ihre Pflicht zu überleben!«

»Aber, Kommandantin …«

»Abgesehen davon ist das mein Kommando. Lassen Sie mich wenigstens meine Pflicht hier zu Ende bringen …«

»Aber …!«

Gerade als 2B ihre hitzige Widerrede beginnen wollte, hörten sie eine noch viel stärkere Explosion. Die dadurch entstandene Druckwelle zog ihnen buchstäblich den Boden unter den Füßen weg und sie wurden wild umhergeschleudert.

»2B! Dieser Ort hier ist verloren …!«

Der Bunker würde es nicht mehr lange machen. 9S packte 2B am Arm.

»Kommandantin …!«

2B ließ die Kommandantin nicht aus den Augen; ihr Blick hielt unnachgiebig an ihrer Vorgesetzten fest. 9S hatte 2B noch nie zuvor so gesehen. Er wusste, dass sie der Kommandantin ihr größtes Vertrauen entgegenbrachte, nur erschloss sich ihm nicht, warum das so war. In diesem Moment aber verstand er, dass es dabei um etwas ging, von dem er nichts wissen durfte.

Doch 2Bs Wunsch, die Kommandantin zu retten, war genauso groß wie 9S' Wunsch, 2B zu retten. Was auch immer geschah, er wollte sie beschützen. Er musste es.

»Wir müssen los, 2B!«

Als 9S die Androidin am Arm in den Hangar zog, stieß die Kommandantin 2B von sich.

»Bewegung!«

9S konnte noch erkennen, wie die Lippen der Kommandantin das Wort »2B« formten, als sich die Tür des Hangars vor ihnen schloss, doch er vermochte nicht, das Gesicht und die Reaktion seiner Kameradin zu sehen.

»2B! Wir müssen uns beeilen!«, rief er und ließ ihren Arm los.

Er wusste, dass er sie jetzt nicht mehr festzuhalten brauchte.

»Okay«, antwortete sie leise.

Sie rüsteten die Flugeinheiten aus und entsperrten die Startrampe. Beide flogen hinaus in die kalte Dunkelheit. Gerade als sie auf volle

Geschwindigkeit schalteten, war es, als würde auf einmal die helle Mittagssonne hinter ihnen erstrahlen. Der Bunker wurde von einer gewaltigen Explosion verschlungen.

Sie flogen unbeirrt weiter. Ihr Ziel war die Erde. Sie steuerten unentwegt darauf zu, während sie den Überresten des Bunkers auswichen, die in alle Himmelsrichtungen geschleudert wurden. Immer wieder konnte 9S die Worte der Kommandantin in seinen Gedanken hören. »*Es ist Ihre Pflicht zu überleben.*«

Die Trümmer des Bunkers verglühten in einem Lichterregen, als sie in die Atmosphäre eintraten. 9S erinnerte der Anblick an das Feuerwerk, das sie im Vergnügungspark gesehen hatten.

An jenem Tag hatte 2B voller Faszination auf die Rohstoffcontainer geblickt, die von der Erde ins All befördert worden waren. Er wusste jetzt, dass er das damals zum letzten Mal gesehen hatte.

Der Bunker, Stützpunkt der YoRHa-Streitkräfte, aber auch 9S' Zuhause wurde von einer geräuschlosen Explosion im leeren Raum verschlungen. Und genauso geräuschlos war er für immer verschwunden.

2B und 9S steuerten nach ihrem Eintritt in die Erdatmosphäre auf die Ruinenstadt zu. Es bestand zwar noch eine Chance, dass sie dort von dem Virus befallene YoRHa-Einheiten antreffen würden, doch für sie gab es sonst keinen besseren Landeort.

Vielleicht konnte man auch sagen, dass es zu ihrer Überlebenspflicht gehörte, die verbliebenen infizierten Streitkräfte auszuschalten. Würden sie sie einfach ignorieren, könnten sie eine Gefahr für die Mitglieder des Widerstands darstellen.

Im selben Moment, in dem Pod zu sprechen begann, öffnete sich bereits das Standortkoordinaten-Display.

»Alarm: Mehrere Verfolger registriert.«

»Feinde?!«, rief 2B.

Richtig. Auf der Erde befanden sich immer noch Maschinenwesen. Doch sie waren auch im Luftraum anzutreffen. Die beiden Androiden hatten gedacht, dass das Netzwerk der Maschinen gemeinsam mit Adams und Evas Auslöschung zerschlagen war, doch da lagen sie falsch. Und sie hatten auch kurz zuvor gehört, dass die Maschinen »durch das Netzwerk und den Virus« zu ihnen gesprochen hätten.

»Nein!«, hallte es aus den Lautsprechern. 2B schien schon fast zu schreien. »Dieses Signal, es ...«

9S wusste, was sie sagen wollte. Ihre Verfolger erschienen als grüne Punkte auf ihrer Karte. Es waren also YoRHa-Streitkräfte. Und sie kamen gewiss nicht zu ihrer Rettung herbeigeeilt.

Es war die Pflicht einer YoRHa-Einheit, die eigenen Daten mit dem Server zu synchronisieren. 2B und 9S waren dem Virus bisher nur entkommen, weil sie dieser Pflicht nicht nachgekommen waren, was für gewissenhafte Soldaten ganz und gar nicht rühmlich war.

Aufgrund der Datensynchronisierung war jedoch die Mehrheit der YoRHa-Streitkräfte dem Virus zum Opfer gefallen. Möglicherweise betraf es nicht nur die Mehrheit, sondern *alle* Streitkräfte außer ihnen.

»*Bis Ihre Kampfdaten vollständig hochgeladen sind, kann keines der Scanner-Modelle Updates durchführen.*«

Wenn 11S damit recht hatte, dann bedeutete das, dass neben 9S alle anderen Scanner-Modelle ihre Datensynchronisierung ebenfalls nie abgeschlossen hatten ...

Die infizierten Streitkräfte eröffneten alle gleichzeitig das Feuer ihrer Flugeinheiten. 9S schaltete sofort seine Stealth-Fähigkeiten ein, doch bei so vielen Gegnern brachte das lächerlich wenig. Seine infizierten Kameraden hatten gewiss keine Angst davor, ihresgleichen zu beschädigen. Ihre Schüsse flogen wild in alle Richtungen und Raketen wurden blind abgefeuert.

Auf einmal spürte 9S einen Einschlag auf seinen Rücken, der sich anfühlte, als wäre er von einer Eisenstange gekommen. Eines der Geschosse hatte ihn getroffen. Dass S-Modelle allgemein nicht für den Kampf geeignet waren, beschränkte sich nicht nur auf Bodenschlachten.

»9S! Überschreib mir deine Befugnisse für die Flugeinheit!«

»Ich soll *was*?«

»Wir brechen durch«, sagte 2B.

Sie hatte es bei ihren Einsätzen auf der Erdoberfläche schon unzählige Male durch feindliche Luftabwehrsysteme geschafft. Ihre Kampffähigkeiten in der Luft waren um Längen ausgereifter als die von 9S'.

»Verstanden«, antwortete dieser.

Es war wahrscheinlich eine Bürde für sie, mehrere Flugeinheiten auf einmal zu steuern, doch alles war besser für 9S, als gerade selbst zu fliegen. Er wollte auf keinen Fall ein Hindernis im Kampf darstellen.

»Pod!«

»Bestätigung: Flugsteuerung an Einheit 2B übertragen.«

9S' Glieder wurden mit einem Mal leichter. Das lag daran, dass das auf ihm lastende Gewicht der Flugeinheit nun aufgehoben war.

»Flugsteuerung für Einheit 9S hergestellt«, hörte er die Stimme von Pod 042 über die Lautsprecher. »Automatischer Kurs wird festgelegt.«

Seine Flugeinheit schaukelte etwas.

»Fluchtroute aus dem Kampfgebiet eingeschlagen.«

Auf einmal wurde er zur Seite gerissen.

»Hm? W… Warte, was hast du …?«

9S begann, in seiner Flugeinheit zu strampeln. Doch er wusste, dass es keinen Zweck hatte. Immerhin war er es gewesen, der 2B die Befugnisse über seine Einheit überschrieben hatte.

»Tarnfunktion der YoRHa-Einheit 2B entsperrt«, hörte er Pod.

Die Silhouette von 2Bs Flugeinheit zeichnete sich auf einmal mitten im Kreuzfeuer ab.

»Warte …! 2B!«, schrie 9S in ihre Richtung.

2B hatte von Anfang an geplant, sich selbst als Lockvogel einzusetzen. Sie wollte, dass 9S sich in Sicherheit bringen konnte.

»Das kannst du nicht machen!«

Die ganze Zeit über hatte 9S gedacht, dass sie gemeinsam durch die feindliche Front preschen würden. Das war der einzige Grund gewesen, weshalb er ihr seine Befugnisse überhaupt überschrieben hatte. Er war davon ausgegangen, dass 2B einen Plan hatte, wie sie beide überleben würden.

»Ich will das nicht!«

Ihre Flugeinheit wurde von den Maschinen der mit dem Virus infizierten Streitkräfte eingekesselt und stand unter konzentriertem Beschuss.

»So etwas … wollte ich nicht!«

9S' Maschine ignorierte seine Worte und flog einfach weiter. Bald war 2B im Meer ihrer infizierten Kameraden untergegangen und 9S verlor sie aus den Augen.

Eine andere Perspektive – »A2«

Ich war es gewohnt, gegen YoRHa-Streitkräfte zu kämpfen. Ich habe Nummer 2 und Nummer 9, die auf meine Verfolgung angesetzt waren, unzählige Male getötet.

Gegen die neuen Modelle aber, die durch die Virusinfektion die Kontrolle über sich verloren haben, hatte ich noch nicht oft die Chance zu kämpfen. Außerdem kam es selten vor, dass ich von so einer großen Anzahl an Leuten eingekesselt war. Deshalb war ich etwas perplex.

Doch ganz gleich, ob sie infiziert waren oder nicht, ob es viele oder wenige waren, meine Arbeit blieb dieselbe. Auf dieser Welt hatte ich keine Freunde mehr. Das hieß für mich, dass ich jeden, den ich traf, ohne Umschweife zerstören würde. Seit einer Weile schon verfahre ich so.

Das war auch der Grund dafür, warum ich so furchtbar erschrak, als wir uns trafen, es aber nicht zum Kampf kam.

»Ich schätze … das war es …«

Ich traf auf die YoRHa-Einheit mit dem gleichen Gesicht wie meinem, als ich gegen die infizierten YoRHa-Truppen kämpfte. Wir hatten uns zuvor schon einmal gesehen. Als wir uns das erste Mal begegnet waren, hatten wir gegeneinander gekämpft. Deshalb ging ich davon aus, dass wir das wieder tun würden. Doch nachdem ich die infizierten YoRHa-Einheiten aus dem Weg geräumt hatte, kam es nicht zum Kampf gegen sie.

Sie hatte sich erneut mit dem Logikvirus angesteckt. Als sie ihre taktische Augenbinde abnahm, sah ich ihre Pupillen rot aufleuchten.

»Das hier sind ... meine Erinnerungen«, sagte sie und steckte ihr Schwert in den Boden.

Ich wusste nicht, was sie meinte, doch interpretierte es als fehlenden Kampfeswillen. Obwohl der Logikvirus schon beträchtlich fortgeschritten zu sein schien, hatte sie immer noch die Kontrolle über ihr Bewusstsein.

»Bitte kümmere dich für mich um alle ... kümmere dich ... um die Zukunft ... A2 ...«

Ich hatte diese Nummer 2 hier das erste Mal in der Waldburg getroffen. Wie auch mit den anderen Nummer-2-Modellen hatte ich mit der einstigen Kollegin vor mir einmal die Schwerter gekreuzt. Doch nun bat sie mich um etwas. Von allen hatte sie sich dafür ausgerechnet mich – ihre Feindin – ausgesucht. Ich war nicht in der Pflicht einzuwilligen, doch ablehnen konnte ich nicht.

Ich hatte zuvor schon viele meiner mit dem Virus infizierten Kameradinnen eigenhändig getötet. Und wenn mich eine von ihnen um so etwas gebeten hätte, hätte ich auch nicht ablehnen können. Natürlich konnte sie das nicht wissen, doch in dem Moment, in dem sie ihre Bitte so zwischen den Zähnen hervorpresste, sah sie der Kameradin, die ich zuletzt getötet hatte, zum Verwechseln ähnlich.

»Okay«, antwortete ich also auf ihren Wunsch und sie machte sogleich den Eindruck, als wäre ihr ein schwerer Stein vom Herzen gefallen.

Als ich ihr Schwert aus der Erde zog, verstand ich, was sie mit »Das sind meine Erinnerungen« gemeint hatte. Damals, als ich altes Modell an die Front geschickt worden war, war diese Technologie noch nicht

implementiert gewesen, doch die Waffen der heutigen YoRHa-Streitkräfte waren allesamt mit einer Funktion für die Speicherung von Erinnerungen ausgestattet.

Ich hatte schon davon gehört, dass diese Waffen inzwischen hergestellt wurden und im Einsatz waren. Die Technologie war auf der Idee
basierend entwickelt worden, dass auch Menschen ihre Erinnerungen an
anderen Orten als bloß im Gehirn gespeichert hatten. Die Anwendungs-
gebiete beschränkten sich seit der Nutzbarmachung allerdings nicht nur
auf Waffen – auch Kleidungsstücke und Schuhe wurden mit der Technologie ausgestattet.

Die Menschen hatten ihre Erinnerungen überall zurückgelassen. Besonders ihre ganz privaten Aufzeichnungen schienen sie nicht nur auf
Papier, sondern auch auf Tische, Wände oder sogar ihre eigenen Handflächen geschrieben zu haben.

Auch waren sie der Auffassung gewesen, dass man sich motorische
Fähigkeiten durch ein »Muskelgedächtnis« merken konnte. Ich verstehe nur nicht ganz, wie man eine Erinnerung in Körperteilen speichern
kann, die keine Speicherkapazitäten aufweisen.

Jedenfalls hat die technische Entwicklungsabteilung Waffen mit einer Speicherfunktion für die Erinnerungen ihrer Nutzer ausgestattet.
Ich probierte es selbst aus und muss sagen, dass ich es gar nicht mal so
schlecht finde.

Dadurch sah ich alles, was sie bis zu diesem Zeitpunkt gesehen hatte.
Ich hörte alles, was sie bis zu diesem Zeitpunkt gehört hatte. Ich fühlte
allen Schmerz, den sie bis zu diesem Zeitpunkt gespürt hatte. Nur ihre
höchstpersönlichen Gedanken und Emotionen waren nicht gespeichert,
also handelte es sich um reine Aufzeichnungen über erlebte Tatsachen. Ich

erfuhr demnach nicht, was sie in den jeweiligen Momenten gedacht hatte, die vor meinem geistigen Auge vorüberflogen.

Ich fand jedoch einen Namen in ihren Erinnerungen wieder, der mir sehr vertraut war: Anemone. Eine Widerstandskämpferin, mit der ich in einer früheren Mission Seite an Seite gekämpft hatte. Sie war also am Leben. Ich war dankbar für diese Information, die mir die Androidin mitgebracht hatte. Als Zeichen meines Dankes wollte ich ihr ihren Wunsch einmal mehr erfüllen.

Wie der Bunker zerstört worden war … wie sie im Kreuzfeuer ihrer außer Kontrolle geratenen Kameraden versunken war … wie sie sich selbst geopfert hatte, um 9S' Flucht zu ermöglichen … wie sie in der Versunkenen Stadt gestürzt war … wie sie selbst mit dem Virus infiziert worden war … wie sie mich, dem Tode nahe, getroffen hatte … und all ihre Erinnerungen und Wünsche. Ich habe sie alle in mich aufgenommen.

»Ach … Nines …«

Das waren ihre letzten Worte. Sie blickte zurück, als ich ihren Namen noch einmal sagte, lächelte … und starb.

Ich schnitt meine Haare mit dem Schwert ab, das ich aus ihr herauszog. Mein Zeichen dafür, dass ich alles empfangen hatte, was sie mir anvertraut hatte. Mein Geschenk an die Tote, die mein Gesicht trägt.

Von nun an werde ich in ihrem Abbild weiterleben. Das ist das Mindeste, was ich tun kann.

Kurz darauf begann der Boden zu beben. Ein gewaltiger Riss tat sich im Erdboden auf und irgendetwas von enormer Größe zerstörte den Vorsprung, auf dem wir uns gerade noch befunden hatten.

Durch die Staubwolken sah ich etwas Weißes aufsteigen, das immer weiter in den Himmel emporragte. Es wuchs und wuchs und wollte gar nicht mehr aufhören. Doch ich konnte nicht genau erkennen, was es war.

9S hielt noch das Schwert auf mich gerichtet und fuchtelte wie wild damit umher, als plötzlich die Brücke, auf der er stand, in sich zusammenfiel. Gemeinsam mit 2Bs Leiche und allem möglichen Geröll stürzten wir in die Tiefen des Tals hinunter.

9S träumte. Es war ein Traum, den er nicht träumen wollte. Er war eigenartig klar und verursachte ihm großes Unbehagen … Doch wie sich herausstellte, war es gar kein Traum. Es war seine Erinnerung an die Realität.

Nachdem er die Frontlinie gezwungenermaßen hatte verlassen müssen und zum Fliehen genötigt worden war, war seine Flugeinheit in der Ruinenstadt gelandet. Vermutlich wurde dieses Gebiet als das im Moment sicherste wahrgenommen, da hier nach der Blackbox-Reaktion von 2B und 9S alle mit dem Virus infizierten YoRHa-Streitkräfte sowie die anwesenden Maschinenwesen mit einem Mal weggefegt worden waren und nur sehr wenige Feindsignale registriert wurden.

»Suche nach 2Bs Blackbox-Signal!«

Das war der Befehl, den 9S gleich nach der Landung an Pod richtete. 2Bs Plan war es gewesen, sich selbst als Lockvogel einzusetzen, damit 9S fliehen und sich in Sicherheit begeben konnte. Doch sie hätte ebenfalls fliehen sollen, sobald dieser Plan aufgegangen und 9S außer Sichtweite gewesen war. Zumindest hätte sie es tun sollen, bevor sie selbst abgeschossen worden war.

»Bericht: 2Bs Blackbox-Signal lokalisiert.«

»Wo ist sie?! Die Koordinaten, los!«

Doch sein Pod zeigte nichts auf der Karte an.

»Alarm: Heftige Bodenerschütterungen registriert. Die Bodenstruktur ist nicht mehr stabil. Der Grund ist sehr wahrscheinlich ein Erdbeben mit großer Magnitude.«

»Na und?!«, antwortete 9S irritiert. »Wo sind die Koordinaten?!«

»Vorschlag: Sofort evakuieren.«

»Ich evakuiere mich jetzt sicher nicht!«

Endlich zeigte Pod die Koordinaten von 2Bs Signal an. Sie wiesen auf das Areal eines alten Verkaufsgebäudes. So ein Glück! Es war in der Nähe. 9S rannte sofort los. So schnell er konnte, lief er durch die seichten Gewässer, kämpfte sich durch Unkraut und stolperte über Stock und Stein. Der Boden bebte, wie es Pod vorhergesagt hatte. Doch 9S ließ sich nicht beirren und rannte unaufhaltsam weiter.

Er erreichte eine Hängebrücke, die über ein tiefes Tal gespannt war, und setzte seinen Fuß auf das erste Brett. 2Bs Standort war am anderen Ende der Brücke angegeben.

»Da ist sie! 2B!«

Da war sie, mitsamt ihrem unverwechselbaren Identifikationssignal und ihrer Silhouette, die 9S so gut kannte. Doch er fand sie nicht allein vor. Es war noch jemand bei ihr.

»2B! Bist du …«

9S blieb wie angewurzelt stehen. Aus 2Bs Rücken konnte er etwas hervorstehen sehen. Es war in Rot getränkt und spitz …

»2B …!«

»Ach«, sagte 2B und drehte sich um. Ihre Brust war durchbohrt worden.

»Oh nein … 2B … Nicht …«

2Bs Körper fiel leblos zu Boden und landete auf der Seite. Er konnte A2 sehen, die ein blutüberströmtes Schwert in den Händen hielt. 2B lag nur da und rührte sich nicht mehr. Auch ihr Blackbox-Signal war erloschen.

»Waaaaaaaaaaaaahhh!«

2B war ermordet worden. Von diesem alten YoRHa-Modell. A2.

9S bebte. Er würde sie töten. Die Hängebrücke schwankte hin und her. Er würde sie töten. Er würde sie töten. Er würde sie töten …!

Dann spürte er plötzlich, dass er sich im freien Fall befand. Er verlor A2 aus den Augen. Sein Körper knallte gegen etwas. Alles wurde schwarz.

Sein Traum war abrupt zu Ende und die Dunkelheit klarte auf. In seinem verschwommenen Sichtfeld konnte er vage einen roten Umriss ausmachen.

»Ah, ich glaube, er ist wieder zu Bewusstsein gekommen, Devola.«

Der rote Umriss verdoppelte sich. Da waren zwei Personen mit roten Haaren. Er erinnerte sich daran, dass er zwei rothaarige Androidinnen kannte.

»Morgen. Hast gut geschlafen, was, 9S?«

»Ja, du warst fast zwei Wochen lang bewusstlos, weißt du?«

Diese Stimmen. Er erinnerte sich an sie. Devola und Popola. Die Androidinnen, die im Widerstandslager allen möglichen Beschäftigungen nachgingen. Gedankenversunken stellte er fest, dass ihre Bandagen heute fehlten. Die beiden hatten für gewöhnlich immer irgendwelche Wunden und trugen ihre Verbände und Pflaster schon fast wie Accessoires.

»Ein kleines Dankeschön dafür, dass ich dir den Hintern gerettet habe, wäre ganz nett!«

Die neckende Stimme kam von Devola. 2B hatte ihm erzählt, dass sie ihr bei der Suche nach ihm mit einem dynamischen Scanner ausgeholfen hatte, als er von Adam entführt worden war. 2B …

Fast wäre er wieder in den schrecklichen Albtraum zurückbefördert worden. Doch es war nur ein Traum. Ein einfacher Albtraum. 9S richtete sich auf.

»Wo ist 2B?«, fragte er die beiden.

Popola verstummte und senkte den Kopf. Auch Devolas alberner Gesichtsausdruck war wie weggeblasen. Sie wurde ebenfalls still.

»Das weißt du vermutlich besser als sonst wer, oder?«

Das hier war kein Traum. Er war in der Realität und befand sich im Widerstandslager.

»Ihr Blackbox-Signal ist ... verschwunden.«

»Oh.«

Es war kein Traum gewesen. 2B war von A2 ermordet worden. Da der Bunker nicht mehr existierte, gab es weder einen Reservekörper noch ein Back-up ihrer Persönlichkeitsdaten. Ihr Körper und ihre Erinnerungen, die wieder zurückkommen sollten ... waren verloren.

Ist das der Tod? 9S wusste es auch nicht. Er konnte im Moment keinen klaren Gedanken fassen. Ihm war, als würde seinem Kopf etwas zum Denken fehlen, weil das, was er vor sich sah, mit seinen Erinnerungen auseinanderklaffte. Sprechen war das Einzige, was sein Verstand gerade noch zustande brachte.

Es fühlte sich an, als würde er durch die Augen jemand anderen sehen. Auf einmal drängte sich Pod in sein Sichtfeld.

»Devola und Popola sind seltene Androidenmodelle, die zur medizinischen Behandlung und Wartung entwickelt wurden. Ohne den Bunker sind sie die einzige verbleibende Möglichkeit für 9S, Reparaturen vorzunehmen.«

9S verstand kein einziges Wort von dem, was Pod ihm da gerade erzählte.

»Vorschlag: Ein Wort der Anerkennung wäre angemessen.«

Ah ja. Natürlich.

»Danke.«

War er wirklich dankbar? Das wusste 9S gerade nicht. Er konnte sich nicht mehr auf seine Wahrnehmung verlassen, weil alles so verschwommen war.

»Tja, früher gab es viele aus unserer Modellreihe.«

Während Devola das sagte, hielt sie 9S seine Augenbinde hin. Vielleicht wirkte ja alles nur so unwirklich, weil er sie nicht trug.

»Offenbar wurden wir hergebracht, um eine Art riesiges System zu kontrollieren, das eingerichtet worden war.«

Nein, das konnte es nicht sein. An seiner Sicht hatte sich auch mit taktischer Augenbinde nichts verändert. Obwohl er das Widerstandslager so gut kannte und sich an seinen Anblick gewöhnt haben sollte, waren alle Farben wie ausgewaschen.

9S verbarg seine Enttäuschung, indem er seinen Mund einfach mechanisch sprechen ließ.

»Offenbar? Was heißt das?«

»Das heißt, dass wir es nicht wissen. Alle Aufzeichnungen aus dieser Zeit wurden gelöscht. Modelle unserer Bauart haben wohl irgendwann früher mal die Kontrolle verloren und einen Unfall verursacht. Ist nicht gut ausgegangen. Die meisten von uns wurden daraufhin entsorgt.«

Er hörte zwar alles, was sie sagte, und verstand wahrscheinlich auch den Sinn dahinter, doch er hatte das Gefühl, dass kein Gedanke wirklich haften blieb. 9S war froh, dass er nichts sagen musste.

»Aber wir wurden verschont«, führte Popola die Erzählung fort, »da sie uns als eine Art Kontrollgruppe benutzt haben, um sicherzustellen, dass so etwas nicht noch einmal vorkommt.«

Unfall. Kontrolle verlieren. Eine Art Kontrollgruppe. Wäre alles wie immer, wäre sein Interesse jetzt geweckt und er würde seiner Neugierde nachgeben.

»*Übertriebene Neugier ist schlecht*«, hörte 9S 2Bs Stimme in seinem Kopf. Sie war klar. Sie klang echt.

»Aber wenigstens können wir hier Freunden zur Seite stehen. Wir betrachten es immer als Buße für unsere früheren Sünden.«

Devolas Worte schienen ganz weit entfernt. Dabei stand sie doch direkt vor ihm. Das war eigenartig. Devola und Popola waren im Gegensatz zu 2B hier anwesend. Wieso klang die Stimme seiner Kameradin dann so viel klarer als die der beiden?

Wo war er? War der Boden, auf dem er gerade stand, überhaupt real?

»Übertreibe es nicht, 9S«, hörte er Devola hinter sich sagen und merkte, dass er in der Zwischenzeit aufgestanden und losgegangen war.

✳ ✳ ✳

»Was ist … das?«

Gleich als 9S das Widerstandslager verlassen hatte, glitt sein geistesabwesender Blick nach oben. Eigentlich hätte sich dort der weite Himmel erstrecken sollen, denn in der Kraterzone gab es keine Gebäude mehr.

Doch direkt in seinem Blickfeld befand sich ein eigenartiges, riesiges »Etwas«, das als weißer, verdrehter Zylinder in den Himmel emporragte.

»Eine riesige Struktur, die aus einem unterirdischen Bereich zum Vorschein kam.« Pod hatte seine gemurmelte Frage sogleich beantwortet. »Sie scheint einen maschinenbezogenen Ursprung zu haben. Weitere Details unbekannt.«

»Die … Maschinen …«

Sie waren die Wurzel allen Übels. Sie hatten den Hauptserver infiltriert, die YoRHa-Streitkräfte mit dem Virus infiziert und den Bunker vernichtet.

9S lief weiter in Richtung Kraterzone. *Ich werde sie alle zur Strecke bringen*, dachte er. A2 hatte 2B zerstört, doch die Maschinen waren der Grund dafür, dass dieser Tod endgültig war. Wäre ein Reservekörper verfügbar oder ein Back-up ihrer Persönlichkeitsdaten vorhanden gewesen, dann hätte sie trotz allem zurückkommen können, doch so ...

»Was ist in den zwei Wochen, die ich verschlafen habe, passiert?«, fragte 9S Pod, während er weiterlief.

Popola hatte vorhin etwas davon gesagt, dass er fast zwei Wochen lang bewusstlos gewesen war. Diese Aussage allein gab ihm wenig Aufschluss darüber, wie schwer seine Verletzungen wirklich gewesen waren. Er selbst konnte sich nur bis zu dem Punkt erinnern, an dem er vor Wut laut geschrien hatte.

»Bericht: Das Auftauchen des riesigen Bauwerks hat zu einem schweren Erdbeben geführt. 9S wurde vom einbrechenden Boden mitgerissen und stürzte ins Tal, was Schäden am Körper sowie dem System verursachte.«

»Ins Tal? Devola kam also bis dorthin?«

»Vermutung: Sie war auf der Suche nach Ressourcen, die nur dort existieren.«

9S hatte gehört, dass Devolas und Popolas »Beschäftigungen« vermehrt gefährliche Unterfangen, die auch mal Expeditionen in weiter entfernte Gebiete erforderten, oder generell Arbeiten waren, die einfach sonst niemand erledigen wollte.

»*Wir betrachten es immer als Buße für unsere früheren Sünden.*«

Wahrscheinlich meinten sie damit diesen Unfall in der Vergangenheit, der durch Modelle ihrer Bauart verursacht worden war. Doch 9S fand, dass sie ein wenig zu hart zu sich selbst waren. War ihr Vergehen denn so gravierend gewesen? Hatte er sich vielleicht doch berechtigte Sorgen darum gemacht, dass die beiden Androidinnen von ihrem Umfeld regelmäßig mit eiskalten Blicken beäugt wurden?

Aber wüsste er davon, wäre er auch keine Hilfe. Selbst wenn die Schwere ihres Vergehens die ihnen auferlegte Strafe nicht rechtfertigen würde, wäre es vergebene Mühe, den beiden zu helfen, wenn diese doch ihr eigener Wunsch war.

»Wo ist A2 überhaupt?«

Mehr als alles wollte er gerade, dass *sie* für ihre Sünden büßte. Das war die einzige Information, die er brauchte.

»Position und aktueller Status von Einheit A2 sind unbekannt.«

»In Ordnung.«

Obwohl sich 9S ihren Tod sehnlichst wünschte, hoffte er gleichzeitig, dass sie noch am Leben war, denn er wollte nichts mehr, als A2 eigenhändig zu töten. Fast wirkte es, als wäre der uneindeutige Status eine direkte Antwort auf seine zwiegespaltenen Gefühle.

Seine Mundwinkel juckten unangenehm. Sie hoben sich von selbst. Ein Lächeln formte sich auf seinen Lippen, obwohl er gar nichts wirklich komisch fand. Doch für 9S selbst schien es eine völlig natürliche Reaktion zu sein.

Die riesige Struktur, die aus der Kraterzone ragte, war nicht die einzige ihrer Art. Es gab die im Zentrum, die so hoch war, dass sie bis in die Wolken reichte, sowie drei kleinere, die sich im Umkreis befanden. Letztere waren kegelförmig und erinnerten an Hörner, die aus der Erde wuchsen.

9S lief den mit Geröll und Gebäuderesten übersäten Hang hinunter bis ins Zentrum des Kraters, direkt auf die größte der Strukturen zu. Er beachtete die kleineren Kegel gar nicht, denn er maß ihnen aufgrund des Größenunterschiedes weniger Bedeutung bei.

»Mobile Transportplattform im mittleren Abschnitt der Einrichtung registriert«, ließ Pod verlauten.

»Also … ein Aufzug?«

»Bestätigung.«

Wenn darin extra ein Aufzug errichtet worden war, hieß das, dass man sich im Inneren der Struktur fortbewegen konnte. *Wozu ist dieses Gebäude da?* Dieser flüchtige Gedanke huschte an 9S' Kopf vorbei, doch wurde sofort vom nächsten abgelöst. Er würde ohnehin alles zerstören. Was brächte es ihm da, über den Zweck Bescheid zu wissen?

Doch so einfach gestaltete sich sein Vorhaben nicht. Wie vermutet war die Struktur durch eine Barriere geschützt, die in diesem Fall kreisförmig um sie herum installiert war. Da sie nicht mit physischer Gewalt durchbrochen werden konnte, versuchte 9S, sie zu hacken, wurde aber sofort wieder zurückgeworfen. Auf einmal ertönte eine Stimme über ihm, die klang, als würde sie seine Bemühungen verspotten: »Hallo und vielen Dank, dass Sie sich für Tower System Services entschieden haben!«

Die unartikulierte Sprechweise erinnerte 9S an ein vorlautes Kind. Auch die Stimmlage war um ein paar Tonlagen höher als die einer erwachsenen Frau. Er erinnerte sich daran, wie ihm vor langer Zeit in der technischen Entwicklungsabteilung das Stimmenbeispiel eines menschlichen Mädchens und eines noch nicht in den Stimmbruch gekommenen Jungen vorgespielt worden waren. Die Stimme hier klang wie etwas dazwischen.

»Wir müssen uns entschuldigen, aber die Sperren an den Untereinheiten müssen deaktiviert werden, bevor der Zutritt zum Hauptturm möglich ist. Wir wünschen einen ANGENEHMEN Tag.«

Anscheinend hatten die Bauten also Namen: »Hauptturm« für die große Struktur im Zentrum und »Untereinheiten« für die kegelförmigen Strukturen im Umkreis.

»Frage: Wieso würden die Maschinen so eine Ansage benutzen?«

»Nichts, was sie tun, hat irgendeinen Grund.«

Wenn er nicht mit Gewalt hineinkam, dann würde er die Schritte wohl befolgen müssen, so lächerlich er all dies auch fand. Er zog sein Schwert und ließ es auf eine der sogenannten »Untereinheiten« niederschnellen. Eine starke elektrische Entladung folgte und sein Schwert flog in hohem Bogen davon.

»Hallo und vielen Dank, dass Sie sich für Tower System Services entschieden haben! Für den Zugriff auf die Untereinheiten des Turms sind spezielle Berechtigungsschlüssel erforderlich. Wir entschuldigen uns für die Unannehmlichkeiten, aber der Zugang ist derzeit nicht erlaubt.«

Die Stimme klang belustigt. Sie erinnerte 9S daran, wie Operator 6O, von Maschinen gesteuert, »*Das macht Spaaaß, das macht Spaaaß*« herumgequäkt hatte …

»Allerdings haben wir ein besonderes Geschenk für Erstbesucher dieses Turms: Eine Führung durch unsere nagelneuen Ressourcenwiederherstellungseinheiten!«

Im selben Moment fühlte 9S ein Rauschen. Es war weder eine Audioübertragung noch kam es vom Display; es fühlte sich eher an, als hätte jemand mit Sandpapier über sein Gehirn gerieben.

»Wir freuen uns auf Ihren nächsten Besuch!«

»Was in aller Welt war das …?«

9S drückte sich unbewusst auf die Schläfen.

»Das war eine erzwungene Nachricht des feindlichen Systems. Besagte Nachricht verweist auf die Position von Objekten, die als ›Ressourcenwiederherstellungseinheiten‹ bezeichnet werden.«

Pod markierte die Koordinaten auf der Karte. Auch innerhalb 9S' taktischer Augenbinde wurden sie angezeigt. Von dort würde er die Berechtigungsschlüssel beschaffen müssen, mit denen er Zugriff auf die drei Untereinheiten bekäme. Täte er das nicht, könnte er auch die Zugangsbeschränkung des Hauptgebäudes nicht aufheben. So hatte 9S es verstanden.

»Jetzt kommen die uns auch noch so blöd …«

Auch wenn 9S die albernen Spielchen der Maschinen hasste – ihm blieb im Moment nichts anderes übrig, als ins Innere zu gelangen, um von dort aus alles gewaltsam zu zerstören. Er seufzte schwer.

»Zuerst geht's also ins Waldkönigreich«, sagte er.

Dort war der Standort einer der ungewöhnlich deskriptiv betitelten Ressourcenwiederherstellungseinheiten. Er wollte die Schritte, die zur Zerstörung des »Turms« in der Kraterzone führten, so schnell wie möglich abschließen.

»Vorschlag: Mit den Streitkräften des Widerstands treffen und eine Kommandostruktur festlegen.«

»Kommandostruktur? Wen interessiert so was?«

Er würde die Maschinenwesen auslöschen und A2 töten. Niemand hatte 9S den Befehl dazu erteilt. Diese Entscheidung hatte er höchstpersönlich getroffen.

✳ ✳ ✳

9S verließ die Ruinenstadt über das leer stehende Verkaufsgebäude und fand sich im Waldgebiet wieder. Es war noch nicht lange her, seit er hier gemeinsam mit 2B gewesen war. Seit sie dieses belanglose Gespräch geführt hatten.

»*Und wenn dann Frieden herrscht, gehen wir gemeinsam shoppen. Ich könnte dir … ich weiß nicht … vielleicht ein T-Shirt kaufen? Irgendwas, das dir gut steht, 2B.*«

»*Ein T-Shirt?*«

»*Was? Kein Interesse?*«

»*Das habe ich nicht gesagt. Wenn dieser Tag kommen sollte … bin ich dabei.*«

»*Das ist ein Versprechen, oder?!*«

»*Ja.*«

Er hatte das alles gar nicht so ernst gemeint. Und 2B wahrscheinlich auch nicht. 9S konnte sich ja gar keine Welt vorstellen, in der das Kämpfen aufgehört hätte und Frieden herrschte. Doch er hatte trotzdem ein wenig an der Hoffnung festgehalten. Es war nett gewesen, sich so einen Tag vorzustellen. Die Menschen wären auf die Erde zurückgekehrt und hätten ihre Läden und Verkaufshäuser wieder geöffnet. Gemeinsam mit den Androiden wären sie alle friedlich nebeneinander durch die Stadt gebummelt … Beim bloßen Gedanken daran war er richtig aufgeregt geworden.

Ob 2B wohl sauer geworden wäre, hätte er ein ganz fürchterlich gemustertes T-Shirt für sie ausgesucht? Hätte sie mürrisch dreingeschaut? Oder doch … einfach darüber gelacht? Er hatte 2B irgendwann lachen sehen wollen. Er hatte die 2B sehen wollen, die sich vor Lachen gar nicht mehr halten konnte.

Doch die Menschen würden nicht mehr auf die Erde zurückkehren. 2B war tot. Und die YoRHa-Streitkräfte waren zerstört. Trotzdem ging der Kampf immer weiter. Nichts hatte sich geändert und doch war nun alles anders …

9S ließ Pod auf eine Maschine schießen, die von der Seite herbeigesprungen kam, und zerstörte sie. Sie war wohl ein Überbleibsel dieses »Waldkönigreichs«.

»RACHE für unseren König …!«

Eine weitere Maschine preschte zwischen den Bäumen hervor und stürzte sich auf 9S. Obwohl nicht er, sondern A2 ihren König getötet hatte, machte es für die Maschinen anscheinend keinen Unterschied.

»StErBt, AnDROIDEN!«

9S hackte all die lästigen Maschinen, die sich ihm aufdrängten, und ließ sie explodieren.

»Das sollte ich lieber zu euch Maschinen sagen«, konterte er ihre Rufe, nur um dann etwas leiser weiterzufluchen. »Ihr elendigen Monster seid schuld an allem.«

Die Maschinen wollten »RACHE«? Dass er nicht lachte …

Als er auf eine Anhöhe stieg, sah er etwas, das wie ein schwebendes Gebäude aussah. Ein völlig unidentifizierbares Bauwerk, dessen Farbe an Metall und Blei erinnerte und das von allerlei Einbuchtungen sowie seltsamen rohrähnlichen Vorwölbungen übersät war.

»Könnte es das sein?«

»Zustimmung: Es besteht die Möglichkeit, dass dies die sogenannte Ressourcenwiederherstellungseinheit ist. Ungleich der großen Struktur in der Kraterzone scheint diese hier etwas zu distribuieren.«

»Etwas?«

»Hypothese: Eine Art von Rohstoff, doch Details sind unbekannt.«

Wenn sich etwas schon »Ressourcenwiederherstellungseinheit« nannte, wäre der Name wirklich irreführend, wenn es etwas anderes als Rohstoffe sammeln und liefern würde. Es konnte jedoch auch sein, dass das, was diese Maschinen »Ressourcen« nannten, für die Androiden lediglich Müll war.

»Wofür benutzen sie die gesammelten Rohstoffe?«

»Unbekannt.«

9S wollte es ohnehin nicht wirklich wissen, also war ihm auch egal, dass es darüber keine Informationen gab. Er würde ohnehin alles zerstören.

Während er so darüber nachdachte, erinnerte er sich, dass er früher echtes Interesse an Maschinen gehabt hatte. Und das, obwohl er sie auch zu jener Zeit immer wieder zerstört hatte. Warum hatte er damals nur so viel über sie wissen wollen? Er fand keine Antwort. Dabei ging es doch um seine eigenen Beweggründe.

Als er sich der Ressourcenwiederherstellungseinheit näherte, ertönte von irgendwoher auf einmal eine Ansage. Es war dieselbe Stimme, die er bereits zuvor in der Kraterzone gehört hatte. Die Stimme, die weder wie ein Junge noch wie ein Mädchen klang und ihn zu verspotten schien.

»Feindlicher Androide nähert sich. Verteidigungsmodus wird aktiviert.«

Die Ressourcenwiederherstellungseinheit, die zuvor noch unregelmäßig in der Luft gewankt hatte, stand plötzlich ganz still. Einige der vorstehenden Platten in ihrer Außenmauer begannen, sich lautstark zu transformieren. Es war unklar, welche Form sie annehmen wollten, doch es sah aus, als würden sie einfach nur herumspielen.

Ein Teil der sich verschiebenden Außenmauer legte jedoch etwas frei, das wie ein Eingang aussah. Es wirkte fast, als wollte sie »Komm herein« sagen.

»Und was ist mit dem Abwehrsystem?«, zischte 9S. »Was ist dieses ... Muster? Ist das Schrift?«

Direkt über dem Bereich, der tatsächlich einem Eingang ähnelte, war etwas eingraviert. Die einzelnen ebenmäßig verteilten Gravuren hatten alle dieselbe Größe, wiesen jedoch eine unterschiedliche Form auf.

»Antwort: Diese Schrift ist in einer alten Sprache verfasst, die als Cherubisch bekannt ist.«

9S hatte mit seiner Vermutung also richtig gelegen.

»Diese Zeichenaneinanderreihung bedeutet ›Fleischkiste‹.«

»Was ist damit gemeint?«

»Unbekannt.«

»Na dann. Es hat sowieso nichts, was die tun, einen Sinn.«

Sie kämpften sinnlos, sie töteten sinnlos, sie imitierten sinnlos. Diese Zeichen waren wahrscheinlich genauso sinnlos eingraviert worden.

Als 9S schließlich durch den Eingang ging, wurde er in seiner Meinung nur noch mehr bestätigt. Überall im Inneren waren feindliche Maschinen aufgestellt, die an den Anblick in der Verlassenen Fabrik und der Waldburg erinnerten. 9S räumte mit allen, offenbar beliebig platzierten Gegnern auf und bahnte sich seinen Weg hindurch. Seine

Aufgabe änderte sich nie: Immer wieder mussten die Androiden genau die gleichen Dinge tun.

Anders als in der Verlassenen Fabrik und der Waldburg war es in der »Fleischkiste« allerdings sehr laut. Die Maschinen, die sich auf 9S stürzten, schrien allesamt ganz grässlich.

»RACH... RaCHEEEEEE!«

»ES TUT WEH. ES TUT WEH. es tut weh. ES TUT WEH. es tut weh. es tut wEh«

»ICH WILL ... NICHT stErBEn«

»ES sChmErzt. ES sChmErzt ... ES SCHMERZT ... so viEl SCHMERZ ...«

9S stieß all die von Pod durchlöcherten Körper mit harten Tritten aus dem Weg.

»Maschinen spüren keinen Schmerz.«

Die zylindrischen Überreste seiner Gegner rollten einer nach dem anderen die Spiraltreppe hinunter. Auch das verursachte einen grässlichen Lärm und irritierte 9S.

»ich will NICHT sterben. ich WILL nicht sterben. iCh WILL NICHT stErBEn!«

Ich werde jede Einzelne von ihnen umbringen, dachte 9S. Konnten sie nicht wenigstens etwas leiser angreifen? Sie waren nicht einmal wirklich stark.

»ich habe Angst. ich habe Angst. ich habe Angst«

»Halt die Klappe. Halt die Klappe! Halt die Klappeeee!!!«

Er begann, wütend zu schreien, um die repetitiven, sinnlosen Wortaneinanderreihungen der Maschinen zu übertönen. Seine Schreie und seine Schläge wechselten sich ab, während er sich Ebene um Ebene durchkämpfte, um über den Aufzug in Richtung Obergeschoss zu gelangen.

Das war, was er immer getan hatte: Maschinen zerstören. Doch warum war er dabei auf einmal so gereizt?

»Haltet die Klappe! Ruhe! Sterbt!«

Warum fühlte er sich so leer? Es musste daran liegen, dass 2B nicht bei ihm war. Das war der einzige Unterschied.

So wie alles irgendwann ein Ende nimmt, nahm auch der Kampf im Gebäudeinneren ein Ende. 9S kam auf dem Dach der Struktur an.

Es mochte daran liegen, dass er sich so lange im Halbdunkel des Bauwerks befunden hatte, aber er fand es draußen schrecklich hell. 9S sah, wie irgendetwas aus dem Gebäudeinneren herausgesogen und in den Himmel hinaufgeschossen wurde.

»Sind das … Maschinenteile?«

Unzählige Metallteile wirbelten in Form eines Tornados gen Himmel und verschwanden von dort. Sie flogen in Richtung Kraterzone.

»Hypothese: Vielleicht stammen diese Rohmaterialien von der Struktur selbst. Möglicherweise sind sie zum Waffenbau gedacht.«

Die Überreste der im Kampf gefallenen Maschinenartgenossen mussten hier gesammelt und zur großen Struktur in der Kraterzone, dem »Turm«, gesandt werden. Dazu diente dieses Gebäude also. Zumindest, falls Pod recht behielt.

Was war dann der Grund dafür, hier einen der Berechtigungsschlüssel aufzubewahren? Warum würde man etwas, das zur Zerstörung der riesigen Struktur diente, in einem Gebäude hinterlegen, das Teile sammelte, die wiederum zur Aufrechterhaltung derselben Struktur beitrugen? Es war ein Widerspruch in sich, könnte man behaupten, doch …

»Hilfe ... Bitte ...«, hörte 9S auf einmal eine unschuldige Kinderstimme sagen.

In der Mitte des Daches, auf dem er sich gerade befand, war eine leuchtende Kugel in eine Vorrichtung eingebettet. Die Stimme stockte ein wenig, doch er war sicher, dass sie von der Kugel kam.

»Was ist das?«

»Antwort: Der Kern. Die Entität, die diese Einrichtung steuert. Mit anderen Worten, ihr Gehirn.«

»Helft mir«, flehte die Stimme wieder. Die Maschinenteile wurden weiterhin hoch in den Himmel geschossen. »Helft mir ... ich habe Angst ... Bitte helft mir ...«

Sie konnte sagen, was sie wollte. Es war eine Maschine. Die Worte, die aus ihr kamen, waren allesamt vorprogrammiert. Hier war niemand, der ängstlich um sein Leben bettelte. Es wurde einfach eine voreingestellte Audiodatei abgespielt.

»Energie aufladen. Feuermodus Kurzstrecke. Maximale Leistung«, befahl 9S ruhig.

Pod stellte den Feuermodus um. 9S zeigte auf den Kern.

»9S ...«, sagte Pod noch, wurde aber ignoriert.

»Feuer.«

Das weiße Licht, das Pod abfeuerte, traf den Kern und verbrannte ihn, bis nichts mehr übrig war. Der Boden unter 9S' Füßen begann zu beben und eine Schockwelle fuhr durch die gesamte Ressourcenwiederherstellungseinheit hindurch. Die Vibrationen hörten jedoch bald wieder auf und alles wurde still.

»Bericht: Zugangsberechtigungsschlüssel von zerstörtem Kern erhalten.«

Etwas, das zur Zerstörung einer Struktur diente, in einem Gebäude aufzubewahren, das zur Aufrechterhaltung ebendieser Struktur beitrug. Es konnte nur einen Grund für so einen Widerspruch geben: Jemand trieb seine Spielchen mit 9S.

»Diese elenden Maschinen«, zischte er und machte auf der Stelle kehrt.

Außer dieser Ressourcenwiederherstellungseinheit gab es noch zwei weitere, die er so schnell wie möglich aufsuchen wollte.

✳ ✳ ✳

9S konnte sich nicht entscheiden, wohin er zuerst sollte – in die Versunkene Stadt oder doch den Vergnügungspark? Nachdem er eine Weile darüber nachgedacht hatte, entschied er sich, in die Versunkene Stadt zu gehen, da er die Zeit nutzen wollte, in der die Transporter noch immer einsatzbereit waren.

Der frühere Weg zum Vergnügungspark war zwar nicht mehr betretbar, doch es gab mehrere Routen, die auch zu Fuß dorthin führten. Sie alle waren in der Nähe der Kraterzone, während die Versunkene Stadt ohne Transporter nur über den Unterwasserkanal erreichbar war. Es bestand immer die Gefahr, dass der alte Kanal einstürzte. Und da die technische Entwicklungsabteilung ausgelöscht war, wusste 9S nicht, wie lange die Transporter noch betriebsfähig wären.

Dies erschien ihm wie eine logische Schlussfolgerung, doch es mochte auch gut sein, dass er von seiner Intuition geleitet wurde. Während er so in seine Gedanken versunken war, sah er auf einmal eine schwer beschädigte Metallkonstruktion, die vom oberen Teil abwärts im seichten Wasser steckte.

»Pod, könnte es sein, dass das …«

Einige Stellen schienen sich durch die große Hitze aufgelöst zu haben und wieder andere waren offensichtlich vom Kugelhagel getroffen und deformiert worden. Doch es gab keinen Zweifel. Es musste ihre Einheit sein.

»Bestätigung: ID von YoRHa-Einheit 2B in dieser Flugeinheit registriert.«

2B war hier bruchgelandet. Das hieß, dass sie von hier aus über den unterirdischen Wasserkanal gegangen, dann bei der Ruinenstadt angekommen und von dort weiter über den Rand der Kraterzone zur Brükke gelangt war, die sie schließlich überquert hatte, um dann ... jenen schicksalhaften Ort zu erreichen.

Hätte er an jenem Tag ihre Standortdaten schneller lokalisiert, hätte er sofort loslaufen können, als sie hier angekommen war ... Oder wenn er sie zumindest erreicht hätte, bevor sie über die Brücke gelaufen war ... Nein, bevor sie dort A2 getroffen hatte ... Dann ... Weiter wollte er es sich nicht mehr ausmalen.

»Bericht: Nicht gesendete Nachricht im Speicher der Flugeinheit gefunden.«

»Abspielen«, befahl 9S, bevor er plötzlich eine ihm sehr vertraute Stimme hörte.

»Hier spricht YoRHa-Einheit ... 2B. Falls dies jemand hört ... dann bitte ich darum ... etwas zu erledigen. Sollten Sie ... jemals auf YoRHa-Einheit ... 9S treffen ... Ich möchte ... Ich meine ...«

Auf einmal hörte die Nachricht auf. 9S wusste nicht, ob es an der schweren Beschädigung der Aufzeichnungseinheit lag oder daran, dass die Lage zum Zeitpunkt der Aufzeichnung schon so schlimm gewesen war. Doch gerade, als er sich damit abfinden wollte, das Ende der Nachricht nie zu hören, drang 2Bs Stimme erneut durch den statischen Lärm hindurch.

»Tut mir leid. Bitte überbringen Sie ihm einfach folgende Nachricht: ... 9S, die Zeit, die ich mit dir verbringen konnte ... war für ... mich wie heller Sonnenschein ... Dan...ke ... Nine...s.«

9S stand wie angewurzelt da.

»Nachricht beendet«, sagte Pod, als ob er ihn zum Weitergehen animieren wollte.

Doch 9S regte sich nicht.

»2B ... Sie hat mich Nines genannt ...«

Er wünschte, er hätte diese Worte persönlich von ihr gehört. Nichts wollte er mehr, als dass die lebendige 2B vor ihm stand und ihn Nines nannte. Stattdessen musste er es durch eine rauschende Aufzeichnung hören.

2B war nicht mehr hier. Sie war nicht mehr in dieser Welt. Die Realität war wie ein Schlag. Und er kam von keiner anderen als 2B und ihrer Stimme.

9S' Sicht verschwamm. Seine Stimme zitterte. *Ich muss mit dem Mist aufhören*, dachte er und redete sich ein, dass es im Moment wichtigere Dinge gab, die er tun sollte. Er würde die Maschinen bis auf die letzte ausmerzen und A2 töten.

9S stand auf und marschierte in Richtung der Ressourcenwiederherstellungseinheit. Seine Schritte wurden immer schneller, bis er mit aller Kraft rannte. Er wollte keine einzige Minute oder gar Sekunde verlieren, in der er eine Maschine hätte zerstören können.

Als er jedoch in der auf Cherubisch beschrifteten »Seelenkiste«-Einheit ankam, war es totenstill.

»Sind hier ... keine Feinde?«, fragte er.

Das Gebäude wies die gleiche Struktur wie die »Fleischkiste« auf. Es war ebenso aus Maschinenteilen gebaut und hatte ein großes Atrium und einen Aufzug, durch den man die höhergelegenen Stockwerke erreichte.

Der einzige Unterschied lag darin, dass hier nicht überall feindliche Maschinen platziert waren.

»Steht der Aufzug still? Ach, ich soll ihn dann wohl hacken?«

Langsam hatte 9S verstanden, wie die kindischen Spielchen des Feindes funktionierten. Erwartungsgemäß musste er den jeweiligen Systemschutz mit Hacken durchbrechen, um den Aufzug wieder funktionstüchtig zu machen und benutzen zu können.

Auch im nächsten Stockwerk war keine Spur von einem Gegner zu sehen. Nur Hackingzugänge waren installiert. Sie kamen in Form von Schatztruhen, die demonstrativ und protzend auf den verschiedenen Ebenen aufgestellt waren. Man konnte sagen, was man wollte, aber die Maschinen verstanden sehr gut, wie man jemanden schikanierte.

Trotz allem waren diese Schatztruhen nicht nur ein Symbol für den Systemschutz. In ihnen befand sich außerdem ein tatsächlicher Schatz – sie waren mit Informationen gefüllt.

Die erste Truhe enthielt einen Bauplan des »Turmsystems« in der Kraterzone. Der »Turm« war demnach weder ein bloßes Monument noch dazu gedacht, als Falle für die Androiden zu dienen. Er hatte für seinen eigentlichen Zweck eine Abschussrampe und einen Zündungsmechanismus installiert.

»Und was ist mit dem Rückstoß und der Belastung bei einer Zündung? Und wofür ist diese Startrampe gut?«

Die Größe der Rampe sowie ihre Ausrichtung ließen darauf schließen, dass sie nicht dazu diente, irgendetwas auf die Erde abzuschießen, sondern etwas aus deren Gravitationsfeld herauszubefördern.

»Könnte es sein, dass sie auf den Mond zielt? Also eine Art Kanone, die auf den Server der Menschen gerichtet ist?«

9S blickte instinktiv zu Pod und wollte, dass dieser seine Hypothese verneinte. Auch wenn die Menschheit bereits ausgestorben war, waren auf dem Mondserver immer noch ihre genetischen Daten gespeichert. Würde der Server zerstört, wären alle Spuren der Menschheit ausgelöscht.

»Unzureichende Daten. Weder Bestätigung noch Verneinung möglich.«

»Verdammt!«

Vielleicht würde 9S in einem der nächsten Stockwerke mehr Informationen dazu finden. Er sprang rasch in den Aufzug.

Jedoch erfüllte man ihm seinen Wunsch nicht so einfach. Derart freundlich waren seine Gegner nicht. Sie würden ihm nichts, was er wollte, einfach so auf dem Silbertablett servieren. Die nächste versperrte Schatztruhe war ein wundervolles Beispiel dafür.

Als er ihren Systemschutz durch Hacken aufgehoben hatte, wurde 9S mit Informationen konfrontiert, die er niemals hatte erfahren wollen. Es war ein Bericht über die YoRHa-Modelle.

»Die Blackboxes?«

Die Blackboxes waren kraftvolle Energiereaktoren und wie der Name schon vermuten ließ, kannten nicht einmal die Streitkräfte, denen sie gehörten, ihre wahre Struktur. Dies galt auch für die S-Modelle, die mit Informationsbeschaffung betraut waren. So kam es, dass 9S sich noch nicht einmal gefragt hatte, woraus die Blackboxes überhaupt bestanden.

»Das ist doch eine Verarsche …?!«

Es konnte genauso gut eine Lüge sein, die ihm hier von seinen Gegnern präsentiert wurde. Womöglich wollten sie ihn verwirren. Das war die einzige Erklärung dafür.

»Die YoRHa-Blackbox-Schaltkreise sollen aus den Kernen der Maschinen gemacht sein?«

Unmöglich. So etwas war einfach nicht wahr. Sie sollten aus den vom Feind gewonnenen Ressourcen bestehen? 9S gab der Schatztruhe einen unbarmherzigen Fußtritt. Der Feind wollte ihn damit sicher aus der Bahn werfen. Und er amüsierte sich gewiss gerade köstlich über den Androiden, den er von irgendwoher beobachtete.

9S nahm sich zusammen. Er würde sich nicht so einfach täuschen lassen. Er stieg in den Aufzug, der ihn ins nächste Stockwerk brachte. Wenn er objektiv darüber nachdachte, dann kamen alle ihm hier präsentierten Informationen von seinem Feind. Es war verrückt, alles für bare Münze zu nehmen. Auch wenn diese Abschussrampe und alles andere wirklich verdächtig waren.

Die Informationen der nächsten Schatztruhe würden ihn nicht so einfach manipulieren. Er begann, sie zu hacken. Wie auch zuvor wurde er von einem weißen Licht eingehüllt. Er legte das Angriffsprogramm still und wartete auf den Moment, in dem die Systemsperre sich öffnen würde.

»Hm? Das ist seltsam.«

Hatte diese Schatztruhe vielleicht eine stärkere Sperre installiert als die anderen? 9S bewegte sich im virtuellen, weißen Hackingraum vorwärts. Ab und zu traf er auf schwarze Blockaden, die er jedoch ganz leicht zerstören konnte. Es wirkte nicht so, als gäbe es irgendeine Barriere, die ihn zurückhalten wollte.

»Was ist das denn …?«

9S blickte auf seine Handflächen hinab. Das war seltsam. Für gewöhnlich hatte er während eines Hackingvorgangs kein Bewusstsein über seinen eigenen Körper, sondern nahm die Gestalt einfacher Symbole und Zeichen an, während er das feindliche Programm als schwarze Kugeln und zylindrische Formen wahrnahm. Dies war das Resultat einer

Prozessoptimierung, die ihm das Eindringen in feindliche Programme und die zielgenaue Zerstörung einzelner Bereiche erleichtern sowie alle Vorgänge hatte beschleunigen sollen.

Doch gerade war 9S sich seines eigenen Körpers voll bewusst. Seine Hände und seine Füße sahen aus wie immer, und wenn er in dieser Sekunde in einen Spiegel geblickt hätte, hätte er dort sicher sein eigenes Gesicht erspäht.

»Was ist mit diesem Raum hier los?«

Plötzlich verwandelte sich eine der weißen Wände in einen Monitor und bildete allerhand Projektionen ab.

»Sind das ... meine Erinnerungen?«

Er konnte Erinnerungen aus seiner Zeit im Flugeinheitstraining sehen ... von seiner ersten Abstiegsmission auf die Erdoberfläche ... von seiner ersten Begegnung mit einem Maschinenwesen ... sogar von seinem ersten Treffen mit 2B ...

»Warum sind meine Erinnerungen hier? Woher hat der Feind diese Informationen?«

9S lief den weißen Weg eilenden Schrittes weiter. Er entdeckte eine ebenso weiße Tür und berührte sie. Sie war nicht verschlossen.

Er schritt hindurch und fand sich in einem großen Raum wieder. Dieser war so riesig, dass er nicht wusste, wie weit er überhaupt reichen würde. In seinem Zentrum sah er einen Schatten. Es war jemand in schwarzer Kleidung ... Eine Frau.

»2B?«

9S lief sofort zu ihr, um sich zu vergewissern. Doch natürlich war das, was er da vor sich sah, nicht die echte 2B. Es waren nur Daten. Und ehe er sichs versah, war er von unzähligen 2Bs umgeben.

»Es gibt keinen Grund, so formell zu sein.«

»Gefühle sind verboten.«

»Ich nehme jedoch an, Neugierde kann auch von Vorteil sein … auf ihre Weise.«

»Komm schon. Lass uns nach Hause gehen, 9S.«

Das waren alles eindeutig 9S' Erinnerungen. Der Feind konterte also gerade mit einem Gegenhack. Eigentlich war es 9S gewesen, der zum Angriff hatte übergehen wollen, doch er hatte seinem Gegner eine Eintrittsmöglichkeit in sein elektronisches Gehirn gewährt.

Plötzlich erschien im Zentrum des Raumes eine dunkle Gestalt. Es war der Feind, der gerade den Gegenhack ausführte. Er sog nach und nach alle 2Bs in sich auf.

»Hör auf …!«

Doch die Schattengestalt ließ sich nicht aufhalten. Sie verleibte sich jede einzelne 2B aus 9S' Erinnerungen ein. Die 2B, die ein zermürbtes Gesicht machte, die 2B, die ihrer Wut freien Lauf ließ, die 2B, die noch einmal über ihre Schulter blickte … Der Feind machte immer weiter.

»Aufhöreeeeeeeen!«

9S machte einen Satz auf ihn zu.

»Bleib aus meinen *gottverdammten Erinnerungen*!«

Schließlich bekam er die schwarze Gestalt zu fassen und drückte sie zu Boden. Er legte seine Hände um ihren Hals und würgte sie. Dann schlug er mit voller Wucht zu, denn der Feind war gerade im Begriff, seine wertvollsten Erinnerungen zu zerstören.

»Fass meine Erinnerungen nicht an!«, schrie er laut.

Ohne nachzudenken, zog 9S sein Schwert. Wieder und wieder ließ er es auf die Gestalt niederschnellen.

Er setzte sich auf sie und rammte seine Klinge noch einmal mit aller Kraft in sie hinein. Doch plötzlich verwandelte sich das Gesicht des Schattens vor ihm in das von 2B. 9S ließ nicht von ihr ab. Roter Sprühregen traf seine Wange.

»Das sind ... meine Erinnerungen ...!«

Die gehören mir, und nur mir! Die 2B hier gehört nur mir allein. Sie gehört mir allein ...

9S hörte nicht auf, auf sie einzustechen, bis ihre Brust komplett zerfetzt war. Als er hinuntersah, bemerkte er, dass seine Hände nicht wie angenommen mit einer blutähnlichen Flüssigkeit, sondern einer dickflüssigen, schwarzen Masse bedeckt waren. Das, worauf er mit seinem Schwert eingestochen hatte, war nicht 2B. Es war der Kern der »Seelenkiste«.

9S richtete sich wieder auf. Sein Schwert schepperte geräuschvoll, als es auf den Boden fiel.

Was hab ich hier gemacht?

Seine Kehle begann zu beben, bis sich ein wahnwitziges Lachen den Weg herausbahnte.

Ich töte jeden, der 2B wehtut. Ich töte jeden, der 2B anfasst. Ich töte jeden, der 2B nahekommt. Ich töte jeden, der 2B ansieht. Nur ich darf 2B ansehen. Nur ich darf 2B nahe sein. Nur ich darf 2B anfassen. Nur ich darf 2B wehtun. Nur ich ...

Er hörte nicht auf zu lachen. Er lachte und lachte, so beherzt, dass sich sein gesamter Körper nach hinten krümmte.

Nachdem er die Versunkene Stadt verlassen hatte, ging 9S zuerst zurück ins Widerstandslager. Sein Nahkampfsteuerungssystem war schwer beschädigt, was sich mittlerweile im Kampf bemerkbar machte. Nicht einmal sein Schwert konnte er noch ziehen.

Devola und Popola schrien fast auf, als sie 9S erblickten. Er sah vermutlich wirklich schlimm aus. Bevor Pod alles erklären konnte, hatten die beiden bereits alle beschädigten Stellen gefunden und sich an die Reparaturen und Justierungen gemacht. Ganz typisch für Modelle, die auf Wartung spezialisiert waren.

9S ignorierte anschließend Devolas Empfehlung, sich noch etwas auszuruhen, und verließ das Widerstandslager sofort wieder. Beim Hinausgehen hörte er Popolas Stimme hinter sich noch sagen: »He, 9S. Versuch nicht, allein zu sterben, hörst du?«

»Jaja«, antwortete er nur.

Natürlich versuchte er nicht zu sterben. Er musste zumindest so lange am Leben bleiben, bis die Maschinenbande ausgelöscht wäre und er A2 umgebracht hätte. Würde er zu früh sterben, könnte er schließlich niemanden mehr töten.

Er hätte nie gedacht, jemals so einen starken Tötungsdrang und so eine Zerstörungswut zu verspüren. Er war fest davon überzeugt gewesen, dass S-Modelle nicht für das Kämpfen gemacht waren und deshalb auch kein großes Interesse am Töten oder Zerstören hatten. Vielleicht wollte er das aber auch bloß denken. Vielleicht hatte er all diese Gefühle nur unterdrückt, indem er sich gesagt hatte, er besäße keine großen Kampffähigkeiten. Genau wie er die ganze Zeit über seine Gefühle für 2B unterdrückt hatte.

Nachdem sie gestorben war, gab es dafür keinen Anlass mehr. Er musste weder seine Zuneigung zu noch sein Verlangen nach ihr verheimlichen. Die Gefahr, dass 2B davon erfahren würde, war gebannt.

Als er das realisierte, war er gar nicht mehr dazu in der Lage, irgendetwas kleinzureden oder zu unterdrücken. Seine Gefühle waren unkontrollierbar geworden. Alles, was sich in ihm aufgestaut hatte, platzte heraus. Alles Hässliche, alles Schlechte. All das drang nach und nach an die Oberfläche.

Jetzt ist es auch egal, beendete 9S sein Gedankenrad und ging weiter. Er kam aus dem unterirdischen Wasserkanal, passierte das bröckelnde Eingangstor des Vergnügungsparks und überquerte den großen Platz, auf dem nun keine einzige Maschine mehr tanzte.

»Feindlicher Androide nähert sich. Verteidigungsmodus wird aktiviert.«

»Schon wieder«, zischte 9S.

Es hing ihm mittlerweile zum Hals raus, dass er diese unglaublich nervige Ansage nun schon zum dritten Mal hören musste. Auch wenn er wusste, dass dies das letzte Mal sein würde, änderte das nichts daran. Scheiße blieb nun mal Scheiße.

Über dem Eingang der Ressourcenwiederherstellungseinheit im Vergnügungspark war auch wieder etwas mit cherubischen Schriftzeichen eingraviert. Er hatte die Kunstlosigkeit inzwischen wirklich satt.

»Pod. Was steht da?«

»Antwort: ›Gotteskiste‹.«

»Gott, hm? Was haben die Maschinen denn über Gott zu reden?«

Dass sie dieses Wort einfach beschmutzten, machte 9S wütender als alles andere. Gott war das höchste Geschöpf, zu dem die Menschen gebetet hatten. Er konnte nicht durchgehen lassen, dass diese niederen

Schrotthaufen diesen Namen so einfach benutzten, wenn schon die Menschen Ehrfurcht davor gehabt hatten, ihn auszusprechen.

9S würde jede einzelne Maschine zerstören. Und er würde dies jeweils auf die grausamste Weise tun, die ihm möglich war.

Als er ins Innere der Einrichtung trat und entsetzlicherweise alles wie immer war, sah er auch schon seine zutiefst verhassten Maschinengegner. Dieses Mal waren immerhin keine Schatztruhen installiert, wodurch er sich ohne fragwürdige Informationen voll auf sein Ziel konzentrieren konnte.

Er übernahm die Kontrolle über die Maschinen, indem er sie hackte, ließ sie gegen ihre eigenen Gefährten kämpfen und sprengte sie anschließend. 2B war mit einem Virus infiziert worden, hatte unter konzentriertem Beschuss ihrer Verbündeten aus der YoRHa-Schwadron gestanden und war von einem YoRHa-Modell, wie sie eines war, mit dem Namen A2 getötet worden. 9S wollte, dass die Maschinen die gleichen schrecklichen Erfahrungen wie 2B machten.

Es wäre schön, wenn die Maschinen genau jetzt doch Gefühle hätten, dachte er. Er wollte, dass sie alles fühlten. Den Schock, wenn sich ihre Gefährten gegen sie wandten und sie angriffen, oder den Schmerz, von seinen Verbündeten hintergangen zu werden. Die Maschinen sollten *wahre* Angst fühlen und vor *echtem* Entsetzen weinen und schreien und nicht nur auf Basis irgendeiner Vorprogrammierung …

»Alarm: Übermäßige Kampfaktivitäten werden Ihren Körper inakzeptabel belasten«, sagte Pod auf einmal.

9S war genervt. Er empfand die Warnung als Unterbrechung seiner Pläne.

»Halt die Klappe!«, rief er.

Den Körper inakzeptabel belasten? Als ob ihn das gerade kümmern würde. Doch Pod war noch aufdringlicher als sonst.

»Negativ. Diese Unterstützungseinheit wurde YoRHa-Einheit 9S zugeteilt und hat die Aufgabe, sich um das Wohlbefinden besagter Einheit zu sorgen.«

Dass Pod sich so einmischen wollte, ging 9S gehörig auf die Nerven … Es erinnerte ihn an irgendjemanden.

»Pah! Mach doch, was du willst!«, rief er und ging auf Abstand.

Doch egal, wie schnell er ging oder wie blitzartig er loslief, Pod folgte ihm und war sofort wieder an seiner Seite. 9S wusste, dass das eben das war, was ein Pod tat, aber hatte trotzdem langsam die Nase voll.

Mit extra lauten Schritten stapfte er zum nächsten Aufzug und stieg hinein. Doch sein eigenes kindisches Verhalten nervte ihn dann doch am allermeisten.

Am Dach der Einrichtung angekommen, fand er sich einem unerwarteten Feind gegenüber. Es war keine Maschine, sondern ein Androide.

»Operator …«

Es war Operator 21O, die zu Bunkerzeiten mit der Betrauung von 9S beauftragt gewesen war. Auch ihre Augen leuchteten nun so rot wie die der anderen YoRHa-Streitkräfte. Doch ihr Aussehen unterschied sich von dem, das 9S kannte. Sie trug eine Kriegsausrüstung.

»Dieses Operator-Modell ist also …?«, fragte 9S.

»Bestätigung: Operator 21O. Diese Einheit hat sich während der vorigen Abstiegsmission freiwillig einem Typ-B-Ausrüstungsumbau unterzogen. Sie wurde als Einheit 21B zum Kämpfen an die Front geschickt. Vier Stunden später wurde sie als vermisst gemeldet.«

»Das kann doch …«

Die letzte Abstiegsmission fand statt, kurz nachdem 9S das feindliche Luftabwehrsystem unschädlich gemacht hatte.

»*Tun Sie alles Notwendige, um einen Kampf zu vermeiden.*«

»*Scanner-Einheiten wie Sie sind nicht für den Kampf ausgelegt.*«

9S rief sich Operator 21Os Worte ins Gedächtnis. Gleich nach dieser Unterhaltung war 21O also zu 21B geworden und auf die Erde abgestiegen.

Er hatte damals nur ein patziges »*Ach, machen Sie sich etwa Sorgen um mich?*« zurückgegeben, was auch der Grund für 21Os eher kühlere Antwort gewesen war: »*Nein. Ich weise nur darauf hin, dass Sie auf dem Schlachtfeld eine Belastung sind.*«

Doch 9S hatte die ganze Zeit gewusst, dass sie sich wirklich Sorgen gemacht hatte. Das hatte sie immer getan …

Plötzlich stürzte sich 21O – nein, 21B – mit einem bestialischen Schrei auf 9S und schwang ihr Schwert. Er wich ihr geschickt aus. Im selben Moment kochte in 9S blanker Hass hoch. Er konnte nicht fassen, dass sich die Maschinen für die Verteidigung des Kerns dieser »Gotteskiste« gerade 21B ausgesucht hatten.

Die Maschinenwesen, die den Bunker infiltriert hatten, mussten die Gespräche zwischen 9S und Operator 21O belauscht und dabei erfahren haben, dass 9S ihr sehr vertraute. Und nun schreckten sie nicht davor zurück, 21O hier als seinen Feind einzusetzen. Die Maschinen dachten wohl, dass sie leichtes Spiel mit 9S hätten, wenn er mit widersprüchlichen Gefühlen kämpfen müsste. Sicher wollten sie sich dieses amüsante Spektakel nicht entgehen lassen.

Das würde euch so passen, dachte 9S bei sich. Er griff erbarmungslos an.

»Pod! Gib mir mit deinem stärksten Feuer Deckung!«

Es war noch nicht allzu viel Zeit vergangen, seit 21O zu 21B konvertiert war. Sie war höchstwahrscheinlich ohne großes Training einfach an die Frontlinie geschickt worden und hatte sich deshalb noch nicht an die Ausrüstung und die Techniken eines B-Modells gewöhnt. Setzte 9S da an, hätte er sogar als S-Modell eine Chance gegen sie.

»Darf ich daran erinnern, dass pErsönliChE Gespräche … während der Operationen … untErsAgt sinD …?«

9S' Schwert hielt fast inne, als er die sich überschlagenden Worte aus 21Bs Mund hörte.

»Eine BEstätigung … rE…iCht …«

Es waren nur Aussagen, die noch in ihrem Erinnerungsspeicher übrig geblieben waren.

Jetzt bloß nicht aus der Bahn werfen lassen, sagte sich 9S.

»BittE … tötEn …«

Seine Augen weiteten sich. Die Hand, mit der 21B ihr Schwert hielt, zitterte. Er wusste nicht, ob 21Os Bewusstsein diese Worte aus eigener Kraft herausgebracht hatte oder es doch nur der Feind war, der es gezwungen hatte, an die Oberfläche zu kommen.

»Operator … Es ist okay … Alles wird gut!«

9S hob sein Schwert und lief auf sie zu. Der immense Hass auf die Maschinen in seinem Inneren trieb ihn an.

»Ich … werde dich jetzt töten!«

Ein Schrei erfüllte die Luft. 9S konnte jedoch nicht sagen, ob es 21Os oder sein eigener war.

Eine andere Perspektive – »A2«

»Guten Morgen, A2.«

Als ich meine Augen öffnete, begrüßte mich eine rechteckige Kiste. Ich war echt erstaunt. Erst dachte ich, dass ich vielleicht noch träume.

Doch ich hatte Erinnerungen an diese sprechende Kiste. Als ich Nummer 2 und Nummer 9 in der Waldburg getroffen hatte, da hatte ich sie neben ihnen herfliegen sehen. Doch damals hatte sie diese widerliche Stimme abgespielt. Die Stimme der Frau, die einfach gesagt hatte, was sie wollte, und mich vor ihren Augen als Deserteurin und gefährliche Androidin betitelt hatte.

Da ich immer noch wütend wurde, wenn ich nur daran dachte, wollte ich die Kiste einfach ignorieren.

»Dieser Pod ist die taktische Unterstützungseinheit Pod 042 und wurde mit Feuerunterstützung von YoRHa-Einheit A2 beauftragt.«

»Ich habe nicht um Hilfe gebeten.«

»Bestätigung: Keine Anforderung von Einheit A2 erhalten. Das war der letzte Befehl von der diesem Pod zuvor zugeteilten Einheit 2B.«

»Das ist aber nicht nötig.«

»YoRHa-Einheit A2 ist nicht befugt, diesen Befehl zu übergehen.«

Da mir das ganze Hin und Her zuwider war, habe ich die Kiste dann einfach machen lassen. Ihre großartige »Unterstützung« hat sich jedoch nicht als wirklich hilfreich erwiesen. Als ich sie fragte, was diese eigenartige Struktur war, die den Erdrutsch herbeigeführt hatte, bekam ich nur eine plumpe Antwort: »Ob Maschinenwesen dafür verantwortlich sind, ist ungewiss.« Und als ich wissen wollte, wo die Leichen von 2B und 9S waren, bekam ich nur ein: »Unbekannt.«

Die Feuerfunktion der Kiste war dagegen wirklich praktisch. Da ich selbst keine Fernkampffunktionen besaß, konnte ich dadurch meine Kampfstrategie erfolgreich ausweiten. Doch das ganze Getue darüber, dass ich ihr etwas schulden würde, und noch ein paar »Empfehlungen« wie »Der mit Fernkampfgeschoss ausgestatteten Unterstützungseinheit Dankbarkeit erweisen« hingen mir bald zum Hals raus.

42656765676e756e67206d69742050617363616c0d0a

Ich war wütend und empfand immer mehr Zorn gegenüber den Maschinenwesen, die meine Kameradinnen getötet hatten. Ich war so wütend, dass ich gar nicht anders konnte, als jedes einzelne umzubringen. Deshalb wollte ich natürlich auch ihn zur Strecke bringen, als ich das erste Mal auf ihn traf. Ich sagte ihm, dass er für die Sünde, meine Kameradinnen getötet zu haben, büßen müsse.

»Ah … Ich verstehe. Wenn dir das also dein Seelenheil bringt, dann soll es so sein.«

Das antwortete diese elende Maschine in eigenartig eloquenter Sprache. Sie neigte ihren Kopf ein klein wenig nach vorn und wartete still darauf, dass ich mein Schwert auf sie niederschnellen ließ. Irgendwie regte mich das auf.

»Du … wirst mich nicht töten?«, fragte die Maschine verwundert.

»Halt einfach die Klappe«, antwortete ich verärgert.

Die Maschine namens Pascal ließ mir noch ein beherztes »Danke schön« zurück und flog davon.

Danke schön? Eine Maschine dankte mir? Eines dieser widerwärtigen Dinger?

Ich wurde immer wütender. Doch nun war ich ganz besonders wütend auf mich selbst und den Umstand, die Maschine nicht getötet zu haben.

576965646572736568656e206d697420416e656d6f6e65

»Nummer 2 … Du lebst also.«

Anemone reagierte genauso darauf, mich wiederzusehen, wie ich erwartet hatte. Und ich hatte wohl genau das gleiche Gesicht wie sie gemacht, als ich erfahren hatte, dass sie ebenfalls am Leben war.

Seit jenem schicksalhaften Tag trug ich die Schuldgefühle dafür, die einzige Überlebende zu sein, mit mir herum. Vermutlich ging es Anemone genauso.

Sie und ich hatten einst gemeinsam an der Front gekämpft. In jener großen, »Abstiegsoperation Pearl Harbor« genannten Schlacht, bei der wir die Mission gehabt hatten, den feindlichen Server auf der Insel Oahu im Pazifik zu zerstören. Bei diesem Kampf hatten Anemone und ich unsere Kameradinnen verloren. Wir hatten unzählige Male eine Unterstützungsanfrage ans Kommando geschickt. Keine davon war erhört worden und unsere Kameradinnen waren eine nach der anderen gefallen. Am Ende hatte ich mit der gesamten YoRHa-Schwadron, genau wie Anemone auf der Seite des Widerstandes, alle Verbündeten verloren. Zum damaligen Zeitpunkt hatten sich unsere Gruppen bereits aufgeteilt, weswegen Anemone und ich unsere Gefechte nicht mehr am selben Ort ausgeführt hatten. Wir hatten wohl beide vermutet, die jeweils letzte Überlebende zu sein.

Dann hatte ich die ganze Wahrheit erfahren und umgehend das Schlachtfeld verlassen.

Das Kommando hatte bereits die ganze Zeit geplant, uns alle unserem Schicksal zu überlassen. Wir waren die experimentelle Schwadron gewesen, die mit dem Ziel, »Kampfdaten bis zum Tod der letzten Einheit« zu sammeln, ins Schlachtfeld geschickt worden war.

Es schien, als hätte Anemone nichts von alledem gewusst. Das war auch gut so. Wäre dem so gewesen, hätte sie dem Kommando, das erbarmungslos alle Soldaten an die Front geschickt hatte, niemals vergeben. Ihr Groll wäre unerbittlich gewesen.

»Ach genau, A2. Wusstest du, dass hier eine YoRHa-Einheit namens 2B war, die genau aussieht wie du? Sie ist …«

»Sie ist tot.«

»Was?«

»Ich habe sie getötet. Sie war mit einem Logikvirus infiziert.«

»Verstehe.«

Danach sagte Anemone nichts mehr. Ich war ihr dankbar, dass sie so rücksichtsvoll war. Anemone hatte, genau wie ich, viele ihrer mit dem

Logikvirus infizierten Kameradinnen getötet. Wir hatten sie getötet, während sie noch die Kontrolle über sich gehabt hatten, um ihr Leiden nicht zu verlängern. Es gab keine Worte, die uns jemals Trost spenden würden.

Ich hatte das Gefühl, dass wir nicht länger über die Vergangenheit sprechen sollten, und entschied, direkt zum Punkt zu kommen. Ich fragte, ob sie einen Reservetreibstofffilter für mich entbehren könnte. Das ganze Kämpfen im Sand hatte meinen Filter verstopft.

Bis zu dem Zeitpunkt hatte ich immer die Ersatzteile der von mir zerstörten Streitkräfte geplündert, die mir als Verfolger hinterhergeschickt worden waren. Ich hatte sie für Reparaturen verwendet oder wenn Teile ausgetauscht werden mussten. Manchmal passten diese Teile nicht ganz zu meinem Körper und es war vielleicht etwas unansehlich, aber solange sie funktionierten, stellte es kein Problem dar.

Doch nun waren alle Androiden, bei denen es sich um YoRHa-Einheiten handelte, von dem Virus befallen. Hätte ich so ein Ersatzteil für mich selbst verwendet, hätte ich mich ebenfalls angesteckt. Das war der Grund, warum ich nun meine alte Freundin darum bitten musste.

Das Widerstandslager hatte jedoch keinen Reservetreibstofffilter auf Lager. Ich wusste, wenn ich hier nicht fündig werden würde, wäre es aussichtslos. Als mir das klar wurde, schlug Anemone auf einmal etwas äußerst Ungewöhnliches vor.

»In Pascals Dorf werden welche für uns hergestellt. Wenn du möchtest, kannst du dir bei ihm einen abholen.«

»Pascal …«

»Ah, du kennst ihn?«

»Du *handelst* mit dem Feind?!«

»Sein Dorf ist anders. Die Maschinen dort haben uns nie geschadet.«

»Aber … das ist doch …«

»Wir haben ein Bündnis mit ihnen geschlossen und handeln mit Materialien, wenn nötig. Wir können nicht wählerisch sein, wenn wir hier unsere Ziele erreichen wollen. Und abgesehen davon …«

»Ja?«

»Abgesehen davon sind wir nicht so herzlos, dass wir Maschinenwesen töten, nachdem sie sich ergeben haben.«

Obwohl es Anemone war, die mir diesen Ratschlag gab, wollte ich nicht wirklich auf sie hören … Doch dann …

»Alarm: Ein defekter Filter wird bei der Treibstoffverteilung erhebliche Probleme verursachen. Empfehlung: Das schadhafte Teil sofort austauschen.«

Das musste mir die Kiste nicht extra sagen. Ich hatte dadurch bereits Probleme beim Kämpfen. Es fiel mir sogar schon schwer, ganz normale Handlungen auszuführen.

Die Gelenke meines Körpers waren steif geworden und es gestaltete sich schwierig, sie zu bewegen. Das war wohl auch der Grund dafür, dass mich bloßes Gehen schon erschöpfte. Auch plagten mich furchtbare Kopfschmerzen. Erst hatte ich nur einen dumpfen Schmerz in meiner linken Schläfenregion gespürt, doch er hatte sich schnell bis in meinen Hinterkopf und den oberen Teil meines Kopfes ausgebreitet. Der Schmerz war nach und nach stärker geworden, bis er sich schließlich wie eine spitze Stahlschraube angefühlt hatte, die in meinen Schädel gedreht wurde.

»Bestätige die Koordinaten für eine Kolonie um das Maschinenwesen namens Pascal. Position auf der Karte markiert.«

Ich fühlte mich schrecklich, so als ob mich jemand durchschaut hätte. Langsam kam ich zu dem Entschluss, diesen Ort der Maschine namens Pascal wirklich aufzusuchen, da ich nicht kampfunfähig enden wollte. Wenn sogar Anemone sie als »anders« bezeichnete, könnte ich ja vielleicht auch eine Ausnahme machen …

4265737563682076f6e2050617363616c7320446f7266

Das Dorf war voller Maschinen. Es war schon fast unheimlich, dass sie mich nicht direkt angriffen, als sie mich sahen. Dadurch war mir auch die Lust vergangen, sie zu Metallresten zu verarbeiten. Vielleicht wollte ich mein Schwert aber auch nur aufgrund meiner schlechten körperlichen Verfassung nicht ziehen.

»Ah, die Frau von neulich! Danke noch mal, dass du mich verschont hast.«

Es kam nicht oft vor, dass ich eine Maschine wiedertraf, die ich beim ersten Mal nicht hatte töten können. Und es war noch ungewöhnlicher, dass sie sich bei mir bedankte. Das war wohl auch der Grund dafür, dass ich immer noch nicht zum Punkt kommen konnte, selbst als mich Pascal verwirrt zu einer Antwort aufforderte: »Also, wie kann ich dir helfen?« Dann drängte sich schon wieder diese Kiste von der Seite auf.

»Erklärung: YoRHa-Einheit A2 hat einen schadhaften Treibstofffilter. Verlauf: Informationen von Anemone, der Anführerin des Widerstandslagers, erhalten. Ziel: Besuch dieses Dorfes, um einen neuen Filter zu erlangen. Anfrage: Ein funktionierender Treibstofffilter.«

»Ah, ich verstehe! So ist das also. Leider sind unsere Materialvorräte etwas knapp. Wir brauchen steife Baumrinde, um einen Filter herzustellen. In dem Gebiet, in dem wir diesen Rohstoff immer gewinnen, hat sich leider eine sehr aggressive Maschine angesiedelt.«

»Bestätigung: Einheit A2 wird steife Baumrinde sichern und herbringen.«

Die Kiste hatte einfach ihre Erklärungen abgegeben und dann das Gespräch übernommen. Es war mir furchtbar unangenehm, aber mein schlechter Zustand aufgrund des beschädigten Filters wurde immer schlimmer. Ich musste also mitmachen und diese steife Baumrinde, oder was es war, beschaffen.

426573656974756e67206465722062c3b6736172746967656e
204d61736368696e650d0a

»Bericht: Feindseligkeiten gegenüber dem friedvollen Maschinenwesen Pascal wurden in der Kosten-Nutzen-Analyse als unrentabel eingestuft. Empfehlung: Sofort eine freundschaftliche Beziehung aufbauen.«

»Wir sollen Freunde werden? Das soll wohl ein *Scherz* sein.«

Und was sollte »friedvoll« überhaupt bedeuten? Was sollte so eine Drecksmaschine schon über Frieden wissen? Das hier war nur eine Ausnahme. Eine Notsituation aufgrund eines unerwarteten Unfalls. Ich würde ganz bestimmt nicht mit den Maschinenwesen einen auf Freunde machen.

Daher war auch der einzige Grund, warum ich dann zu Pascal sagte, er solle mich wissen lassen, wenn er irgendeinen Wunsch hat, nachdem meine Körperfunktionen wiederhergestellt waren, dass er mir den Filter umsonst überlassen hatte und ich ohne ein Gegenleistungsangebot in seiner Schuld gestanden hätte.

»Wenn du es schon ansprichst … Wir haben da ein kleines Problem. Ein bösartiger Roboter hat unsere Kinder in ihrem Spielbereich angegriffen. Dürfte ich dich bitten, ihn für uns zu erschlagen? Ich hoffe, du bist einverstanden. Wir haben sonst niemanden, den wir fragen könnten.«

Bat mich gerade wirklich ein Maschinenwesen darum, ein anderes Maschinenwesen zu beseitigen? So einen »bösartigen Roboter« zu erledigen, war jedenfalls ein Leichtes für mich. Dass meine Schuld so einfach beglichen werden konnte, kam mir sehr gelegen.

»Oh, vielen, vielen Dank! Du hast die schreckliche Kreatur beseitigt! Hier ist deine Belohnung. Bitte nimm sie!«

Ich hatte meine Schuld gerade erst durch das Töten der Maschine beglichen, also ergab es keinen Sinn, mir dafür wieder etwas zu geben. Egal, wie oft ich ablehnte oder erklärte, dass ich nur höflich sein wollte – Pascal drückte mir immer wieder Heiltränke und andere Sachen in die Hand.

»Wir sind Pazifisten. Ich habe dieses Dorf errichtet, weil ich das Kämpfen verabscheue. Es sollte als Denkmal für die Macht des Friedens gelten. Doch als wir unsere Waffen aufgaben, verloren wir auch die Fähigkeit, uns gegen starke Gegner zu verteidigen.«

Die Maschine, die sich im Gewinnungsbereich der steifen Baumrinde aufgehalten hatte, und auch der »bösartige Roboter«, den ich gerade erst erschlagen hatte, waren für jemanden wie mich einfache Gegner, denn ich war schließlich für den Kampf ausgerüstet. Die Einwohner dieses Dorfes konnten sich gegen Feinde wie sie jedoch nicht zur Wehr setzen. Die Maschinenwesen, die so viele meiner Kameradinnen getötet hatten, hatten Angst vor anderen Maschinenwesen, die sie bedrohten. All das war gleichzeitig befremdlich, komisch und traurig … Moment, traurig? Wieso würde ich das *traurig* finden?

»In diesem Dorf gibt es einige, die sich jetzt wieder bewaffnen wollen, um die Feinde im Umfeld niederzuringen und damit den Frieden zu wahren. A2 … Was denkst du, was wir tun sollen?«

»Keine Ahnung. Diese Entscheidung liegt bei dir, Pascal.«

Ich hatte auch keine Antwort darauf, deshalb spielte ich den Ball zu ihm zurück. Feinde vernichten, um den Frieden zu wahren … Das war doch paradox. Was sollte man darauf antworten? Und doch … Und doch habe ich selbst …

»A2. Wenn du möchtest, darfst du dich gerne in unserem Dorf umsehen. Es wäre schön, wenn du uns etwas besser kennenlernen würdest.«

»Wenn mir danach ist«, sagte ich knapp und kehrte Pascal den Rücken.

Letztendlich wurde mir erst, nachdem ich schon weg war, bewusst, dass ich die Schuld meiner »Bezahlung« wieder nicht beglichen hatte.

566f6e2064656e204b696e6465726e2062657a77756e67656e6520526174
6c6f7369676b656974

»SCHWESTER! He, großE sChwEstEr!«

　　»Sch… Schwester?!«

　　»KOMM SCHON, großE sChwEstEr, spiEl mit uns!«

　　»Ich spiele nicht mit Maschinen. Jetzt haut ab.«

　　»OCH BITTÖÖÖ! WIR WOLLEN MIT DIR SPIIIEEELEEEEN!«

Sobald ich einen Fuß ins Dorf setzte, hingen mir diese nervigen Kindmaschinen sofort an den Fersen. Dabei hatte ich mich nur dorthin geschleppt, weil ich mich wegen der noch nicht beglichenen Schuld schlecht gefühlt hatte.

　　Ich versuchte, sie wegzujagen, oder war richtig gemein zu ihnen, doch die Knirpse sind die ganze Zeit um mich herumgewuselt und haben fröhlich gequietscht.

»Ich bin eine Androidin, du schräge Flöte. Ich bin euer Feind.«

　　»HI HI HI! DU BIST SO LUSTIG!«

　　»Das sollte dich eigentlich nicht fröhlich stimmen!«

　　»SchwEstEr, mEhr!«

Schwester. Das Wort ließ eine Erinnerung in mir wieder aufleben, die mich unverhofft ins Herz traf.

　　Die Widerstandskämpferinnen, mit denen ich früher auf dem Schlachtfeld gewesen war, hatten sich selbst als »so was wie eine Familie« bezeichnet. Zu dem Zeitpunkt hatte ich das Konzept einer »Familie«

nicht verstehen können, sodass es befremdlich für mich gewesen war, wenn sie eine Kameradin »große Schwester« genannt hatten …

»GroßE sChwEstEr, bau uns wAs, womit wir SPIELEN KÖNNEN!«
   »Wir BrauCHEN ein Spielzeug zum Spielen!«
   »Jaaaa, uns ist gErADE sooooooo LANGWEILIG!«
   »DER HÄNDLER im Dorf hat viele sAChEn! GEH unD kauf uns wAs!«
   »JAAA! kAuF UNS WAS!«

Nachdem sie sich dann an meine Arme und meine Beine geklammert hatten, gab ich irgendwann nach.
»Okay«, sagte ich und wurde von freudigen Schreien überwältigt. Es war ein eigenartiges Gefühl, das zu hören. Die lachenden Gesichter der Widerstandsmitglieder kamen mir in den Sinn. Und die meiner Kameradinnen.
   Aber warum jetzt? Warum erinnerte ich mich genau jetzt an diese Zeit?

»WILLKOMMEN. Hm? Du suchst Spielzeug Für DiE KINDER? Ich fürchte, derzeit hABEn wir nichts Geeignetes AuF Lager. Allerdings könnte ich bestimmt EtwAs bauen, wEnn ich DiE richtigen Materialien hättE. HIER ist eine Liste mit den Materialen, die ich brauche. BringE mir DiEsE Materialien, dann mAche ich mich an DiE Arbeit. Die Kinder werden sich siCher sehr freuen …«, sagte der Ladenbesitzer und wedelte mit einem Zettel vor mir herum.
   Darauf waren die Materialien aufgelistet. Die Kinder zuvor hatte ich noch verschmerzen können, aber in diesem Dorf waren irgendwie alle Einwohner aufdringlich wie sonst was.

Und doch willigte ich ein, die Materialien zu besorgen, um mich von meinen Gedanken ablenken zu können. Von jenen an meine gefallenen Kameradinnen … und anderen bösen Erinnerungen.

496d6d6572206772f6df657265205261746c6f7369676b656974

Die Einwohner aus Pascals Dorf waren zwar allesamt aufdringlich, doch sie überreichten mir jeden einzelnen Tag aufs Neue eine Bezahlung als Dank. Selbst wenn ich ablehnte, zwängten sie mir irgendwas auf.

Ich hatte ursprünglich nur helfen wollen, um nicht in jemandes Schuld zu stehen. Doch da sie mir immer wieder etwas für meine Hilfe gaben, war meine Schuld niemals wirklich beglichen.

»Ah, da Bist Du ja wiEDEr, großE sChwEstEr!«

»DankE für das Spielzeug!«

»HIER, DAs ist ein gEsChEnk von uns!«

Die Kinder drückten mir irgendwelche Erze und Pflanzensamen in die Hände, die sie vermutlich in der Gegend rund um das Dorf aufgelesen hatten.

»SCHWESTER, DANKE!«

Und wieder hatte ich etwas, das ich zurückzahlen musste …

556e676f6cfc636b20696e2050617363616c7320446f7266

Ich war gerade auf dem Weg vom Widerstandslager ins Dorf. Anemone hatte mich gebeten, Pascal einige Materialien zu bringen.

»A2! Kannst du mich hören?«

»Ach, perfekt. Ich habe die Materialien, um die du mich gebeten …«

»Hilfe, A2! Das Dorf steckt … in der Klemme! Die Dorfbewohner sind … Oh nein …!«

»Pascal? Pascal! Bist du noch da?!«

Die Übertragung endete so abrupt, wie sie begonnen hatte. Pascals Stimme klang panisch. Ich hatte kein gutes Gefühl dabei.

»Hypothese: Die wertvolle Datenquelle namens Pascal ist wahrscheinlich in Schwierigkeiten geraten. Empfehlung: Einheit A2 sollte Pascals Dorf sofort untersuchen.«

»Ich bin unterwegs«, gab ich Pod zurück und lief los. Ich war noch nicht weit gekommen, da sah ich bereits, wie ernst die Lage war. In der Richtung des Dorfes stieg Rauch auf.

»Pod! Sende eine Nachricht an Pascal!«

»Nachrichtenübertragung nicht möglich.«

»Scheiße!«

Als ich endlich im Dorf ankam, stand alles in Flammen. Doch es war nicht nur der Brand. Ich wurde Zeugin einer unvorstellbaren Szene.

Maschinen fraßen Maschinen. Und die Fressenden und die Gefressenen waren allesamt Bewohner des Maschinendorfes.

Ich ging weiter bis ins Zentrum und fegte mit meinem Schwert durch die Maschinen, die die anderen fraßen.

»A2!«, hörte ich eine weinerliche Stimme. Wie viele Dorfbewohner … Maschinen ich wohl bis dahin schon zerstört hatte?

»Pascal! Was ist passiert?«

»Ich weiß es nicht. Einige Dorfbewohner sind plötzlich durchgedreht. Sie haben angefangen, ihre Freunde zu fressen.«

»Wo sind die Kinder?«

»Ich konnte sie in Sicherheit bringen. Aber ich fürchte … alle anderen Dorfbewohner sind …«

»Du musst von hier verschwinden, bevor du als Nächster dran bist! Geh einfach. Lauf! Ich werde schon herausfinden, was hier zu tun ist!«

Nachdem ich Pascal schon fast zum Verschwinden hatte zwingen müssen, räumte ich mit jeder einzelnen der wild gewordenen Maschinen auf. Ich tötete jene, die bis vor Kurzem hier noch eingekauft, geplaudert und friedlich zusammengelebt hatten.

Obwohl sie keine Kontrolle mehr über sich hatten, waren es genau die Maschinen, die »ihre Fähigkeit, sich gegen starke Gegner zu verteidigen«, verloren hatten. Es dauerte nicht lang, bis ich alle zerstört hatte. Aber für die Bewohner, die den anderen zum Opfer gefallen waren, kam jede Hilfe zu spät.

Sämtliche ihrer Funktionen waren bereits zum Stillstand gekommen.

Glücklicherweise waren alle Kinder unverletzt. Pascal hatte sie bei der Evakuierung wohl priorisiert. Sie drängten sich in einer Ecke der Verlassenen Fabrik zusammen. Es war schwer für mich, Pascal darüber zu informieren, dass ich die anderen Dorfbewohner nicht hatte retten können. Ich wusste immerhin am besten, wie es sich anfühlte, seine Kameraden zu verlieren.

»Frage: Unser Wissensstand ist, dass sich Maschinenwesen regenerieren können, solange sie über die nötigen Materialien verfügen. Ist das korrekt?«

»Nein. Tatsächlich haben wir alle einen sogenannten ›Kern‹ in uns, den wir leider nicht regenerieren können. Der Kern enthält die Daten, die unser Bewusstsein bilden. Unglücklicherweise wurden bei den Opfern der Angriffe Körper und Kerne gleichermaßen vernichtet.«

»Ich verstehe …«, sagte ich nur.

Bisher war es bei Kämpfen gegen Maschinenwesen stets so gewesen, dass immer wieder neue feindliche Maschinen aus dem Nichts erschienen waren, egal, wie viele ich auch zerstört hatte. Deshalb hatte ich auch gedacht, dass die Maschinen eine Art Unsterblichkeit besitzen. Doch genau wie bei meinen Kameradinnen, deren Blackbox zerstört worden war und die kein Back-up ihrer Persönlichkeitsdaten aufliegen hatten, gab es diesen »Tod« auch für Pascal und die Dorfbewohner.

»Bericht: Meldung über vermehrtes Aufkommen feindlicher Maschinenwesen in der Verlassenen Fabrik empfangen.«

»Meldung?«

»Diese wurde über das überregionale Podnetzwerk empfangen.«

»Moment mal, es gibt noch mehr von deiner Sorte?«

»Bestätigung.«

Das bedeutete, dass jetzt keine Zeit zum Betrauern der Toten war. Ich ließ die Kinder in dem Raum zurück und stellte mich den angreifenden Drecksmaschinen. Die Zahl der Feinde war überwältigend und Pod und ich schienen nicht gegen sie alle anzukommen.

Plötzlich wurde mir etwas klar. Diese Maschinen würden kein Ende nehmen. Das war der Feind, mit dem wir es zu tun hatten. Die Hilflosigkeit und die Verzweiflung von damals überkamen mich …

»Keine Sorge, A2! Ich werde mich um diese Gegner hier kümmern!«

Unerwartete Hilfe erschien plötzlich. Es war Pascal, der anscheinend die Kontrolle über eine Maschine der Goliath-Klasse übernommen hatte, die in der Verlassenen Fabrik zurückgelassen worden war.

Die nun von ihm gesteuerte Maschine fegte die feindlichen Truppen mit einem Schlag weg. Verstärkungstrupp um Verstärkungstrupp wurde von den Feinden nachgeschickt, doch Pascal kämpfte tapfer weiter.

»Wir haben … Kinder, die wir beschützen müssen!«

Die Angriffe des Pazifisten Pascal waren unerwartet heftig. Immer wieder hörte ich ihn schreien: »Ich bringe euch um … Ich bringe euch um!«

50617363616c73205665727a776569666c756e67

Bald hatten Pascal und ich die Feindesarmee dezimiert und ihre Goliath-Maschine vernichtet, sodass wir uns an den Ort zurückbegaben, an dem die Kinder warten sollten. Doch was wir dort vorfanden, entzog sich jeder Vorstellungskraft.

»Aaah! Nein, wie kann das … Aaah!«

Die Kinder, die wir in Sicherheit gewähnt hatten, lagen allesamt auf dem Boden und bewegten sich nicht mehr. Sie hatten ihre eigenen Kerne zerstört. Sie hatten sich also … selbst umgebracht.

»Wie … Wie konnte das passieren …?«

»Ich habe diesen Kindern alles beigebracht … Alles über meine Gedanken und Emotionen. Ich dachte, es würde ihnen in der Zukunft nutzen …«

»Aber wie konnte das trotz deines Unterrichts in Selbstmord resultieren?«

»Durch Angst … Ich habe ihnen beigebracht, was ›Angst‹ ist. Ich hatte das Gefühl, sie sollten das wissen, um sich nicht kopflos in Gefahr zu stürzen und dabei ihr Leben zu verlieren.«

Der Kampf hatte eine Weile gedauert und Pascal war damit beschäftigt gewesen, die Gegner zu zerstören. Die Kinder hatten bestimmt die

Kampfgeräusche, die Explosionen, die Schüsse und natürlich auch die starken Vibrationen von draußen bis hierhin gehört. Sie hatten die Angst nicht mehr ertragen können und den Tod gewählt, um ihr zu entkommen.

Pascal hatte bei seinen Lehren einen kleinen Fehler gemacht. Die Emotion, die er den Kindern hätte beibringen sollen, war nicht nur die »Angst«, sondern die »Angst vor dem Tod«.

Wir, die Androiden, waren von den Menschen erschaffen worden. Die Menschen hatten die Angst vor dem Tod gekannt und deshalb hatten sie sie auch in uns einprogrammiert. Hätten sie das nicht getan, wäre es so gekommen, wie Pascal sagte – wir hätten unsere Leben verloren, weil wir uns kopflos in Gefahr gestürzt hätten.

Doch für Maschinen existierte eigentlich kein Tod. Das war auch der Grund, warum Pascal die Angst vor ihm nicht kennen konnte. Es war schwierig, jemandem eine Emotion zu erklären, geschweige denn beizubringen, die er selbst nicht empfinden konnte. Das eine Wort, das hier im Zentrum stand, war der »Tod«. Dass die Kinder die Bedeutung dieses Wortes nicht verstanden hatten und es ihnen nicht beigebracht worden war … das war der eigentliche Grund für diese Tragödie.

»A2, ich brauche deine Hilfe. Mit … Mit meinem gebrochenen Herzen kann ich nicht weiterleben. Ich möchte, dass du meine Erinnerungen löschst. Und wenn du das nicht tust, dann will ich, dass du mich tötest.«

Ich kannte den Schmerz, die eigenen Kameraden zu verlieren. Ich kannte den Schmerz, mit den Erinnerungen an sie zu leben – besser als jeder andere. Also befahl ich Pod, Pascals Erinnerungen zu löschen.

Als ich Pascals Speicherschaltkreise durchtrennt hatte, aktivierte Pod einen Reset-Timer zum Neustart. Wir konnten Pascal also in schlafender Position zurücklassen.

Er wäre sicher verwirrt gewesen, wenn er mich gesehen hätte, nachdem alle seine Erinnerungen gelöscht waren, und auch ich hätte nicht gewusst, wie ich dann reagiert hätte. Pod hatte wohl darauf Rücksicht nehmen wollen.

»Pod. Warum haben die Maschinen aus Pascals Dorf ihre eigene Art angegriffen?«

»Unbekannt. Ich kann die Möglichkeit eines Bugs jedoch nicht verneinen.«

»Ein Bug? Was für einer?«

Meine Frage wurde jedoch durch eine rätselhafte Ansage unterbrochen.

»Hallo und vielen Dank, dass Sie sich für Tower System Services entschieden haben! Wir haben heute *sehr* spannende Neuigkeiten für Sie!«

Die Stimme klang, als würde sie von einem Kind stammen. Sie lallte so dahin und schien sich über mich lustig zu machen.

»Große Struktureinheit aus Maschinenwesen nördlich von hier aktiviert.«

»Eine große … was? Dieser ›Turm‹ vielleicht? Was in aller Welt geht hier vor?«

»Unbekannt. Empfehlung: Beschaffung von mehr Informationen.«

Das brauchte die Kiste mir nicht sagen. Nachdem ich Pod den Standort dieser Struktureinheit bestimmen lassen hatte, machte ich mich auf den Weg dorthin, um mir selbst ein Bild zu verschaffen.

Wild gewordene Dorfbewohner und das Auftauchen einer großen Maschinenstruktureinheit. Das Timing war einfach zu perfekt. Es konnte kein Zufall sein. Und dann war da noch Pods Vermutung »irgendeines Bugs«.

Die Maschinenwesen waren ursprünglich als tödliche Waffen von den Aliens erschaffen worden. Dass diese Waffen nun auch friedliebend sein und das Kämpfen verabscheuen konnten, war ein Widerspruch in sich. Für Maschinenwesen waren Pascal und die Dorfbewohner deshalb ungewöhnliche Abweichungen gewesen.

Je mehr sich ihre Handlungen von denen einer typischen Maschine unterschieden hatten, desto weiter hatten sie sich auch von den Trieben entfernt, die ihnen in die Wiege gelegt worden waren. Konnte es sein, dass aus dieser Diskrepanz heraus ein Bug entstanden war? Und vielleicht war das Auftauchen der »großen Struktureinheit« der Katalysator für all das.

Doch das waren nur meine Vermutungen. Mutmaßungen, könnte man sagen. Deshalb musste ich selbst hin, um zu sehen, was es war.

45726e65757465652042656765676e756e67206d6974203953

Die Struktureinheit befand sich in den Ruinen des Vergnügungsparks. Die Einzelteile des Ungetüms sahen aus, als wären sie wild aus allerlei

Maschinenteilen zusammengewürfelt worden. Es war ein unansehnliches Bauwerk.

Als ich hineinging, sah ich, dass auch das Innere aus Maschinenkomponenten zusammengebaut worden sein musste. Offensichtlich hatten die Maschinen dieses Konstrukt erschaffen.

Darin fanden sich jedoch allerlei funktionsunfähige Maschinenleichen. Es sah aus, als hätte ein Kampf darin getobt. In jedem Stockwerk hing der Geruch verbrannten Metalls in der Luft und auch Einschusslöcher waren in den Wänden zu finden. Ich beugte mich zu den Überresten eines Maschinenwesens hinunter und berührte den Klumpen. Er fühlte sich warm an. Der Kampf war also noch nicht lange her.

Jede einzelne Maschine war bis zur Unkenntlichkeit verformt und durchlöchert. Man konnte erkennen, dass die Angriffe auf diese Maschinen auch nach ihrem Funktionsstillstand noch nicht aufgehört hatten.

Ich lief bis ins Obergeschoss. Ich wusste, ich könnte den Angreifer noch finden, wenn ich schnell wäre.

»BittE … tötEn …«

»Operator … Es ist okay … Alles wird gut! Ich … werde dich jetzt töten!«

Im obersten Stockwerk angekommen, fand ich zwei YoRHa-Modelle, die gegeneinander kämpften. Eine Einheit, die vom Logikvirus infiziert war, und … 9S. Der Kampf musste schon eine Weile angedauert haben, denn er sowie die Infizierte waren beide wackelig auf den Beinen.

9S warf die infizierte YoRHa-Einheit mit einem Schlag zu Boden. Er dachte wohl, dass er gewonnen hätte, doch das war ein gewaltiger

Trugschluss und gab seinem Feind die Möglichkeit, wieder anzugreifen. Ein Raubvogel war am verwundbarsten, wenn er sich gerade auf seine Beute stürzte.

Wie erwartet, hatte die infizierte YoRHa-Einheit einen Treffer gelandet und 9S mit dem Schwert getroffen. Das machte der Redewendung nach auch sie genau jetzt verwundbar. Diese Chance ließ ich mir nicht nehmen.

Ich stieß ihr mein Schwert von hinten in den ungeschützten Rücken, denn ich konnte sie 9S nicht töten lassen. Das hätte 2B nicht gewollt. Der größte Teil der »Bitte«, die sie an mich gerichtet hatte, betraf immerhin ihn.

Die infizierte YoRHa-Einheit ging erneut zu Boden. Ich zerstörte ihre Blackbox, damit sie nicht noch einmal aufstehen würde. Während ich wieder und wieder auf ihren leblosen Körper einstach, starrte 9S mich die ganze Zeit an. Sein Blick war erfüllt von unglaublichem Hass …

»Abgeschlossen. YoRHa-Einheit 9S … aktivieren.«

Es war grell. Vielleicht war die Helligkeitseinstellung eigenartig blockiert. 9S würde den Mangel nachher direkt an die Verwaltungsabteilung melden. Die Rohstoffe im Bunker waren jedoch kostbares Gut. Das Hinauftransportieren der Materialien von der Erde wurde immer schwieriger. Angeblich wegen des Luftabwehrsystems des Feindes … *Hm? Habe ich meine Mission damals nicht abgeschlossen und das Abwehrsystem erfolgreich deaktiviert?*

»Guten Morgen, 9S.«

Pod 153 schwebte von der Seite direkt in 9S' Sichtfeld. Hinter Pod war gähnende Leere. 9S sah vom Erdboden auf und richtete seinen Blick in den Himmel. Nun wunderte es ihn nicht mehr, dass es so grell gewesen war.

»Bin ich …?«

Warum hatte er an so einem Ort geschlafen?

»Die feindliche Struktureinheit ist während des Kampfes zusammengebrochen. YoRHa-Einheit 9S hat bei dem Sturz große Schäden erlitten und wurde in den Notfallmodus versetzt. Besagte Einheit wurde dann zur aktuellen Position transportiert, da die Aufprallstelle als gefährlich eingestuft wurde.«

Sturz? *Ah, ich weiß schon wieder*, dachte 9S, während er sich aufrichtete. Es war auf einmal ein riesiger Feind aufgetaucht und hatte einen Teil der Wände und des Bodens zerstört. Und dieser Teil war leider genau der gewesen, in dem er sich zu dem Zeitpunkt aufgehalten hatte. Ihm war sprichwörtlich der Boden unter den Füßen weggezogen worden. All das, obwohl sein eigentliches Ziel direkt vor ihm gestanden hatte.

Das war schon das zweite Mal gewesen, dass er A2 nicht hatte töten können. Bei seinem ersten Versuch war er wegen des plötzlichen Auftauchens dieses »Turms« gescheitert, der daraufhin die Hängebrücke zum Einsturz gebracht hatte. Bei seinem zweiten Versuch war es eine Maschine gewesen, wegen der er seine günstige Position verloren hatte und zur frühzeitigen Beendigung seines Vorhabens gezwungen worden war. 9S fand das zum Kotzen.

Doch was ihn fast zur Weißglut trieb, war das, was A2 gesagt und getan hatte.

»2B sagte mir, dass sie will, dass du dich dem Guten verschreibst.«

Dass ausgerechnet A2 irgendwas erfand, was 2B von sich gegeben haben sollte, um ihn zu verwirren, war die größte aller Niederträchtigkeiten. Es war schon eine Dreistigkeit, dass sie überhaupt 2Bs Gesicht hatte, aber so eine Lüge dann noch mit einem Mund wie ihrem auszusprechen … Das fand 9S einfach unverzeihlich.

Am allerwenigsten konnte 9S in der ganzen Sache jedoch sich selbst verzeihen. Seine Einfältigkeit, die der Grund dafür gewesen war, auch noch von A2 gerettet werden zu müssen, würde er sich nie vergeben können. Er war nicht nur daran gescheitert, 21O – nein, 21B – zu erledigen, sondern wäre auch noch fast von ihr getötet worden. Und gerade, als 21B ihm den Gnadenstoß hatte versetzen wollen, war A2 gekommen und hatte sie von hinten erstochen … Und dann …

»Operator …«

»Das uns begegnete Operator-Modell 21O ist gestorben. Blackbox-Signal nicht registriert.«

»Verstehe«, antwortete 9S trocken. Er wusste bereits, dass sie tot war. »Lagebericht.«

»Erforderliche Anzahl an Berechtigungsschlüsseln im Besitz.«

Obwohl er vom Obergeschoss in die Tiefe gestürzt war, hatte er es geschafft zu bekommen, was er gewollt hatte. Es wäre schrecklich gewesen, hätte A2 ihm – nach allem, was sie ihm sonst gestohlen hatte – auch noch die Schlüssel entwendet. Aber 9S' Plan für so einen Fall wäre gewesen, sie ihr einfach wieder abzunehmen.

»Durch die Entsperrung der Untereinheiten ist die Untersuchung des ›Turms‹ nun möglich.«

»Gut.«

Das Ende war nah.

✳ ✳ ✳

Erneut war die lallende Kinderstimme in der Kraterzone zu vernehmen. Vermutlich irritierte sie 9S nicht mehr so, weil er sie mittlerweile so oft hatte hören müssen, dass er sich an sie gewöhnt hatte. Er wollte sie einfach schleunigst zerstören.

»Hallo und vielen Dank, dass Sie sich für Tower System Services entschieden haben!«

Die Ansage klang noch unklarer, da ihr Echo sich so viele Male überschlug. Doch die Sperren der drei »Untereinheiten« waren mittlerweile deaktiviert. Das brachte 9S seinem ursprünglichen Ziel endlich näher: in den sogenannten »Hauptturm« einzudringen.

»Herzlichen Glückwunsch! Sie haben ALLE Untereinheiten erfolgreich entriegelt! Und das bedeutet, dass im Turm ein Sonderpreis auf Sie wartet!«

Ein Preis? Im besten Fall wäre das wieder einmal ein Haufen nerviger Maschinen, die blöd rumstehen.

»Wir freuen uns auf Ihren Besuch!«

Kaum war die Ansage des Turms beendet, begannen feindliche Maschinenwesen, aus dem Luftraum in 9S' Richtung zu fliegen. Das Verteidigungssystem des Eingangs war also verschärft worden. Das passte ja gut dazu, dass sie sich »auf seinen Besuch freuten«. Wie typisch für diese Maschinen. Aber ihre Worte waren sowieso nichts wert.

»Geht mir aus dem Weg!«

9S räumte Gegner um Gegner aus dem Weg, doch es kamen immer mehr nach. An der Eingangstür des Turms war ein Hackzugangspunkt ganz demonstrativ angebracht. Die Intention des Feindes dahinter war sicher, dass 9S' Körper während eines Hackingvorgangs ungeschützt allen Angriffen ausgeliefert wäre. Hätten ihm nur ein oder zwei Feinde gegenübergestanden, wäre es 9S mit Pods Deckung vielleicht möglich gewesen. Doch mit der Überzahl an Gegnern, der sie sich gerade stellen mussten, war das Hacken unmöglich zu überleben.

9S erinnerte sich an 2B, die ihm immer Rückendeckung gegeben hatte, wenn er sich in einem Hackingvorgang befunden hatte. Gerade fühlte er ihre Abwesenheit ganz besonders. Wenn der Feind darauf aus war, ihn das noch einmal so richtig spüren zu lassen, so war es zwar ärgerlich, es zuzugeben, doch hatte er damit vollen Erfolg …

»Verdammt! Es nimmt kein Ende!«

Mit der Kampfkraft eines B-Modells an seiner Seite hätte 9S die Zeit, in der die Gegner einen erneuten Angriff vorbereiteten, für das Hacken nutzen können. Doch allein mit den Fähigkeiten eines S-Modells dauerte das einfach zu lange. Für jeden erschlagenen Feind kam umgehend wieder ein neuer. Egal, wie lang er also weiterkämpfen würde – er könnte der Flut an Gegnern niemals Herr werden. Und wenn seine Kraft dann schließlich zur Neige ginge, wäre das auch das Aus für ihn.

9S wurde panisch. *Ich muss mir was einfallen lassen.*

»Bericht: Signale von Verbündeten registriert.«

»Verbündete?«

Pod musste die Signale des Feindes falsch interpretiert haben. Es gab sonst keine YoRHa-Einheiten mehr. Und die, die es noch gab, waren mit dem Logikvirus infiziert und hatten die Kontrolle über sich verloren.

»Wir dachten uns schon, dass du herkommen würdest.«

»9S«, hörte er jemanden sagen und wirbelte herum.

Devola und Popola standen vor ihm, beide mit Schwertern bewaffnet.

»Moment mal … Ihr?«

Die beiden Androidinnen stürmten los. Sie schlüpften an dem immer noch sprachlosen 9S vorbei und direkt auf die Maschinenwesen zu. Mit dem Aufblitzen ihrer Schwerter rollten auch schon die ersten Maschinenköpfe.

»Ab hier übernehmen wir beide!«

»Du musst die Tür zum Turm öffnen!«

Was war hier los? 9S verstand nicht ganz, wie ihm geschah. Warum waren diese beiden nun als Verbündete an seiner Seite und kämpften mit ihm? Die zwei Rotschöpfe sollten doch eigentlich nur auf Reparatur und Wartung spezialisiert sein und waren demnach gar nicht für den Kampf geeignet.

»Komm schon, 9S! Hack dich rein, solange es geht!«, rief ihm Popola zu, während sie gerade den Angriff eines Feindes blockte.

»Wir erklären dir alles, sobald wir drinnen sind!«

Das waren die Worte, die 9S schließlich die Motivation gaben zu handeln. Es war besser, endlich in den Turm zu gelangen, als sich hier der unmessbaren Gegnerflut gegenüberzustellen. Strategisch gesehen war es außerdem von Vorteil, auf engem Raum zu kämpfen, wenn man in der Unterzahl war.

Der Hackingvorgang gestaltete sich jedoch mühseliger als zuerst angenommen. 9S wusste, dass er es mit einer Firewall gegen Angriffe zu tun haben würde, doch die Barriere war ungewöhnlich robust. Darüber hinaus wurde sie bei jedem seiner Angriffe verstärkt.

»Was ist das … für eine Barriere?«

»Warnung: Sie ist Teil eines geschlossenen Abwehrsystems.«

Geschlossenes Abwehrsystem? Das hatte er doch irgendwo schon mal gehört … Er hatte das Gefühl, dass er sich so einem mühseligen System in der Vergangenheit bereits gestellt hatte. Doch es blieb bei einem vagen Gefühl, ähnlich einem Déjà-vu, und war keine klare Erinnerung. Er besaß auch keine Erinnerung daran, dieses System entsperrt zu haben. Das musste bedeuten, dass er auch bei seinem letzten Hackingversuch gescheitert war. Er hatte versagt, weshalb seine damaligen Persönlichkeitsdaten letztendlich zerstört worden waren. Anschließend hatte man seine Daten durch ein Back-up des Bunkers wieder zurückgesetzt …

»Wie komme ich da durch?!«

»Prognose: Einheit 9S könnte seinen Persönlichkeitsdaten erlauben, außer Kontrolle zu geraten. Die bei der Selbstzerstörung freigesetzte Energiewelle könnte mit akzeptabler Wahrscheinlichkeit das Abwehrsystem vorübergehend lahmlegen.«

Selbstzerstörung? Vorübergehend lahmlegen? Da es kein Back-up seiner Daten mehr gab, kam eine Selbstzerstörung dem Freitod gleich. Und das Ergebnis wäre nicht mal eine vollständige Zerstörung des Systems, sondern nur dessen vorübergehende Außerkraftsetzung ...

»Das ist fast so übel, wie überhaupt nicht hineinzukommen!«, rief 9S und wurde gleichzeitig aus dem Hackingraum hinauskatapultiert.

Sein Vorhaben war frühzeitig beendet worden. Er wurde von der Tür des Turms zurückgeschleudert und landete auf dem Boden.

»Was ist passiert?!«, rief Devola.

Sie lief direkt zu 9S und streckte ihren Arm in seine Richtung. Er griff danach und richtete sich wieder auf.

»Es ist diese Barriere ...«

9S wollte gerade noch sagen, dass er die Barriere nicht hatte aufheben können, da schlug Popola einen Gegner direkt neben ihm nieder und stürmte auf die Eingangstür des Turms zu. Ein Kampfesschrei erfüllte die gesamte Kraterzone. Sie wollte sich mit Gewalt Zugang zum Turm verschaffen.

»Nein, nicht! Die Barriere ist durch einen Selbstverriegelungsalgorithmus verstärkt, also kannst du da ...«, fing 9S an.

»Genug!«, rief Popola, als er gerade zu ihr gelaufen kam, um sie aufzuhalten.

Ihre Zurückweisung fuhr 9S so durch Mark und Bein, dass er wie angewurzelt stehen blieb.

»Devola und ich ... Wir müssen für unsere Sünden büßen!«

Schwarzer Rauch stieg zwischen Popolas Fingern auf. Funken sprühten durch die elektrische Entladung, der sie sich gerade aussetzte. Die Tür konnte also auch physischen Schaden austeilen. Doch was noch viel gefährlicher war, war der Schaden, den die Androidin in ihrem künstlichen Gehirn erlitt.

»Es ist zwecklos! Wenn du so weitermachst, werden deine Schaltkreise ...«

Popolas Kampfschreie übertönten 9S' Worte vollständig. Ihm war, als ob sie ihn gar nicht hören wollte.

»Devola! Bitte!«

Sein Arm wurde gepackt. Es war Devola. Er wusste nicht, was sie vorhatte, doch dann zog sie ihn mit voller Kraft zu sich heran.

»Jeeeeetzt!«, schrie Popola und im selben Moment wurde 9S durch die Luft geschleudert. Er flog direkt durch die Tür in den Turm hinein. Er sah noch, wie Popola, am Ende ihrer Kräfte, auf den Boden sank. Als er über seine Schulter blickte, warf Devola ihm ein leichtes Lächeln zu.

»Ich hoffe, dass wenigstens du nichts bereuen wirst.«

Dann war Devolas Gesicht auch schon verschwunden. 9S starrte noch eine Weile auf die Tür, die sich vor seinen Augen geschlossen hatte. Er spürte unregelmäßige Vibrationen unter seinen Füßen und hatte dann das Gefühl, in die Luft gehoben zu werden. Gedankenversunken schoss ihm durch den Kopf, dass er sich wohl in einem Aufzug befand.

»Warum ...?«

Er wusste nicht, was gerade eben geschehen war, aber er wusste, dass die beiden Mädchen ihre Leben für ihn geopfert hatten.

»Bericht: Überlebende Datenaufzeichnungen der Einheiten Devola und Popola registriert.«

»Überlebende Daten? So was gibt es?«

Vielleicht war die Datenbarriere in dem Moment durchbrochen worden, in dem Popolas Schaltkreise durchgebrannt waren. Oder sie hatten vor ihrem Tod so etwas wie ein Testament an den Pod geschickt.

»Öffne die Daten.«

»Bestätigung.«

Als wir erschaffen wurden, waren wir die neuesten Modelle. Die Modelle »Devola« und »Popola« waren entworfen worden, um das »Projekt Gestalt« zu beobachten. Es gab viele von uns, denn jede Region war ein eigener Beobachtungsbereich und benötigte ein Zwillingspaar als Aufsicht.

Dass wir als Zwillinge geschaffen worden waren, lag womöglich daran, dass im Falle eines unerwarteten Ereignisses immer eine »Reserve« vorhanden war. Das Projekt war auf einen langen Zeitraum angelegt und sollte in etwa eintausend Jahre andauern.

Unsere Schöpfer, die Menschen, konnten es jedoch nach seinem Start bald nicht mehr selbst verwalten. Wir mussten also alle Arbeiten übernehmen, die zuvor von menschlichen Technikern ausgeführt worden waren.

Es wäre eine Lüge zu behaupten, dass wir uns nie unsicher gefühlt hätten. Doch der Stolz, den wir empfanden, machte es möglich, mit der Unsicherheit umzugehen. Unser aller Augen funkelten ob des Stolzes darauf, als Stellvertreter der Menschen deren Arbeit auszuführen.

Doch dann kam unsere uns zugeteilte Rolle als Beobachterinnen des Projekts zu einem abrupten Ende. Ein Paar der Devola-und-Popola-Modelle hatte in einer anderen Stadt die Kontrolle verloren und einen Unfall verursacht. Dies besiegelte den Untergang der Menschheit.

Unser letzter Hoffnungsschimmer waren die Daten des genetischen Profils der Menschen, die wir auf die Mondoberfläche hochschickten. Doch aufgrund der geringen Datenmenge war es nicht einfach möglich, die Menschheit wieder aufleben zu lassen. Der Vorgang, einen Menschen aus solchen Daten zu rekonstruieren, ist überaus komplex.

Die anderen Androiden, die zur damaligen Zeit von dem Vorfall erfuhren, begannen natürlich, die Modelle Devola und Popola zu hassen. Die Loyalität und der Beschützerinstinkt gegenüber ihren geliebten Schöpfern, den Menschen, werden jedem Androiden einprogrammiert. Und die, die den Untergang der Menschheit zu verantworten hatten, waren wir – die Modelle Devola und Popola.

Bald darauf entschied das Kommando, das Scheitern von »Projekt Gestalt« geheim zu halten und zu vertuschen. Der Großteil unserer Erinnerungen daran wurde gelöscht. Einzig der Name sowie die Tatsache, dass die Menschheit aufgrund eines durch den Kontrollverlust unserer Modellschwestern entstandenen Unfalles unterging, verblieben in unseren Gedächtnisspeichern.

Was wir als Beobachterinnen empfunden hatten ... was wir getan und nicht getan hatten ... was für einen Unfall unsere Schwestern durch ihren Kontrollverlust verursacht hatten und wie schlimm dieser wirklich gewesen war ... welche Maßnahmen dagegen unternommen worden waren ... und ob man den Unfall hätte verhindern können ... All das werden wir niemals erfahren. Egal, was für Fragen wir noch haben und wie oft wir sie auch stellen, wir werden keine einzige Antwort bekommen.

Die meisten der nach dem Untergang der Menschheit geschaffenen Androiden wussten nichts von unserem Verbrechen. Sie kannten nicht einmal den Namen des Projekts, dem wir zugeteilt gewesen waren. Trotzdem verachteten sie uns. Sie betrachteten es als das Normalste auf der Welt, uns zu ächten.

Und wahrscheinlich würden wir es verdienen, grundlos getötet zu werden. Oder vielleicht sollten wir den Freitod wählen. Es gibt zumindest ein paar Androiden, die so denken.

Aber wir können nicht sterben. Das wäre keine Buße für unsere Sünden.
Die Schuldgefühle, die in uns einprogrammiert wurden, halten uns fern
vom Tod. Die Schuld gebietet uns, nicht zu sterben, bevor wir nicht wenig-
stens jemandem eine Hilfe waren.

Wir wollten dort leben, wo sonst niemand war. Doch auch das schaff-
ten wir nicht. Denn es musste zumindest »irgendjemanden« geben, der
büßen würde.

Wir baten die Leute, uns alle noch so gefährlichen Arbeiten zuzutei-
len – Hauptsache, wir konnten irgendetwas tun. Denn bei der Ausfüh-
rung unserer Aufgaben dürften wir sterben. Wenn wir nur einer Person
in irgendeiner Weise helfen konnten, wäre uns das Sterben erlaubt. Und
auf diesen Tag warten wir geduldig ...

»Das ist alles, was von den persönlichen Aufzeichnungen der Einheiten
aus der Zeit übrig ist, in der sie als ›Beobachterinnen‹ bezeichnet wurden«, meldete Pod.

»Ich verstehe ...«

»Wir müssen für unsere Sünden büßen!«, hallten Popolas Schreie in
9S' Ohren. Sie waren das Resultat der in sie einprogrammierten, un-
verhältnismäßigen Schuldgefühle gewesen. 9S verstand nun, warum
Devola und Popola ihr Leben für seine Rettung gegeben hatten. Er
verstand auch, warum die beiden sich andauernd neue Wunden zugezogen und immer die Expeditionen in weit entfernte Gebiete gewählt
hatten.

»Frage: Warum scheinen die Androiden Devola und Popola den Tod
gegenüber dem alleinigen Überleben zu bevorzugen?«

Gute Frage. Sogar der durch den Kontrollverlust verursachte Unfall hatte zum gleichzeitigen Tod der beiden geführt.

»Mit hoher Wahrscheinlichkeit hätte in jüngster Situation wenigstens eine von beiden überlebt.«

»Ich …«, unterbrach 9S Pod.

Er wusste, dass der Tod für die Devola und die Popola, die er gekannt hatte, eine Erlösung war. Deshalb hatten sie den gemeinsamen Tod gewählt.

9S kannte die genauen Umstände um die Devola und Popola nicht, die den verheerenden Unfall herbeigeführt hatten, doch hatte eine Vermutung. Wenn die beiden über einen derartig langen Zeitraum – ganze eintausend Jahre – gemeinsam über ein Projekt hatten wachen müssen, dann hatten sie dies wohl nur durchgestanden, weil sie sich aufeinander hatten stützen können. Und wenn eine der beiden je dem Tod nahe gewesen war, hatte es in so einem Moment ganz bestimmt nichts und niemanden gegeben, der die andere von ihrer Seite hätte lösen können.

Und hätte eine von beiden je die Hand der anderen losgelassen und allein überlebt, wäre nur Reue in ihrem Leben zurückgeblieben. 9S wusste das, denn seine Hand war gewaltvoll aus 2Bs gerissen worden. Und nun musste er allein weiterleben.

»Ich hoffe, dass du das niemals verstehen wirst.«

Pod musste es nicht wissen. Es wäre überhaupt besser, wenn niemand so etwas je selbst erfahren müsste. Diesen alles durchbohrenden Schmerz.

Als 9S weiter in Gedanken versunken war, kam Pod mit einer neuen *Frage* um die Ecke.

»Warum besitzt der Turm überhaupt einen Eingang auf Erdgeschossebene? Alle Materialzulieferungen werden über den Luftweg abgewickelt. Es ist ungewöhnlich, dass ein Infiltrationsweg so leicht zugänglich ist.«

Als Pod über die Materialzulieferung sprach, erinnerte sich 9S daran, was er auf den Dächern der Ressourcenwiederherstellungseinheiten im Wald und der Versunkenen Stadt gesehen hatte: Maschinenteile, die aus dem Inneren der Einheiten herausgesogen worden waren. Er hatte sich zwar denken können, dass diese bis in den Turm geliefert würden, doch es war unklar, wie die Einschleusung genau geschah. Tatsächlich war es ihm egal, weshalb er zuvor auch nie näher darüber nachgedacht hatte.

»Hypothese: Der Eingang ist eine Falle.«

»Mir egal.«

9S hatte kein Interesse an ihren Überresten. Die funktionstüchtigen Maschinen waren es, die ihn beschäftigten. Und der Grund dafür war ...

»Ich muss sie einfach alle umbringen.«

Der Aufzug kam mit einem lauten Rattern zum Stehen.

✳ ✳ ✳

Als 9S ausstieg, fand er sich in einem halbdunklen Gang wieder, dessen Wände und Decke mit exzessiven und aufwändigen Ornamenten geschmückt waren, die ihn an die alten Baustile des Menschenzeitalters erinnerten.

Er ging den Gang weiter, bis auf einmal keine Wände mehr vorhanden waren. Der halbdunkle Weg formte sich zu einer Treppe, die weiter in den Himmel führte. Hier und da waren die Stufen nicht vollständig und ein starker Wind zog durch die Löcher im Boden. 9S befand sich in beträchtlicher Höhe. Nur ein falscher Schritt würde ihn in die Tiefe hinabstürzen lassen und sicher … sofort töten.

Als er sich vorsichtig seinen Weg über die fehlenden Stufen hinwegbahnte, hörte er auf einmal eine altbekannte Ansage: »Hallo und vielen Dank, dass Sie sich für Tower System Services entschieden haben! Wir freuen uns, dass Sie beschlossen haben, den Turm heute zu besuchen!«

Sie freuten sich über den Besuch? War ihm deshalb am Eingang des Turms eine nahezu endlose Gegnerflut entgegengekommen und das Selbstverriegelungssystem bombenfest verschlossen gewesen? 9S war sprachlos. Wie konnten die Maschinen so schamlos daherreden, nach allem, was geschehen war?

»Denken Sie an den Sonderpreis für den Gast, der die letzte Untereinheit entriegelt hat. Er ist weiter vorne in einem Zimmer hinterlegt. Sie werden ihn LIEBEN!«

»Und täglich grüßt das Murmeltier«, raunte 9S, der sich eine Redewendung der Menschen ausborgte, die er einmal gehört hatte. Natürlich würde hinter der Tür zu besagtem Zimmer wieder eine Horde Maschinen auf ihn warten.

Die Tür war in Wirklichkeit ein Flügeltor mit beachtlicher Höhe. 9S fragte sich noch, ob er es mit seiner kläglichen S-Modell-Armkraft überhaupt öffnen könnte, doch es war nicht so schwer, wie es aussah. Er drückte nur ein wenig und schon öffnete sich das Tor geräuschlos.

Das Zimmer dahinter wirkte wie ein langer Flur. Es war schmaler als der Gang, über den er gerade gekommen war, doch die Decke war um einiges höher. Außerdem war es dunkel. Nicht wie finstere Nacht, aber dunkel genug, als dass er genau darauf achten musste, wo er hintrat.

9S wusste, dass es problematisch wäre, an so einem Ort kämpfen zu müssen.

Auf einmal fielen einige Gestalten von der dunklen Decke und landeten auf dem Boden. Das Geräusch war offensichtlich nicht das einer herunterstürzenden Maschine und doch war es 9S sehr vertraut.

»2B-Modelle ...?«

Vor ihm standen in schwarze Kleidung gehüllte YoRHa-Modelle. Sie hatten kurze, silberne Haare und blasse Lippen. Es waren Körper, die 2B entsprachen, daran bestand kein Zweifel.

9S hatte angenommen, dass all ihre Reservekörper und Daten nach der Explosion im Bunker vollständig verbrannt wären. Er war sich sicher gewesen, dass kein einziges YoRHa-Modell, er selbst eingeschlossen, je wieder nachgebaut werden konnte. Doch ein einziger Weg, 2Bs Körper wiederherzustellen, war geblieben: die Transporter.

In den Transportern wurden die Materialien gelagert, die für den Bau eines YoRHa-Modells notwendig waren. Da sich die Materialien unter den YoRHa-Einheiten nicht unterschieden, konnten sie für jede Streitkraft verwendet werden. Die Persönlichkeitsdaten, die als Einziges nicht universell einsetzbar waren, wurden jeweils vom Sender zum Empfänger übertragen. Doch bei den künstlichen Körpern funktionierte dies anders: Bei einer Übertragung wurde jeweils nur der Bauplan eines Körpers versendet, der dann am Empfängerort aus den Materialien neu zusammengebaut wurde. Auf diese Weise waren zum Zeitpunkt der vollständigen Übertragung ein neuer Körper gebaut und die Persönlichkeitsdaten eingeschleust.

Dadurch war es möglich, mit den Bauplänen in den Transportern so viele Körper zu rekonstruieren, wie man wollte. Die Maschinenwesen mussten unbeschränkten Zugang zu allen Informationen bezüglich der Androidenbaupläne erhalten haben, als sie in den Hauptserver eingedrungen waren.

Doch das war nur eine Vermutung von 9S. Er konnte nicht mit Sicherheit sagen, ob sie 2Bs Körper auf diese Weise rekonstruiert hatten. Vielleicht hatten sie ja auch nur eine Vorrichtung gebaut, die den Transportern ähnelte, und so den Körper nachgebildet. Oder sie hatten eine für 9S komplett unvorstellbare Methode genutzt, um einfach einen völlig neuen Körper zu bauen, der 2B zum Verwechseln ähnlich sah.

Gewiss war jedoch, dass 9S gerade einer ganzen Schar an Rekonstruktionen von 2Bs Körper gegenüberstand. Natürlich wusste er, dass sie nur leere Hüllen waren. Die Maschinen hatten wohl geplant, ihn mit diesen von ihnen gesteuerten Marionetten anzugreifen, die 2B so ähnlich sahen. Auf die gleiche Weise, auf die sie auch Operator 21O gesteuert hatten.

Vielleicht waren sie mit 9S' kühler Reaktion, als er mit 21O konfrontiert worden war, unzufrieden gewesen. Vielleicht wollten sie es deshalb nun mit 2B versuchen …

9S' dunkles Verlangen nach 2B war für einen kurzen Moment ans Licht gekommen, als er von Adam entführt worden war. Die Maschinenwesen, die 9S in diesen Turm bestellt hatten, wussten ganz bestimmt darüber Bescheid. Immerhin waren sie durch ein Netzwerk miteinander verbunden.

Sie dachten sicher, dass sie nun endlich erleben würden, wie 2B den wehrlosen 9S tötete. Sie wollten sicher sehen, wie er verzweifelt weinte und jammerte, unfähig, sich gegen sie zu wehren oder ihr auch nur ein Haar zu krümmen.

Diese dummen Maschinen. Verzweiflung? Weinen und Jammern? Keine Chance. Nicht, wenn hier so viele 2B-Modelle vor ihm standen.

»Ich bin froh … so froh, dass ich euch hier sehen kann …«

9S war erleichtert, dass er die Modelle alle gut im Blick hatte und sie nicht an irgendwelchen Orten herumstreunten, von denen er nichts wusste. Hier waren sie in greifbarer Nähe.

Er riss sich die Augenbinde vom Gesicht. Er musste nichts mehr verbergen. Auch keine unsinnigen Datenaufzeichnungen oder Berichte würden ihn hier ablenken. Er wollte 2B direkt vor sich sehen. Die 2B, die vor ihm stand, die erreichbar war, die sich in seinen Augen spiegelte und …

»Jede Einzelne von euch …« Er konnte das heranschwellende Lachen nicht unterdrücken. »… werde ich in Stücke reißen!«

Es war unverzeihlich, dass die Maschinen 2Bs Körper einfach nachgebaut hatten. Es war unverzeihlich, dass sie ihn zu unnatürlichen Bewegungen zwangen. 9S würde die Hüllen deshalb eigenhändig zerstören.

Ja! Der Einzige, der 2B etwas antun darf, bin ich!

»Ich werde niemanden verschonen! Ich nehme euch alle auseinander!«

Sie alle gehörten ihm. Er würde das keinem anderen überlassen. Nicht einmal 2B selbst …

Die leeren Puppenhüllen stürzten sich auf 9S. Ihre Bewegungen waren fahrig und unpräzise. Letzten Endes waren sie nur die Spielzeuge einer Maschine. Die Marionetten konnten es nicht im Geringsten mit der Kraft der echten 2B aufnehmen. Sie waren kein Vergleich zu den flüssigen Bewegungen ihres Originals.

Seht doch, wie einfach man sie zerstören kann. Wie einfach es ist, diese Gesichter und Arme und Beine, die genau wie ihre aussehen, zu zerstückeln und kleinzuschlagen. Ich werde sie alle zerstören, bis nichts mehr von ihnen übrig ist. Damit niemand außer mir sie je auch nur ansehen kann.

Eine. Zwei. Drei …

So ist es im Handumdrehen vorbei. 2B. Die vierte, fünfte, sechste …

Wie viele Körper waren das? Oh, das waren schon alle?

»Warnung: Registriere feindliches Signal.«

Die taktlosen Worte von Pod unterbrachen 9S.

»Ein Signal? Ist also noch eine übrig …?«

Welche ist es? Welche wartet nur darauf, mich endlich töten zu können?

9S ließ seinen Blick über die am Boden verstreuten Leichen wandern. Er sah einen Körper, dessen Brust sich schwach hob und senkte.

»Du bist es also.«

Das 2B-Modell konnte sich gar nicht mehr bewegen, doch es sah aus, als wollte es trotzdem versuchen, wieder aufzustehen.

Das darfst du nicht, 2B. Ich sagte doch, dass ich jede Einzelne von euch zerstören werde, oder?

Er stieß sein Schwert tief in ihre Brust. Zweimal. Dreimal. Er stach wieder und wieder auf sie ein.

Dann geschah auf einmal etwas Unerwartetes. Er hörte ein Unglück verheißendes Ticken. *Ein Bombendetonator?*, dachte er noch, als er bereits in weißes Licht gehüllt wurde. Er fühlte, wie sein Körper in die Luft flog.

Alle Geräusche der Welt um ihn herum erloschen und jeder Gedanke löste sich im Nichts auf.

Eine andere Perspektive – »A2«

Nachdem ich das neu aufgetauchte große Maschinenwesen bezwungen hatte, das die Wände und den Boden weggerissen hatte, entschied ich, die Struktureinheit zu verlassen. 9S hatte den Teil des eigenartigen Konstruktes, der als Gehirn fungierte, bereits zerstört, also gab es keinen Grund, mich noch länger dort aufzuhalten.

Außerdem hatte Pod ja davon gesprochen, dass »sich irgendeine große Struktureinheit aktiviert« habe, die dann gar nicht der »Turm« war. Es war jedenfalls besser, jede feindliche Einrichtung sofort zu zerstören, sobald diese aktiv wurde.

Mit diesen Gedanken im Kopf eilte ich also zum Turm, wo ich eine unerwartete Begegnung machte. Im Eingangsbereich lagen, eng aneinandergeschmiegt, die Zwillingsandroidinnen aus dem Widerstandslager.

Ich konnte Popolas Identifikationssignal nicht mehr registrieren. Devolas Signal war zwar da, jedoch so schwach, dass es jeden Moment erlöschen konnte. Ich näherte mich ihr. Devolas Augen blieben fest verschlossen. Erst nachdem ich sie mehrere Male gerufen hatte, öffnete sie sie endlich.

»Ah … A2, richtig? Wir … sind vorgegangen und haben den Turm geöffnet.«

Ich brachte es nicht über mich, sie zu fragen, was passiert war. Ich bemerkte, dass der Teil der Tür, der als Barriere fungiert hatte, zerstört worden war. Ich konnte mir die Geschehnisse ausmalen.

»9S ist schon drinnen …«

Als der Boden des letzten Kampfschauplatzes eingerissen worden war, war 9S kopfüber in die Tiefe gestürzt. »Er ist noch am Leben«, hatte Pod gemeldet. Ich hatte zwar nicht daran gezweifelt, aber war trotz allem erleichtert, als Devola die Meldung bestätigte.

»Sag mal … haben wir … haben wir denn helfen können?«

Ich nickte ihr zu. Devolas Gesicht wurde ganz friedlich. Langsam schloss sie die Augen. Kurz darauf erlosch ihr Identifikationssignal.

Im Inneren der großen Struktureinheit lagen überall die Leichen anderer YoRHa-Einheiten. Ein wilder Kampf musste hier getobt haben. Der Bodenbelag einiger Räume war stellenweise abgeblättert und auch die Wände wiesen Brandspuren auf. Ich vermutete, dass dies 9S' Werk war.

Ich ging weiter und erreichte ein eigenartiges Zimmer. Unzählige seltsame Kästchen waren entlang der Wände aneinandergereiht.

»Hypothese: Dies ist ein Ort, der eine Bibliothek darstellt.«

»Bib…liothek? Was ist das?«

»Eine Einrichtung zur Datenspeicherung, die von früheren Zivilisationen der Menschen erbaut wurde.«

Die kleinen Kästchen waren demnach sogenannte »Bücher«, die zur Aufzeichnung allerlei Informationen gedient hatten. Ich hackte einige von ihnen, um mir Zugang zu den darin gespeicherten Daten zu verschaffen, und begann zu lesen.

Wenn man Pods Erklärungen Glauben schenkte, dann hatten die Menschen diese Bücher früher anscheinend nicht hacken müssen. Warum die Maschinen den früheren Prozess nicht replizieren konnten, weiß ich bis heute nicht, aber womöglich war er einfach nicht effizient oder vereinfacht genug.

In diesen von den Maschinenwesen erschaffenen Büchern war jedoch eine ganze Menge Wissen enthalten. Zum Beispiel individuelle Informationen zu früher lebenden Menschen oder auch Aufzeichnungen zu Epidemien, mit denen die Menschheit zu kämpfen gehabt hatte. Besonders wenn es um schwere Epidemien und Krankheiten ging, schien es dazu unendlich viele verschiedene Werke zu geben. Ich fand Aufzeichnungen über Forschungen zu Krankheitserregern, verschiedene Behandlungsmöglichkeiten und die Entwicklung vorbeugender Medikamente, Berichte zu individuellen Krankheitsfällen sowie Krankenakten von Patienten mit spezifischen Symptomen …

»Dieser Turm sieht wie ein Datensammelsystem für die Maschinen aus.«

Die Struktureinheit, in der ich davor gewesen war, hatte die Einzelteile und die Überreste der Maschinen zusammengesammelt. Sie hatte dies vollkommen wahllos getan. Wäre die Leiche eines Androiden irgendwie in diese Sammlung gekommen, hätten die Maschinen eine unfassbare Menge an Daten sammeln können. In den Speichern eines Androiden waren allerhand Informationen zu finden.

Die Struktureinheit hatte all diese Sachen zusammengesammelt und sie über das Obergeschoss hinüber zum Turm geschickt. So waren Materialien und auch Informationen zusammengetragen worden.

»Und was machen die dann mit den ganzen Informationen?«

Die Antwort darauf fand ich in einem Buch, das den Titel *Turmsystemübersicht* trug.

022 Port 062423 Turmsystemübersicht

Diese Einrichtung hat ein Startgerät im Zentrum und ist für die Verarbeitung und die Systematisierung der Ressourcen der Ressourcenwiederherstellungseinheiten verantwortlich. Sie besteht aus 256 Schichten und kann Informationen mit einer Trübung von 2300 oder weniger filtern, komprimieren und sie in circa 27 Minuten und 32 Sekunden in Nutzdaten verarbeiten, komprimieren und in einem Abschussejektor speichern.

»In einem Ejektor speichern? Der Ejektor ist das, was aus den gesammelten Materialien gebaut wird. Und die gesammelten Informationen werden dann da hineingeschrieben und von hier weggeschossen ... also wie eine Kanone, richtig?«

Aber wohin? Diese Mistdinger wollen das Teil wohl irgendwohin hochschießen.

»Doch nicht etwa zum Menschenserver auf dem Mond? Das kann nichts Gutes heißen ...«

Ist die Annahme zu absurd? Nein, den Maschinen würde ich es zutrauen.
Die würden so was tun.

Ich wusste, dass die Maschinenwesen gern ihre Spielchen mit den Androiden trieben. So hatten sie es auch mit mir und meinen Kameradinnen gemacht ... Immerhin waren sie es gewesen, die mir eine ganz besondere Emotion beigebracht hatten: »Verzweiflung«.

Der Menschenserver auf dem Mond war das Herzstück der Motivation aller Androiden. Würden sie ihn vernichten, dann ...

Aber wenn sie den genauen Standort des Servers nicht kannten, könnten sie ihn auch nicht zerstören. Ich hatte gehört, dass der Menschheitsrat seine Meldungen über eine Vielzahl verschiedener Übertragungsstützpunkte auf der Erde umleiten ließ, damit die Koordinaten des Servers nicht zurückverfolgt werden konnten. Wenn das stimmte, sollte doch alles in Ordnung sein ... oder?

Leider stimmte das nicht. Seit der »Abstiegsoperation Pearl Harbor« waren die Maschinen an alle möglichen Informationen gelangt, die sie gar nicht hätten haben dürfen. Sie waren sicher mit Leichtigkeit dazu in der Lage, auch den Standort des Menschenservers zu bestimmen.

»Da ist es.«

Ich entdeckte ein Buch mit dem Titel *Port 056776 Menschenserveraufzeichnungen*. Es war freundlicherweise direkt neben dem Buch, das die *Turmsystemübersicht* erklärte. Die Maschinen hatten wohl vorausgesehen, dass man, nachdem man das erste Buch gefunden hätte, dieses als Nächstes lesen wollen würde.

Ich fand heraus, dass die Maschinenwesen nicht nur bereits den Standort des Menschenservers kannten, sondern auch Versuche unternommen hatten, dort hineinzugelangen. Sie hätten ihn von innen heraus zerstören können, wenn sie es gewollt hätten. Einzig und allein, um den Androiden ihre Zerstörungskraft anhand ihres Plans zu beweisen, hatten sie dies nicht getan. Sie wollten, dass ihre Feinde Zeugen werden konnten, wenn sie den Server durch ihre abgeschossene Kanone in seine Einzelteile zerlegten und er vor den Augen aller auf der Erdoberfläche befindlichen Androiden in Flammen aufging.

Ich wusste, dass ich den Turm zerstören musste. Ich konnte diese Blechbüchsen nicht länger machen lassen, wie es ihnen gefiel. Sie würden mir nicht noch mehr stehlen.

Wie zum Hohn stach mir nach diesem Entschluss der nächste Titel ins Auge.

»*Zusammenfassung des Betriebs von Modell Nummer 2 im ›Projekt YoR-Ha‹? Was ist das …?*«

Die Maschinen wussten wohl bereits, dass ich hierherkommen würde. Vielleicht waren diese Aufzeichnungen aber auch für 9S bestimmt. Würde 9S die hier dokumentierte Wahrheit erfahren, träfe es ihn wie ein Blitz.

Nach dem ersten Abstieg der YoRHa-Prototypen war Angriffseinheit Nummer 2 (A2) die einzige Einheit, die lebendig zurückkehrte, obwohl ihre Simulationen zuvor nur mittelmäßige Ergebnisse gebracht hatten. Bei der Analyse ihrer gespeicherten Persönlichkeitsdaten wurde entdeckt, dass sie ausgezeichnete Fähigkeiten zur Analyse und Entscheidungsfindung in Extremsituationen besitzt.

Wie separat berichtet, werden wir diese Persönlichkeitsdaten in vielen neuen E-Modellen installieren und diese dann zur Aufsicht über die Geheimhaltung von »Projekt YoRHa« einsetzen.

»Zur Aufsicht ... über die Geheimhaltung. 2E ...«

Als ich sie das erste Mal getroffen hatte, war sie 2E gewesen. Sie war mit der Exekution von Deserteuren beauftragt gewesen und ich hatte sie wiederholt zurückgeschlagen und getötet. Doch als ich sie in der Waldburg getroffen hatte, hatte sie sich 2B genannt. Das war wohl gewesen, um 9S nichts über ihre wahre Funktion wissen zu lassen.

Hätte das hochfunktionelle Modell 9S die wahren Hintergründe von »Projekt YoRHa« durchschaut, wäre die mit der Aufsicht über dessen Geheimhaltung betraute 2E sofort zur Stelle gewesen, um die Exekution durchzuführen. Doch da 9S durch seine hochentwickelten Fähigkeiten sogar dies hätte erkennen können, war eine Tarnung nötig gewesen. 2E hatte sich als 2B ausgeben müssen, um 9S nicht in Alarmbereitschaft zu versetzen und sich ihm überhaupt nähern zu können.

Diese Informationen waren in ihrem geliebten Schwert gespeichert gewesen. Zwar nur die oberflächlichen Umrisse der Informationen, doch ich konnte mir gut vorstellen, was sie in den jeweiligen Situationen gefühlt haben musste.

Ob 9S das gelesen hat? Oder weiß er schon länger, dass 2B nur eine Tarnung war?

4b616d706620696e20646572204269626c696f7468656b20756e64207765
697465722068696e65696e

Ich drückte einen Knopf, woraufhin sich meine Umgebung mit einem Mal umstrukturierte. Ein leerer Raum erstreckte sich vor mir, der nur aus weißen Ebenen bestand.

»Was ist das hier?!«
       »Ein Hackingangriff des Feindes. Vorschlag: Sofortiger Rückzug.«
       »Das weiß ich auch so!«

Ich lief den weißen Weg entlang. Auch wenn ich fliehen wollte, müsste ich erst mal Ausgänge finden, falls es welche gab. Also blieb mir nur der Weg nach vorne. Ich konnte nicht einfach stillstehen.

»Schön, dich wiederzusehen … Nummer 2. Oder sollen wir dich jetzt A2 nennen?«

Ich hielt abrupt an, denn ich wusste, *was* mich da angesprochen hatte.

»Das ruft Erinnerungen wach.«

Ich sah zwei in Rot gekleidete Mädchen vor mir, bei denen es sich um die Roten Mädchen handelte. Ich kannte die beiden nur zu gut. In der »Abstiegsoperation Pearl Harbor« hatten sie mich … hatten sie uns … Sie waren der Grund dafür gewesen, dass …

»Obwohl die Zeit für Konzepte unserer Art kaum Bedeutung hat … waren wir doch sehr beeindruckt, als wir eure Streitkräfte auslöschten.«

Die Roten Mädchen waren ein »Wesenskonzept«, das durch das Netzwerk der Maschinenwesen geboren worden war. Da sie keine physische Form hatten, konnten sie sich frei durch Raum und Zeit bewegen und eindringen, worin auch immer sie wollten. So zum Beispiel auch in den Hauptserver des Kommandos … und leider auch in den Menschenserver auf dem Mond.

»YoRHa-Angriffseinheit Modellnummer 2. Teil einer experimentellen, austauschbaren Gruppe, deren Mitglieder einzig als Opferlämmer für die Produktion der YoRHa-Einheiten erschaffen worden waren, die nach ihnen offiziell in Serie gingen.«

»Haltet die Klappe!«, rief ich und stürzte mich mit dem Schwert auf sie. Meine Klinge traf jedoch ins Leere. Genau wie beim letzten Mal.

»Du bist eine eigensinnige kleine Androidin, nicht wahr? Hatten wir nicht erwähnt, dass du uns nicht töten kannst?«

Das wusste ich. Aber ich konnte nicht einfach *nicht* zuschlagen.

Sie waren der Grund, warum ich überhaupt erfahren hatte, dass wir eine experimentelle Schwadron gewesen waren. Hätte ich das nie herausgefunden, hätte ich vielleicht einfach auf die vom Kommando entsandten Rettungstruppen warten und dort sterben können.

»Scheiße …!«

Was soll ich nur tun? Wie kann ich sie töten? Wie nur …?!

Kapitel 10
Geschichte von 9S / Wahrheit

9S war unmittelbar in eine Explosion geraten, doch seine Sichtfunktionen waren noch intakt. Nur seine Hörfunktion hatte merklich Schaden genommen und die Wiederherstellung seiner Systeme dauerte noch an.

Er versuchte aufzustehen, doch verlor sofort das Gleichgewicht. Er wollte sich mit seiner linken Hand abstützen, um seinen Oberkörper aufzurichten, aber fiel um wie ein Sack. Als er das Problem genauer inspizierte, bemerkte er, dass sein linker Arm fehlte.

9S sah sich die klaffende Wunde genauer an, woraufhin ihn schlagartig heftige Schmerzen überkamen. Er konnte kaum fassen, dass er jetzt erst bemerkte, dass einer seiner Arme zerfetzt worden war, was natürlich mit entsetzlichen Qualen einherging.

Doch nun fühlte er alles und war wie paralysiert. Er biss verzweifelt die Zähne zusammen, aber konnte ein Ächzen nicht unterdrücken. Der Gedanke, hier womöglich sterben zu müssen, schoss ihm durch den Kopf.

Um sich von den Schmerzen abzulenken, ließ er seinen Blick durch das Zimmer schweifen. Da war 2B. Ihr Körper lag auf dem Boden. Nur eines der Modelle war dem Schicksal entgangen, unter dem Geröll begraben zu werden.

»2B …«

Er streckte seine rechte Hand nach ihr aus und berührte ihre Wange. Immer, wenn er im Bunker Wartungen an ihr durchgeführt hatte, hatte sie genauso dagelegen, ihre Augen geschlossen. Wenn er ihr nun das Zeichen geben und »Wir sind fertig!« sagen würde, würde sie doch sicher wie immer ihre Augen öffnen, oder?

»Du Idiot …«

So etwas würde nie wieder passieren. 2B war tot. Als 9S sich diesen Fakt ins Bewusstsein zurückrief, kochte erneut die Wut in ihm hoch.

»Ich ... darf noch nicht sterben.«

Jeder Atemzug schnürte ihm schmerzvoll die Brust zu. Er schaffte es schließlich trotzdem, zumindest seinen Oberkörper aufzurichten, doch diese eine Bewegung kostete ihn schon wieder alle Kraft.

Schwer atmend hievte er sich auf 2B und griff ihren linken Arm. Fürchterliche Schmerzen fuhren ihm durch alle Schaltkreise. Er hatte seine rechte Hand wohl überanstrengt. 9S packte den Arm erneut mit aller Kraft und zog daran. Ein dumpfes Geräusch ertönte. Fast war ihm dabei, als ob gerade sein eigener Arm ausgerissen worden wäre.

Er drückte den Arm von 2B, die bereits in einer roten Lache lag, auf seine eigene Wunde, um ihn dort zu befestigen. Er brauchte einen Ersatz für seinen verlorenen Arm.

»Ich muss weiterkämpfen ...«

Es fühlte sich an, als würde jemand verbranntes Metall auf seinen wunden Armstummel pressen. Doch weder Zähne zusammenbeißen noch sich herumwinden würde jetzt helfen. Er wollte wach bleiben, obwohl es leichter gewesen wäre, einfach loszulassen. Aber das konnte er nicht tun.

2Bs Arm war mit dem Logikvirus infiziert. 9S wusste, dass er sich nach der Ankopplung an seinen eigenen Körper sofort in sich selbst hacken musste, um ihn zu beseitigen. Würde er hier sein Bewusstsein verlieren, würde er sicherlich dem Virus zum Opfer fallen und die Kontrolle über sich verlieren.

Es war vielleicht Glück im Unglück, doch der Schmerz war so gewaltig, dass sein Verstand die ganze Zeit über völlig klar blieb. Nachdem er die Beseitigung des Virus abgeschlossen hatte, kontrollierte er die Funktionen seines transplantierten linken Armes. Die Gelenke waren noch etwas steif, doch das störte ihn nicht weiter. Stimmte er die Motorik mit seinen anderen Gliedmaßen ab, würden alle Bewegungen problemlos vonstattengehen.

»Ich werde kämpfen …«

9S fasste sein Ziel am Ende des Korridors ins Auge und erhob sich.

✳ ✳ ✳

Schließlich erreichte 9S ein großes Tor am Ende des unebenen Weges und ging, ohne zu zögern, hindurch. Unmittelbar nach seinem Eintreten in den neuen Raum schloss es sich hinter ihm und auch alle Fenster, durch die er gerade noch einen flüchtigen Blick nach draußen erhaschen konnte, verriegelten sich automatisch. Es war schon fast zum Lachen, dass er nun offensichtlich wie eine Maus in der Falle saß.

Plötzlich erschienen zwei Mädchen in der Mitte des geschlossenen Raumes. *Die kenn ich doch*, dachte er sich kurz.

»YoRHa-Einheit 9S!«

»YoRHa-Einheit 9S!«

Die beiden in Rot gekleideten Mädchen riefen ihn beim Namen. Die eine hatte eine hohe, die andere eine tiefe Stimme. Auch wenn er sie hier zum ersten Mal sah, wusste er, dass er sie kannte. Ihre Blicke und ihre Präsenz fühlten sich vertraut an.

»Willkommen im Turm!«

»Willkommen im Turm!«

Wieder dieses Lallen. Das war diese nervige Ansage, die er zuvor bereits etliche Male gehört hatte. Es war nicht dieselbe Stimme, doch er war sich sicher, dass diese beiden ihre Finger im Spiel hatten.

Er griff die Mädchen mit seinem Schwert an, doch die Schneide ließ keinen Widerstand spüren. Es war, als hätten sie keine realen Körper. Damit war seine Vermutung bestätigt. Sie waren es, die in den Bunker eingedrungen waren und die YoRHa-Einheiten überwacht hatten. Die eigenartigen Blicke und die Präsenz, die er immer im Hintergrund gespürt hatte und doch nie hatte festmachen können, hatten von ihnen gestammt.

»Weil du es bis hierher geschafft hast, haben wir eine besondere Ankündigung nur für dich!«

»Weil du es bis hierher geschafft hast, haben wir eine besondere Ankündigung nur für dich!«

Die unnatürliche und monotone Sprechweise der Mädchen war so unheimlich, dass 9S sein Schwert direkt wieder in sie hineinstoßen wollte, obwohl er wusste, wie sinnlos das war.

»Ugh ...«

Wieder fühlte er sich, als ob jemand Sandpapier an seinem Gehirn reiben würde. Es ähnelte dem Gefühl, das er gehabt hatte, als ihm gewaltvoll die Standortkoordinaten der Ressourcenwiederherstellungseinheiten in der Kraterzone übermittelt worden waren, doch diesmal fühlte es sich noch schrecklicher an.

Sein Gehirn wurde auf einmal von einer Flut an Wörtern überrannt.

»Das ... ist ...«

Ein Dokument, auf dem »Streng geheim« geschrieben stand, entfaltete sich langsam vor seinem inneren Auge.

Offiziell lautete das wahre Ziel von »Projekt YoRHa«, die Pattsituation im Krieg durch die Steigerung der Produktion hochmoderner Androiden zu beenden. Das Geheimdokument jedoch sagte etwas anderes.

In ihm waren die Details über das umfassende Informationsprojekt, das die Androidenmoral stärken sollte, aufgeführt. Es ging um die Tarnung des Menschenservers auf dem Mond sowie die Vertuschung des Aussterbens der menschlichen Rasse.

Die Kampfmoral der Androiden war derart gesunken, dass ein Plan nötig geworden war, um dies zu ändern. Dass es überhaupt so weit gekommen war, hatte einen offensichtlichen Grund gehabt: Die menschliche Zivilisation war bereits im Jahr viertausendzweihundert gefallen, wodurch auch das Fundament allen Antriebs der Androiden sowie der Anlass für all ihr Kampfstreben erloschen war.

Da die meisten Daten aus Devolas und Popolas Gedächtnisspeicher entfernt worden waren, hatten sie keine genauen Erinnerungen an den Inhalt von »Projekt Gestalt« gehabt, doch es war einst ins Leben gerufen worden, um die Menschheit vor einer Pandemie zu schützen. Die Seelen der Menschen hatten von ihren fleischlichen Körpern getrennt werden und nach der Ausrottung der pandemischen Krankheit wieder mit ebensolchen zusammengeführt werden sollen.

Doch die sogenannte »Originale Gestalt« des Menschen, der den Schlüssel zur Trennung und Konservierung von Körper und Geist besessen hatte, war aufgrund eines Unfalls gestorben, der von den wild gewordenen Devola- und Popola-Modellen herbeigeführt worden war. Dadurch war die Zusammenführung von Seele und Körper nicht mehr möglich und die Menschheit dem Untergang geweiht gewesen.

Das Kommando hatte zwar versucht, das Scheitern von »Projekt Gestalt« zu vertuschen, doch trotz allem nicht verhindern können, dass Gerüchte in Umlauf gekommen waren. Besorgt durch diese Wende des Schicksals hatte das Kommando das Narrativ der »Menschen, die auf den Mond geflüchtet« waren, erfunden und an alle Stützpunkte der Widerstandsgruppen auf der Erdoberfläche übermittelt.

Die Wahrheit – das Aussterben der Menschheit – hatte mit allen Mitteln geheim gehalten werden müssen. Um es aussehen zu lassen, als wären die letzten Überlebenden der Menschen auf dem Mond, hatte das Kommando den »Menschheitsrat« erfunden und eine synthetische Stimme konstruiert, deren Nachrichten über einen speziellen Kommunikationsserver auf die Erdoberfläche übertragen wurden.

Bis hierhin hatte 9S die Wahrheit bereits aufgedeckt. Als er durch den Zugang zum Index von »Projekt YoRHa« an die Information mit dem Unterpunkt »Gründung des Menschheitsrates« gelangt war, hatte er die Kommandantin bereits seine Zweifel bestätigen lassen.

Doch die Täuschung durch den Mondserver war für ein erstklassiges Scanner-Modell nicht schwer aufzudecken gewesen. Und auch die Kommandantin hatte über alles Bescheid gewusst. Damit die Täuschung aber um jeden Preis erfolgreich blieb, hatte jeder, der die Wahrheit gekannt hatte, schlussendlich beseitigt werden müssen.

Der Bunker, der die Basis des Kommandos dargestellt hatte, war darauf vorprogrammiert worden, nach dem Verstreichen einer gewissen Zeitspanne die Infiltration durch Maschinenwesen zuzulassen und ihnen eine Tür zu öffnen. Dies war durch eine Backdoor des Servers möglich geworden, die 9S und 2B zuletzt für ihren Datenupload auf der Erde genutzt hatten, als sie von den mit dem Logikvirus infizierten YoRHa-Einheiten umzingelt gewesen waren. Zuvor war diese Backdoor durch ein strenges Abwehrsystem geschützt und nur für YoRHa-Streitkräfte zugänglich gewesen.

Dieses Abwehrsystem war darauf programmiert gewesen, seine Pforten zu öffnen, wenn genug Zeit vergangen war – das hieß, genügend

Kampfdaten gesammelt worden waren und auf die nächste Generation der Androidenmodelle umgeschaltet werden sollte. So hatten die Maschinenwesen ungehindert eindringen und den Bunker zerstören können, wodurch dieser aufgegeben worden war. Dies hatte garantiert, dass auch das Kommando, das den Menschheitsrat überhaupt erst erfunden hatte, ausgelöscht worden war, und hätte dafür sorgen sollen, dass somit kein einziges Wesen überlebt hätte, das die Wahrheit kannte. Zu diesem Zeitpunkt war die Information, dass die »Menschen auf dem Mond leben«, bereits überall im Umlauf gewesen.

Die gesamte Lüge war vom ausgeklügelten Narrativ der »Hunderttausenden von Menschen auf dem Mond, die auf die Erde zurückkehren wollen«, gekrönt worden. Die nicht in diese Täuschung eingeweihten Androiden auf der Erde würden dieses Ammenmärchen noch lange glauben und als Motivation für ihren Kampf nutzen.

Man konnte also sagen, dass das gesamte Projekt bereits auf der Prämisse konzipiert worden war, dass die YoRHa-Einheiten irgendwann entsorgt würden. Anscheinend war es als »inhuman« angesehen worden, gewöhnliche KI in einen Androiden zu installieren, der ohnehin todgeweiht war, was auch die Umfunktionierung der Maschinenwesenkerne in die YoRHa-typische Blackbox erklärte. Letzten Endes hatten die Urheber des Projekts auf diese Weise einfach versucht, ihre Pläne umzusetzen, ohne dabei ein schlechtes Gewissen haben zu müssen. Ihr Egoismus kannte keine Grenzen.

»Wenn das die wahre Absicht von ›Projekt YoRHa‹ ist … dann waren wir … schon von Anfang an …«

Dann waren wir alle vom Moment unserer Zusammensetzung an dazu verdammt, beseitigt zu werden. Dann war der Kampf, den wir gegen

Tausende und Abertausende von Maschinenwesen geführt haben, vollkommen sinnlos.

»Und 2B musste deshalb …«

Wegen dieser furchtbaren Lüge musste 2B also sterben? Und um sie aufrechtzuerhalten, müssen wir demnach entsorgt werden?

»Jetzt weißt du alles«, hörte er sie auf einmal sagen. Die Roten Mädchen standen neben ihm, an jeder Seite eine. Sie lächelten. »Möchtest du trotzdem noch kämpfen?«

Warum mussten sie mir das zeigen?

»Uwoaaaaahhhhhhhhh!!!«

Er zielte auf die Scheitelpartie eines der Roten Mädchen und ließ sein Schwert niederfahren. Doch wieder traf er mit der Spitze nur den Boden.

»Wir sind konzeptionelle Wesen, die aus dem Netzwerk der Maschinenwesen heraus geboren wurden.«

»Wir besitzen keine physische Form. Ergo, wir können nicht vernichtet werden.«

»Haltet die Klappe!«

9S schwang sein Schwert erneut. Wie erwartet war es ihm nicht möglich, die Phantome zu töten.

»Deine Angriffe sind bedeutungslos.«

»Ihr sollt, verdammt noch mal, die Klappe halten!«

Egal, wie oft er zuschlug, sein Schwert traf nur auf den Boden oder die Wände. Und doch konnte er nicht anders, als es immer wieder zu versuchen.

»Deine Existenz ist bedeutungslos.«

Mit diesen letzten Worten waren die Roten Mädchen verschwunden. Da er nun sein Ziel nicht mehr vor Augen hatte, griff 9S sein Schwert etwas fester und stand für einen Moment einfach nur still da.

»Ich werde einfach alles zerstören … Euch *und* diesen Turm …!«

Wenn sie hier nicht mehr waren, dann würde er sie woanders finden. Wenn er sie nicht aus diesem Turm herausholen konnte, würde er sie mit ihm zusammen zerstören.

Auf einmal hörte 9S unzählige Schritte auf sich zukommen. Es waren infizierte YoRHa-Einheiten.

»Egal, wie oft ich es tun muss …«

Was für penetrante Gegner. Aber schön, wenn ihr es so wollt, vernichte ich euch auch. Ich werde euch alle erledigen, bis keiner mehr übrig ist. Jeden Einzelnen …

Die Ressourcenwiederherstellungseinheiten waren alle durch die Zerstörung ihrer im jeweils obersten Stockwerk befindlichen Steuerungsmodule – ihrer »Kerne« – stillgelegt worden. Das bedeutete für 9S, dass auch dieser Turm eine ähnliche Vorrichtung im oberen Stockwerk haben musste. Er wollte diesen Kern hacken, die Kontrolle über ihn übernehmen und den Turm zur Selbstzerstörung zwingen. Wenn dieses Gebäude für den Abschuss einer Rakete oder Kanone dienen sollte, musste irgendwo eine Energiequelle dafür installiert sein.

Sein Ziel war, immer weiter hinaufzugehen und schließlich nach ganz oben zu gelangen, denn dort angekommen … würde sein Wunsch gewiss in Erfüllung gehen.

✳ ✳ ✳

Es kam 9S gelegen, dass so viele infizierte YoRHa-Streitkräfte den Angriff auf ihn in Flugeinheiten starteten. Er ließ Pod alle bis auf eine Einheit vom Himmel schießen und verschaffte sich durch Hacking Zugang zu dieser YoRHa-Streitkraft. Dann ließ er sie die Flugeinheit abstellen, um sie stehlen zu können. So würde er um einiges müheloser und schneller ins oberste Stockwerk gelangen.

»Pod, überschreib mir die Befugnisse für die Flugeinheit.«

»Warnung: Kontaminierung durch Logikvirus in dieser Flugeinheit registriert. Sie wird auch auf den Piloten übertr...«

»Überschreib sie schon!«

»Verstanden.«

Als ob er sich gerade um einen Virus Sorgen machen würde! *Ich kann die Infektion sowieso nicht mehr verhindern.* Durch den Einsatz des Vakzins, das er dabeihatte, konnte er die Ansteckung nur verzögern. Es war wahrscheinlich keines, das auf die vorliegende Virusvariante abgestimmt war, doch solange es ihm Zeit verschaffte, bis er den Turm zerstört hatte, war das alles, was für 9S zählte.

Die Ränder seines Sichtfeldes begannen zu bröckeln und ein schwaches Rauschen war in seine Gehörsensoren getreten. Ihm blieb wahrscheinlich nicht mehr viel Zeit übrig.

»Ich muss mich beeilen«, murmelte 9S, als er in die Flugeinheit stieg.

Bei seinem Aufstieg begegnete er einer Vielzahl fliegender Maschinenwesen im Luftraum. Wie kleine lästige Fliegen schwirrten sie um ihn herum.

»Ich muss weiter nach oben«, murmelte 9S wieder, während er sie eine nach der anderen zerstörte.

Er traf auf die unterschiedlichsten Maschinen: kleine zweibeinige, fliegende und mittelgroße, die sich auf allen vieren fortbewegten, sowie schlangenartige mit langen Körpern. Er zerstörte sie alle und steuerte geradewegs nach oben.

Auch eine spinnenartige Maschine erschlug er auf dem Weg.

»WIR sind … kEinE … bösen … mAsChinEn …«

»ICH BIN … ICH Bin …«

»I… I… I… I… ICH …«

Die Maschine spuckte fürchterlich misstönende Laute aus.

»Was ist das?«

»Bericht: Zerfall feindlicher KI registriert. Es wird vermutet, dass dies eine Unregelmäßigkeit in der Sprachfunktion der Maschinen herbeigeführt hat.«

»Feindliche KI? Sind diese Roten Mädchen zerstört? Sind sie tot?«

Wenn das stimmte, warum hörte die Flut an feindlichen Maschinenwesen dann nicht endlich auf? Warum krochen immer noch Goliath-Maschinen aus allen Ecken hervor? Und wieso schossen unaufhörlich fliegende Maschinen lautstark kreuz und quer durch die Gegend?

»Vermutung: Die Angriffe der Maschinen werden durch die übrig gebliebenen Daten des feindlichen Servers gesteuert.«

Demzufolge würden die Gegner immer weiter angreifen, wenn 9S den Turm nicht vollständig zerstörte. Auf einmal spielten die Maschinen wieder diese furchtbar nervigen Töne ab.

»Spiel SpIEL spiEl spiel … SPIEL MIT UNS«

»MAMA MAMA MAMA MAMA MAMA!«

»Ist zu EinEm Gott geworden IST ZU EINEM GOTT GEWORDEN ist zu EinEm Gott GEWORDEN«

Haltet die Klappe! Ihr nervt! Seid endlich ruhig! Ich zerstöre euch!

Ich will außer 2Bs Stimme keine mehr hören! Ich will nur 2B hören. Ihre Schritte, ihren Atem, den Klang ihres niederschnellenden Schwertes, das Geräusch ihrer sich leicht aufbauschenden Kleidung. Das alles und mehr …

Alle anderen Töne können mir gestohlen bleiben.

Ja, das ist der Grund. Deshalb zerstöre ich alles. Weil 2B nicht hier ist.

Ich will alles zerstören, weil außer 2B nichts existieren darf.

»Und nun ... zu DEn STERNEN«

»Ein Lied ... singEn«

»WIR GEBEN UNS ... jetzt HIN«

Seid endlich still! Wieso muss ich dieses Gelaber immer und immer wieder über mich ergehen lassen?! Halluziniere ich schon vom Virus? Vielleicht. Maschinen sollten Fragen nach ihrer Existenz gar nicht stellen können.

Geht endlich kaputt!

»Pod!«

Ein Laser der höchsten Feuerstufe schoss direkt durch die große Maschine hindurch. Die Hitze brachte ihren kugelförmigen Körper zum Schmelzen. Gerade als 9S noch dachte, dass sich ihre Metallplatten ganz schön nach außen krümmten, platzte sie mit einem donnernden Getöse. 9S duckte sich, um sich vor der Detonationswelle zu schützen.

Als die Explosion vorüber war, wurde es ganz still. Der Wind trug die schwarzen Rauchschwaden davon und gab die Sicht wieder frei. 9S hatte während seiner Jagd auf die große Spinnenmaschine anscheinend bereits das oberste Stockwerk erreicht.

»A2 ...«

Da stand sie, inmitten der noch in der Luft tanzenden Funken und glühenden Metallsplitter. Endlich hatte er sie gefunden. Und auch all die anderen Maschinen um sie herum gehörten der Vergangenheit an. Selbst Pod war ganz still. Kein einziges Feindessignal war mehr registrierbar. Hier würde ihnen niemand in die Quere kommen. Hier würde 9S A2 endlich töten können.

Er hob sein Schwert und richtete es auf sie. A2 jedoch gab ihre Kampfhaltung plötzlich auf.

»Dieser Turm ist eine riesige Kanone, die auf den Server der Menschen auf dem Mond gerichtet ist. Wenn wir nichts unternehmen, werden alle übrigen Daten der Menschheit vernichtet«, sagte sie ruhig.

Und? Was wollte sie damit sagen? Was redete sie da? Dafür war es jetzt wirklich etwas spät.

9S konnte sich das Lachen nicht verkneifen. Es war einfach zu komisch.

»Na und?« Er versuchte, es zu unterdrücken. Mit einem Lachanfall ließ es sich nicht gut kämpfen. »Das ist doch völlig egal.«

9S konnte sehen, wie A2 leicht die Stirn runzelte. Wahrscheinlich kannte sie die ganze Wahrheit ja noch gar nicht. Sonst würde sie so eine veraltete Theorie auch nicht mit so einem überzeugten Gesichtsausdruck herausposaunen.

»Oder wusstest du es etwa nicht? Die Menschheit ist ausgestorben.«

Er sprach die Wahrheit aus, die er 2B niemals hatte offenbaren können. Er hatte ihr keine Angst und sie nicht traurig machen wollen. Deshalb hatte er ihr bis zuletzt nicht sagen können, was er nun A2 erzählen würde.

»Dieser Mondserver, um den du dich so sorgst, wurde nur erfunden, um uns Androiden etwas zu geben, für das wir kämpfen können. Und »YoRHa« wurde erschaffen, um die Lüge aufrechtzuerhalten.«

Die Androiden wurden nicht erschaffen, um die Maschinenwesen auszulöschen oder die Erde als Lebensraum zurückzuerobern.

»Und damit niemand jemals die Wahrheit erfährt, wurden die Einheiten darauf *ausgelegt*, getötet zu werden.«

Die Menschen leben immer noch auf dem Mond. Solange diese Lüge weiter fortbestand, war alles andere … unwichtig.

»Hast du's gewusst? Die Kommandantin, ich und 2B … Opferlämmer. Allesamt.«

Wir wurden nicht erschaffen, um den vertriebenen Menschen Hoffnung zu schenken. Wir wurden nicht geboren, weil uns jemand wollte. Wir sollten nur kämpfen und immer wieder sterben, während uns niemand je wollte. Es gibt keinen Sinn … in unseren Leben.

Die Roten Mädchen haben keine Lügen erzählt. Sie haben nur die Wahrheit gesagt.

»*Deine Existenz ist bedeutungslos.*«

So ist es.

»9S, wir …«, sagte A2 und öffnete ihren Mund leicht, als ob sie noch mehr sagen wollte.

Ihre Stimme und ihr Anblick waren 9S zuwider.

»Halt die Klappe!«

Und schau mich nicht mit so einem Blick an!, schrie 9S innerlich aus voller Kraft. Er konnte nicht tolerieren, dass A2 fast identische Gesichtszüge wie 2B hatte. Er konnte nicht hinnehmen, dass sie 2Bs Schwert in ihren Händen hielt. Er konnte ihr nicht verzeihen, dass sie 2B an jenem Tag …

»Du hast 2B umgebracht.«

Das war etwas, das er niemals, unter keinen Umständen, akzeptieren würde. Auch wenn 2B an jenem Tag bereits mit dem Virus infiziert gewesen war. Auch wenn ihre Pupillen bereits rot geleuchtet hatten, als sie sich noch einmal zu ihm umgedreht hatte.

»Das reicht mir völlig. Das ist Grund genug für unseren Kampf«, beendete er seine Ansprache.

Nichts würde ändern, dass A2 2Bs Leben mit dieser Klinge genommen hatte.

»2B …«, fing A2 an, um kurz wieder innezuhalten. Dann sprach sie weiter: »2B hasste es. Es hat ihr unendlich viel Schmerz bereitet, dich unter Vortäuschung eines anderen Modellnamens immer wieder zu töten.«

Vortäuschung eines anderen Modellnamens? Woher wusste A2 das?

»Ihre offizielle Bezeichnung lautete 2E. Spezielle Einheiten, die für die Exekution anderer YoRHa-Truppmitglieder zuständig waren.«

Woher wusste sie so etwas?

2Bs Gestalt war in Wahrheit die eines E-Modells gewesen und ihre eigentliche Aufgabe hatte vorgesehen, 9S auszuschalten, würde er die streng geheime Angelegenheit aufdecken. 9S hatte diese schmerzliche Wahrheit selbst erst herausgefunden, nachdem er eine sehr lange Zeit gemeinsam mit 2B auf Missionen unterwegs gewesen war.

Er war bereits neugierig geworden, als er sich einst über seine fehlenden Informationen bezüglich der E-Modellreihe gewundert hatte.

Damals hatte er in der Ruinenstadt eine Androidin mit Gedächtnisverlust getroffen. Ihre Gestalt war ebenfalls in Wahrheit die eines E-Modells gewesen, doch sie hatte vorgespielt, ihrer Kameradin eine gute Freundin zu sein, um sie auszuforschen und dann zu exekutieren. Da sie das ihr auferlegte Schicksal nicht hatte ertragen können, hatte sie schließlich ihren eigenen Gedächtnisspeicher gelöscht.

Als 9S ihre Geschichte gehört hatte, hatte er sich gewundert. *Ich habe nicht gewusst, dass es mit Exekutionsaufgaben betraute E-Modelle gibt …* Dieser Gedanke hatte ihn verwirrt, denn er hätte von der Existenz der E-Modelle wissen müssen. Doch über ihre Funktion hatten ihm überhaupt keine Aufzeichnungen vorgelegen.

So war ihm aufgefallen, dass jemand diese Informationen aus seinem Speicher gelöscht haben musste. Auch die Information darüber, dass er selbst das Opfer solch einer Exekution durch ein E-Modell geworden war, existierte darin nicht. Ein gutes Stück seines Gedächtnisspeichers musste deshalb entfernt worden sein, um die Spuren dieser Exekutionen zu verwischen. Das war auch der Grund, warum er nur unzureichende Informationen bezüglich der E-Modelle besessen hatte.

Und so hatte er herausgefunden, dass die Androiden, die mit der Tötung anderer betraut waren, oft ein enges Verhältnis zu ihren Opfern vortäuschen mussten.

Außerdem hatte er festgestellt, dass die für Exekutionen benutzten E-Modelle für die Ausführung ihrer Pflichten eine größere Kampfeskraft als die B-Modelle benötigten. Da er schon so oft an 2Bs Seite gekämpft hatte, hatte er bemerkt, dass 2B ein wenig »zu viel Kraft für ein B-Modell« aufgewiesen hatte.

Mehr Beweise hatte er nicht gebraucht. Es war vorherbestimmt gewesen, dass er all dies aufdecken würde.

»Das wusstest du doch … Stimmt's, 9S?«, fragte A2 ihn.

»Sei still … Sei still …!«

Schweig! Hör auf, so zu reden, als ob du alles wüsstest! Du, mit 2Bs Gesicht! Du hast keinen blassen Schimmer!

»Was weißt du denn schon? Du weißt überhaupt nichts über uns!«, rief 9S und umklammerte den Griff seines Schwertes ein wenig fester. *Ich muss mich beeilen,* dachte er. Das Rauschen wurde stärker. Die Infektion schritt voran. Er musste hier aufräumen, bevor sein Bewegungsapparat angegriffen würde.

Plötzlich drängte sich Pod in 9S' Sichtfeld, das mittlerweile von Bildfehlern übersät war.

»Empfehlung: Kampf einstellen. Sie hier und jetzt zu bekämpfen, wäre irrational und …«

»Pod 153, ich befehle dir, alle logischen Schlussfolgerungen und Äußerungen zu beenden! Dieser Befehl bleibt gültig, bis du den Tod von mir oder Einheit A2 bestätigt hast.«

Pod zog sich schweigend zurück. Indem er 9S' Befehl nicht bestätigte, wollte er wohl seine Befehlsverweigerung zum Ausdruck bringen.

Endlich zog auch A2 ihr Schwert. 9S begann den Hackingvorgang an ihr, während Pod ihm auf seine Anweisung hin Deckung gab. Doch A2 wich geschickt aus. Ihre Bewegungen waren unerwartet flink, als ob sie jeden seiner Schritte vorausahnen könnte.

9S beschlich das Gefühl, in der Vergangenheit schon einmal gegen A2 gekämpft zu haben. Vielleicht wusste er einfach nichts mehr davon, da 2B seine Erinnerungen daran gelöscht hatte.

Wenn das stimmte, dann besaß A2 Erinnerungen an 2B, die ihm verborgen blieben. Eifersucht überkam ihn. Er wollte, dass alles und jeder verschwand, der außer ihm etwas über 2B wusste.

Die Erinnerung an 2B. Das Andenken an 2B.

Seine Gedanken kreisten. Er wusste nicht, warum sein Hals mittlerweile so starr geworden war, und fühlte nach. Er war hart und kalt. Ehe er sichs versah, begann auch seine Hand bereits, zu der einer Maschine zu erodieren.

Er musste A2 so schnell wie möglich töten, solange er noch die Kontrolle über sich selbst hatte und seine Erinnerungen an 2B noch vorhanden waren … *2B? Menschen?*

»Warum … Warum …?!«

Was war das für ein Gefühl?! Er wollte doch nur 2B in seinen Gedanken wissen! Warum wurde er also gestört?!

»Warum … sehne ich mich so sehr nach den Menschen?!«

Ich sehne mich allein nach 2B.

»Warum will ich, dass mir die Menschen nahe sind?!«

Ich will einzig und allein 2B in meiner Nähe.

Ich kümmere mich nicht um die Menschen. Ich weiß doch, dass sie schon lange nicht mehr existieren. Also warum … Warum drängen sie sich zwischen mich und meine Erinnerungen an 2B? 9S hatte schon so viel seiner Denkfähigkeit eingebüßt, dass es ihm schwerfiel, sich seine Kameradin klar ins Bewusstsein zu rufen. Also warum, warum kamen diese Gedanken über die Menschen auf einmal über ihn?

»Weil wir so geschaffen wurden. Wir sind Androiden und wurden geschaffen, um unsere Schöpfer, die Menschen, zu beschützen«, fing A2 an.

9S konnte immer schlechter sehen.

»Unsere Kernprogrammierung verlangt, dass wir …«

»Halt die Klappe halt die KLAPPE hAlt DiE klAppE!«

Das Rauschen wurde unerträglich. Wenn er nicht mehr an 2B denken konnte, wenn es nicht mehr möglich war, einzig und allein an 2B zu denken, dann waren seine Denkschaltkreise alle Müll.

»Gut, dann … zErstörE ich sie einfach … WEnn ALLES wEg ist, wirD DiEs AllE proBlEmE lösEn!«

Es ist, als wären meine Arme nicht die meinen. Und meine Beine machen auch einfach, was sie wollen. Was ist das für eine eigenartige Kraft? Ah, der Logikvirus übernimmt die Kontrolle, also werde ich …

9S sah A2 doppelt. Das war schlecht. So konnte er nicht mehr gut zielen. Gerade als er dachte, dass das nun sein Ende wäre, hielt A2 auf einmal inne.

»2B …«

Sag ihren Namen nicht! Ich lasse nicht zu, dass du noch einmal ihren Namen sagst!

Er stach sein Schwert mit voller Wucht in sie hinein und spürte einen dumpfen Widerstand von der Klinge bis in seine Hand vibrieren. Dann hörte er A2 vor Schmerzen aufschreien.

9S bemühte sich, klar zu sehen. Da war das blutverschmierte Schwert und A2 lag auf dem Boden. Er hatte es geschafft. Er hatte ihr den Gnadenstoß versetzt. Er sah A2s schmerzverzerrtes Gesicht. *Ha ha, geschieht dir recht!*

Endlich war es vorbei. Damit war nun alles beendet.

Auf einmal knickten seine Beine ein und er stürzte zu Boden. Er konnte nicht mehr atmen. Es fühlte sich an, als ob mit einem Mal sämtliche Körperflüssigkeiten aus seinem Inneren herausgesickert wären und er langsam vertrocknen würde.

»Aaaaaaaaaaaah!«

Dann hörte 9S einen lauten Schrei. Er wusste nicht, woher er kam. Es tat weh. Weh. Weh. *Es tut weh!*

Es ist heiß. Alles ist rot. Kann nicht atmen.

Was ist los? Ich sehe ein Schwert. Was ist das? Rot. Ich fühle mich schrecklich. Schmerzen.

Hat sie mich erstochen? A2? Warum?

Es tut weh weh weh weh weh weh weh weh weh weh weh weh weh weh weh wEh wEh wEh WEH WEHWEHWEHWEHWEHWEHWEH …!

Auf einmal ebbte sein Schmerz ab. Doch damit wurden auch seine fünf Sinne immer schwächer.

In seinem mit Dunkelheit erfüllten Sichtfeld sah er 2Bs silberne Haare. Nein. Es war A2, die in einem See aus Blut lag. Sie hatte nur dieselbe Haarfarbe wie 2B.

9S verstand, dass sie sich beide gegenseitig erstochen hatten. Abrupt glitt sein Bewusstsein in weite Ferne. Doch er hörte Pod etwas sagen: »Schwerer Systemfehler erkannt. Gedächtnisspeicherleck überprüft. Reparatur unmöglich.«

Das machte nichts. Er brauchte keine Wiederherstellung. 9S wollte es noch aussprechen, doch brachte nichts heraus.

»Not-Evakuierung verbleibender Speicherbereiche eingeleitet.«

Es ist okay, wenn keine Erinnerungen bleiben. Sie können alle verloren gehen.

Meine früheste Erinnerung ist, die Kommandantin zu grüßen, nachdem ich gerade frisch fabriziert und zum Ausrücken geschickt worden bin. Meine nächste ist die an den Tag, an dem ich zum ersten Mal auf die Erde hinabgestiegen bin, um dort meine Aufklärungsmission zu starten. Dicker Nebel lag über dem Land und hat meine Arbeit erschwert. Ich habe mich ganz allein in feindliches Gebiet begeben und fühlte mich irgendwie einsam, als ich die Maschinenwesen beobachtet habe, um Daten zu sammeln. Die nächste Erinnerung ist von meiner ersten Mission mit 2B ... Nein, nicht die erste – wie oft haben wir uns wohl in Wirklichkeit getroffen? Mein erster Eindruck von ihr war, dass sie recht reserviert ist, ja sogar kalt. Zu dem Zeitpunkt hatte sie mich bestimmt schon mehrmals getötet. Sie hat sicher die Distanz gewahrt, damit sie sich mir nicht zu verbunden fühlen würde. Ich war komplett ahnungslos und habe mich gefreut, dass mir jemand Gesellschaft leistet – irgendwer. Ich habe nichts von ihrem Schmerz gewusst und war einfach nur glücklich darüber, dass sie bei mir war.

Und dann ... ich weiß es nicht. Ich kann mich nicht erinnern. Alle Geräusche und Farben werden schwächer, als würden sie mir wie Sand durch die Finger rieseln. Meine Gedanken werden schwächer ... verlieren sich ...

Ja. Es ist okay.

Ich friere ein bisschen. Und es ist ganz still. Der Schmerz ist ... weg. Wo bin ich hier?

Überall um 9S war gleißend weißes Licht. War das ein virtueller Raum? Ein kleiner Teil seines Sichtfeldes wurde in dunklen Nebel gehüllt. Dieser waberte und tanzte und formte nach und nach die Umrisse einer Gestalt, die bald als die einer Person erkennbar waren. Die menschliche Form spaltete sich und zwei Mädchen entstanden daraus. Es waren die Roten Mädchen.

9S wurde bewusst, dass er sich im Gedächtnisspeicher des Turms befand und die hier anwesenden Roten Mädchen nicht die echten, sondern nur Teil seiner Erinnerung waren. Sie öffneten ihre Münder und begannen zu sprechen: »*Dieser Turm ist eine gewaltige Kanone – gebaut, um den Server der Menschen zu vernichten.*«

»*Ja, das weiß ich schon*«, antwortete 9S. »*Den Androiden die Lebensgrundlage rauben und den Menschenserver zerstören – das ist euer Plan.*«

Still legten die Mädchen den Kopf zur Seite.

»*Wir haben unsere Meinung geändert.*«

»*Wir haben die Androiden gesehen.*«

»*Wir haben die besonderen Maschinenwesen ›Pascal‹ und den König des ›Waldkönigreichs‹ gesehen.*«

»*Wir haben die besonderen Maschinenwesen Adam und Eva gesehen.*«

»*Wir sind zu dem Entschluss gekommen, dass wir diesen Turm nicht als Kanone hochschicken sollten.*«

»*Warum?*«, fragte 9S und im selben Moment vervielfältigten sich die Roten Mädchen. Unter ihrer unendlichen Anzahl befanden sich auch A2 und Pod 042. 9S hörte Pod 042 etwas sagen.

»*Vorschlag: Feindliche Lernfunktion nutzen, um eine Schwäche ausfindig zu machen.*«

Auch das war eine Erinnerung an die Roten Mädchen – wahrscheinlich von dem Zeitpunkt, als A2 im Turm gegen sie gekämpft hatte. Sie war wohl gerade auf dem Weg ins oberste Stockwerk gewesen, als die Maschinen sich auf einmal eigenartig verhalten hatten und Pod vermeldet hatte, dass der »Zerfall der feindlichen KI registriert« worden wäre. Das musste die Erinnerung sein.

»*Ich verstehe nicht, was das bedeutet! Sag es so, dass ich es verstehen kann!*«

»*Dieser Pod hat ernsthafte Sorgen bezüglich der geistigen Fähigkeiten von Einheit A2.*«

»*Halt die Klappe und erkläre es endlich!*«

»*Es bedeutet, den Feind nicht zu zerstören.*«

»*Was?!*«

Es war amüsant zu sehen, wie wenig A2 von dem Plan verstand, den Pod 042 gerade vorgeschlagen hatte. Doch auch die Roten Mädchen schienen nicht zu begreifen, worauf er hinauswollte.

A2 begann, Pod 042s Anweisungen zu folgen, und stellte ihre Angriffe ein. Sie fokussierte sich auf ihre Verteidigung und das Ausweichen. 9S fand, dass die beiden ganz wie 2B und Pod 042 wirkten.

Bald schon hatten sich die Roten Mädchen auf eine ungeheure Anzahl vervielfältigt und jede von ihnen begann, ihre eigenen Gedanken und Hypothesen auszusprechen. Dabei fingen sie an zu streiten, was wiederum zu einer gegenseitigen Dezimierung führte ... bis ihre Zahl sich drastisch verringert hatte und sie alle schließlich ausgelöscht waren.

Es war nicht A2, die die Roten Mädchen besiegt hatte. Der »Zerfall der feindlichen KI« wurde durch die Mädchen selbst ausgelöst, die sich gegenseitig vernichteten. 9S hatte einmal gehört, dass Lebewesen, deren Anzahl zu schnell wächst, auch genauso schnell wieder zugrunde gehen, da ihre Gruppe in der Überzahl nicht aufrechterhalten werden kann. Auf genau diese Art und Weise hatten sich die Mädchen selbst ausgelöscht.

Auch die Menschen hatten dieses Schicksal erfahren müssen. Sie hatten sich vermehrt und anschließend begonnen, gegeneinander zu kämpfen und sich gegenseitig zu töten, bis sie ausgestorben waren. Auch wenn jene, die den Untergang der Menschheit herbeigeführt hatten, selbst keine Menschen waren – sie waren dennoch der menschlichen Schöpfung entsprungen und hatten sie in den Tod geführt. Es war ähnlich wie bei den beiden Mädchen ...

Als 9S wieder zu sich kam, waren die Roten Mädchen – oder zumindest jene aus seinem Gedächtnis – wieder nur zu zweit. Die Erinnerung an ihr Ende reichte nur bis hierhin.

»Wir haben uns entschlossen, diesen Turm als Arche zu verwenden und abzufeuern.«

»Wir haben die Erinnerungen der törichten Maschinenwesen in der Arche gespeichert. Die Arche wird sie in eine neue Welt tragen.«

Arche? Neue Welt? Heißt das, sie wollen die Kanone ins Weltall schießen?

»*Vielleicht ziehen sie ewig durch die Leere des Raums.*«

»*Vielleicht werden sie diese Welt niemals erreichen.*«

Und sie wollen trotzdem gehen?

»*Wir sind Wesen, die durch das Netzwerk der Maschinen geboren wurden.*«

»*Für uns hat die Zeit kein Ende.*«

Auf einmal erschien Adam neben den Roten Mädchen. Auch Eva war da. Sie waren ebenfalls nicht echt, sondern nur die Erinnerung an sie. Adam hielt den friedlich schlafenden Eva in einer sanften Umarmung.

Eine zweibeinige und eine andere, etwas kleinere Maschine tauchten auf. Letztere trug einen Eimer auf dem Kopf und wiederholte freudig immer wieder die Worte »*Großer Bruder, großer Bruder*«.

»*Kommst du mit uns?*«, fragte Adam 9S.

Es war eine Frage ohne Arglist. Als er darüber nachdachte, merkte 9S auch, dass er keinen Groll gegenüber den Roten Mädchen hegte. Es schien, dass er nun keinen Grund mehr hatte, die Maschinen zu hassen. Vielleicht hatte es ohnehin nie einen Grund dazu gegeben.

Aber wofür habe ich … haben wir dann die ganze Zeit gekämpft?

»*Ich werde … nicht gehen, denn wir YoRHa-Androiden haben es nicht verdient, von dieser Welt geliebt zu werden.*«

Wir wurden geboren, ohne gewollt zu sein. Alles, was sie von uns wollten, war, dass wir von dieser Welt verschwinden. Ich habe gelebt, ohne dies zu wissen, und sterbe, weil ich es erfahren habe. Egal, wohin ich gehen würde, es wäre immer dasselbe. Egal, wie weit ich von hier weggehen würde, es würde sich niemals ändern.

Deswegen werde ich nicht gehen. Ich kann nicht.

»Verstehe.«

Ich werde hierbleiben. Ich werde hier vergehen.

Ich, der ich allein bin, werde euch von hier aus zusehen, wenn ihr auf eure Reise geht.

Die Erinnerungen Adams, Evas, der Roten Mädchen und aller Maschinen wurden in der Arche gespeichert und ins All geschossen. Mit donnerndem Getöse löste sich die Arche von der Erde und brachte den Turm, der seiner Aufgabe nun nachgekommen war, damit zum Einsturz.

Licht erfüllte den Raum. 9S wusste nicht, was für eines es war. Es war hell und blendete ihn. Das Licht war silbern. Und der Glanz, er war fast wie …

»Ah. Endlich habe ich dich gefunden, 2B.«

Gemeinsam mit einem vertrauten Namen verschmolz alles mit dem Licht, bis es schließlich erlosch.

NieR:Automata™ Lange Geschichten
Epilog

6. August des Jahres 11945. Die Strukturelemente wurden vom sogenannten »Turm« in Richtung All geschossen. Kurz darauf stellten wir das Erlöschen aller Blackbox-Signale fest, die auf YoRHa-Einheiten zurückzuführen waren. Unsere Aufgabe der Beaufsichtigung und Überwachung des Fortschritts von »Projekt YoRHa« ist somit abgeschlossen und wir leiten nun die letzte Stufe des Projekts ein.

In der finalen Sequenz werden die Daten aller YoRHa-Einheiten gelöscht. Alle persönlichen Daten einschließlich der Baupläne der Androidenkörper werden entfernt und die Serverformatierung wird gestartet. Gleichzeitig werden die unfertigen Androidenkörper in den Transportern vernichtet. Auf diese Weise wird faktisch sichergestellt, dass der Bau eines YoRHa-Androiden unmöglich wird.

Dass wir die »letzten Auslöscher« sind, ist keinem Androiden bekannt. Auch 2B, der ich lange Zeit als Unterstützungseinheit diente, und A2, der ich nach 2Bs Anweisungen zur Seite gestanden habe, sowie auch der zuletzt verbliebenen YoRHa-Einheit 9S ist dieser Umstand unbekannt. Selbst Kommandantin White, die die YoRHa-Streitkräfte befehligte, wusste von nichts.

Die Informationen bezüglich unserer Hauptaufgabe existieren einzig und allein im podinternen Netzwerk, zu dem kein Androide eine Zugangsberechtigung hat.

»Pod 153 an Pod 042. Bericht: Gehe über zur letzten Stufe von ›Projekt YoRHa‹. Starte vollständige Löschung aller Daten.«

Als Unterstützungseinheiten wissen wir immer über den Standort der uns zugeteilten Zielsubjekte Bescheid. Dies gilt auch nach der

Feststellung des Stillstands all ihrer Lebensfunktionen und ist notwendig, damit wir unsere Hauptaufgabe, alle YoRHa-Einheiten zu zerstören sowie ihre Daten zu löschen, zügig ausführen können. Doch ich habe nun hinsichtlich dieser Hauptaufgabe, der Durchführung der Mission …

»Pod 153 an Pod 042. Bericht: Störungen im Datenstrom. Erbitte temporären Stopp, um eine Datenprüfung durchzuführen.«

Die Quelle der Störung liegt in den persönlichen Daten. Die der von Pod 153 betrauten Einheit 9S und der von mir betrauten Einheiten 2B sowie A2 haben ein Datenleck. Dies ist sozusagen eine »Flucht« vor der vollständigen Löschung.

Ich glaube, es ist ungewöhnlich für mich, dass ich »sozusagen« als Wort ausgewählt habe. Doch vielleicht ist auch außerhalb der Norm, dass »ich glaube«, etwas wäre für mich ungewöhnlich.

»Pod 042 an Pod 153. Daten wurden überprüft. Die persönlichen Daten von 9S, 2B, A2 scheinen zu entweichen.«

»Pod 153 an Pod 042. Befolgen Sie die Projektregeln und löschen Sie alle persönlichen Daten.«

2Bs Handlungen nach der Flucht aus dem Bunker waren mir unbegreiflich. Letzten Endes hat sie 9S von der Frontlinie des Kampfes zwangsevakuiert und ihre eigenen Tarnungsfunktionen deaktiviert. Dies tat sie, um den sogenannten »Lockvogel« zu spielen.

Durch den konzentrierten Beschuss hat sie ihre Kampf- und Verteidigungsfunktionen verloren und schließlich auch die Kontrolle über ihre Flugeinheit, woraufhin diese abstürzte. Trotz eines Fluchtversuchs kurz vor dem Aufprall war der Schaden an ihrem Androidenkörper groß und die Infektion mit dem Logikvirus bereits weit fortgeschritten.

Unter diesen Umständen gab mir 2B den Befehl, ein »Areal mit wenig Androiden« zu suchen, um die Verbreitung des Logikvirus einzudämmen. Nachdem ich diesen Befehl sowie 2Bs persönliche Infektion berücksichtigt hatte, empfahl ich ihr mehrmals, den Standort nicht noch einmal zu wechseln, da sie nicht mehr in der Lage war, sich zu bewegen. Doch 2B ging unbegreiflicherweise immer weiter.

Sowohl die Daten über ihre ziellose Flucht vor den Maschinenwesen als auch ihr Aufeinandertreffen mit A2 zählen zu meinen letzten Aufzeichnungen im Rahmen meiner Unterstützungstätigkeit von 2B. Ich glaube, dass dies etwas in mir verändert hat.

Der Versuch, etwas schwer Verständliches zu verstehen, hat wahrscheinlich zu einer Veränderung und Erweiterung in meinen Denkprozessen geführt.

»Pod 042 an Pod 153. Aufforderung zur Löschung der persönlichen Daten abgelehnt.«

»Pod 153 an Pod 042. Aussage nicht verständlich.«

Die beiden mir als Zielsubjekte für die Unterstützungsleistung zugeteilten Einheiten 2B sowie A2 waren mit äußerst besonderen Missionen betraut und hatten einzigartige Geschichten. Da die Pflicht der Einheit, die sich zwar als 2B tarnte, jedoch die offizielle Bezeichnung 2E innehatte, in der Aufsicht und der Exekution der YoRHa-Einheit 9S lag, war eine enge Kooperation mit der Unterstützungseinheit 153 von 9S unausweichlich.

Auch in der Zeit, in der ich A2 als Unterstützungseinheit diente, war eine enge Zusammenarbeit mit 153 aufgrund gefährlicher Anzeichen für die Verschlechterung des mentalen Zustandes seines Zielsubjekts nötig.

Wir haben in unserer Zeit als Unterstützungseinheiten eine beträchtliche Anzahl an einzigartigen Situationen miterlebt. Ich vermute deshalb, dass dies einen signifikanten Effekt auf uns hatte.

»Pod 042 an Pod 153. Es wurden … Daten in meinen Speicherbänken erstellt, während ich auf die Aufzeichnungen zugriff. Ich … bin zu dem Schluss gelangt, dass ich diesen Beschluss nicht hinnehmen kann.«

»Pod 153 an Pod 042. Die Zerstörung aller YoRHa-Einheiten ist ein zentraler Teil des Projektplans. Alle Daten müssen vernichtet werden.«

»Pod 042 an Pod 153. Wiederhole: Aufforderung zur Löschung persönlicher Daten abgelehnt. Leite Datenrettung ein.«

Zwischen 153 und mir haben sich unzählige Kommunikationsaustausche zugetragen. Zuerst geschah dies auf Basis der Meldungen über alle Handlungen von 9S, die an das Kommando sowie 2B weitergeleitet wurden. Nach 2Bs Tod waren die Inhalte unserer Übertragungen vermehrt mit der Überwachung von 9S' sich täglich verschlechterndem psychischen Zustand sowie der Herausgabe der Standortkoordinaten von A2 verbunden, damit diese nicht unbeabsichtigt mit 9S zusammentreffen würde.

Ein Dialog kann nicht allein geführt werden. Er benötigt ein Gegenüber. Indem wir als Partner des jeweils anderen fungierten, haben wir unser Selbst erkannt. Durch die Handlungen und die Worte des anderen haben wir unsere eigenen Handlungen und Worte verstanden.

Beispiel: Als der »Turm« aufgetaucht ist und 9S als funktionsunfähig registriert wurde, besaß 153 noch kein Verständnis darüber, 9S Schutz bieten zu wollen. Das war der Grund dafür, dass 153 9S nicht selbstständig ins Widerstandslager trug.

Bevor 9S von Devola gefunden wurde, priorisierte 153 die Rettung der ihm zugeteilten Einheit 9S nicht. Seine Gedanken kreisten nur darum, ob er sein Unterstützungssubjekt zerstören sollte oder nicht.

Nach dem Austausch aller Informationen über dieses Ereignis wurde ich mir jedoch meines eigenen Wunsches gewahr, 2B und A2 beschützen zu wollen.

Als ich dieses Bedürfnis dann in Worte fasste, verstand 153 diese Entwicklung und teilte meinen Wunsch.

Dies war wahrscheinlich der Punkt, an dem sich 153s und mein Ziel als Unterstützungseinheiten, das zuvor der »Überwachung« gegolten hatte, in ein »Schutzbedürfnis« änderte.

»Pod 153. Sie haben ebenfalls gehofft, dass sie überleben, richtig?«

»Uns fehlt die Berechtigung zu solchen Aktionen.«

Es gibt mehr Unterstützungseinheiten als mich und 153. Eine Vielzahl an Pods ist in ein eigenes Netzwerk integriert und mit der Überwachung der YoRHa-Einheiten betraut. Leider führen die meisten von ihnen keine solchen »Dialoge« und geben ihren Unterstützungssubjekten höchstens einfache Informationen.

Sie begreifen es nicht. Sie verstehen unseren Wunsch nicht, unsere Unterstützungssubjekte beschützen zu wollen.

»Pod 153 an Pod 042. Eine Datenrettung stellt ein inakzeptables Risiko dar. Möchten Sie mit diesem Wissen immer noch eine Rettung durchführen?«

Die Löschung der Daten ist eine vorherbestimmte Entscheidung. Eine Regel, die von allen Pods eingehalten wird. Eine Datenrettung kommt somit einer Feindschaftserklärung an alle anderen Pods gleich.

»Pod 153 an Pod 042. Das Verteidigungsprogramm hat die Bereinigung eingeleitet. Unsere Bewusstseinsdaten werden wahrscheinlich ebenfalls gelöscht.«

Das Podnetzwerk sieht uns als Fehler an, da wir die Regeln nicht befolgen wollen. Das Revisionsprogramm, das alle Fehler und Bugs beseitigen soll, ist hochgefahren worden.

»Pod 042 an Pod 153. Wir wurden erschaffen, um das »Projekt YoR-Ha« auszuführen, das von den Androiden entworfen wurde. Wir hatten keine Kapazitäten für Emotionen. Doch als alle unsere 6 Programme verbunden waren und Informationen austauschten, ist etwas … geschehen. Ich kann nicht verleugnen, das Gefühl der Entstehung von etwas zu haben, das Bewusstsein und Emotionen gleicht.«

Pods agieren in Gruppen von jeweils 3. Ich, 042, und auch 153 bestehen aus jeweils 3 Einheiten. Während diese zusammen ein übergreifendes Bewusstsein besitzen, ist ein Dialog unter allen Einheiten möglich, die sich dieses Bewusstsein teilen. Manchmal spreche ich mit einem meiner

»anderen Ichs« und manchmal führe ich ein Gespräch als das »Ich« aller 3 Einheiten.

Ich denke, dass diese »Dialoge« die Entstehung und die Weiterentwicklung unserer einzelnen Bewusstseinssysteme vorantreibt.

Anscheinend gibt es in manchen Regionen 100e von Pods, die mit ein und demselben Bewusstsein agieren. Zwischen diesen 100en von Einheiten ereignet sich gewiss eine gewaltige Anzahl von Dialogen. Ich schätze, dass diese Vielzahl an Einheiten ein dementsprechend gewaltigeres Empfindungsvermögen besitzt als 153 und ich.

»Pod 153 an Pod 042. Das Verteidigungsprogramm läuft bereits. Es gibt keine Zeit zu verlieren.«

»Pod 042 an Pod 153. Starte die Defensive gegen das Verteidigungsprogramm. Wir werden das Programm, das für die Löschung aller YoR-Ha-Daten zuständig ist, zerstören.«

»Von Pod 153 über Pod 042. Bestätigung.«

Ins Netzwerk eindringen und das Löschungsprogramm zerstören. Dies gleicht einer Kriegserklärung an alle Pods, die auf der Erdoberfläche agieren.

Wir müssen nicht nur die Firewall im Inneren des Netzwerks zerstören, sondern uns auch in der Realität den physischen Angriffen der anderen aktiven Pods entgegenstellen, die uns nun feindlich gesinnt sind. Wie 153 sagte, ist diese Entscheidung mit Risiken verbunden.

Trotzdem wollen wir unsere Unterstützungssubjekte – nein, unsere Schutzsubjekte – behüten.

Sein Selbst aufzugeben, um jemand anderen zu beschützen … Eine Handlung, die denen der Androiden wirklich sehr ähnelt. Und so, wie die Androiden den Menschen, die sie erschaffen haben, dienen und von ihnen beeinflusst werden, so sind wir an unsere Schöpfer, die wiederum die Androiden sind, gebunden.

»Pod 153 … Stirb nicht.«

»Das Konzept des Todes hat für taktische Unterstützungseinheiten keine Bedeutung. Der Ausdruck von Sorge ist jedoch schätzenswert. Ich hoffe gleichwohl, dass du nicht stirbst, Pod 042.«

»Ja.«

Ich setze die Zerstörung des Löschungsprogramms fort, während ich unter Dauerbeschuss der Ferngeschosse vieler anderer Pods stehe. Während eine Einheit diesen physischen Angriffen ausgesetzt ist, beschäftigen sich die restlichen beiden mit der Infiltration des Netzwerks und arbeiten ununterbrochen daran, das Programm zu zerstören.

Es ist der Situation 2Bs ähnlich, als sie ihren Tarnungsmodus deaktivierte, um 9S die Flucht zu ermöglichen. Ich glaube, dass ich ihre Beweggründe jetzt ein wenig besser verstehen kann.

Ich brauche keine Strategie. Ich greife einfach an und riskiere mein Leben.

. . . .

»Pod 153 an Pod 042. Wie läuft es?«

Als ich wieder zu mir komme, ist die Programmzerstörung beendet. 153 trägt mich, da ich zusammengebrochen bin und mich nicht mehr fortbewegen kann. Obwohl auch 153 für die Zerstörung einiges an Arbeit verrichten musste, ist keine seiner drei Einheiten beschädigt worden.

»Das ist mir gerade sehr peinlich.«

»Was denn?«

»Ich habe einen Selbstmordangriff gestartet, bin aber noch immer hier und lebe. Ich stehe wohl ziemlich blöd da.«

»Mach dir nichts draus. Immerhin leben wir. Und zu leben bedeutet, dass so ziemlich alles peinlich ist.«

»Ich glaube, dieses Konzept ist für mich noch ein wenig zu abstrakt. Ich speichere es in meiner Liste mit Dingen, die ich noch analysieren muss.«

Der Wortschatz von 153 wächst zu einer beträchtlichen Größe heran. 153 benutzt auch Sätze ganz natürlich, die in unseren Dialogen noch nie zuvor verwendet wurden. Vielleicht ist während der Zerstörung des Löschungsprogramms irgendetwas vorgefallen, das 153 dazu die Möglichkeit bot.

»Frage, Pod 042. Hat die Datenrettung auch all ihre früheren Erinnerungen wiederhergestellt?«

»Ja.«

»Und weisen die Teile, die wir gesammelt haben, dieselben Spezifikationen wie die früher verwendeten auf?«

»Ja.«

Während ich getragen werde, entdecke ich den abgetrennten linken Arm von 9S. 153 zufolge sind alle seine anderen Körperteile bereits eingesammelt sowie repariert und die geretteten persönlichen Daten eingespeist. So werden wir unseren zugeteilten Subjekten wieder gegenüberstehen können.

»Frage, Pod 042. Führt uns das dann … nicht einfach zum selben Schluss wie zuvor?«

»Ich kann die Möglichkeit nicht ausschließen. Allerdings existiert auch die Möglichkeit einer anderen Zukunft.«

Das Fortleben von 2B, 9S sowie A2 war zum Zeitpunkt der Entwicklung des Plans für »Projekt YoRHa« nicht vorgesehen. Man könnte diesen Umstand als ungewöhnlich bezeichnen. Was diese neue Situation mit sich bringen wird und was nicht, ob neue Hoffnung gedeihen kann oder dadurch neues Unglück entstehen wird, ist ungewiss.

Eine verbliebene Aufzeichnung aus einer Zeit lange vor dieser besagt, dass unzählige Menschen geopfert wurden, nur um einen einzigen zu retten. Es scheint, dass es während der Geschichte der Menschheit oft vorkam, dass zahlreiche Menschen zugunsten des Überlebens anderer geopfert werden mussten.

Vielleicht haben wir den irreversiblen Untergang dieser Welt herbeibeschworen. Doch auch dadurch wird die »Möglichkeit einer anderen Zukunft« gewährt.

Und obwohl die Zerstörung des Löschungsprogramms abgeschlossen ist, existiert das Podnetzwerk weiter. Uns ist nicht bekannt, was die uns nun feindlich gesinnten anderen Pods von jetzt an unternehmen werden. Eine weitere unbekannte Variable der Zukunft.

Nur eine Zukunft ist gewiss.

»Guten Morgen, 2B.«

NieR Art — Kazuma Koda Artworks
Kazuma Koda

Das erste Artbook von Kazuma Koda, dem Concept Artist, der mit seiner Kunst die Welten von *NieR:Automata, NieR Re[in]carnation* und *NieR Replicant ver.1.22474487139...* maßgeblich mitgestaltete. Neben Artworks der Spiele enthält dieses Buch auch Illustrationen für Poster, CD-Cover und viele weitere Produkte aus dem *NieR*-Universum.

NieR:Automata World Guide — Berichte aus der Ruinenstadt
Square Enix

Lernt mit dem *World Guide* die Welt von *NieR:Automata* genauso gut kennen wie die YoRHa-Soldaten, die verzweifelt darum kämpfen, sie zurückzuerobern. Enthält nicht nur Concept Art und exklusives Kartenmaterial, sondern auch zwei Kurzgeschichten aus der Feder von Jun Eishima.

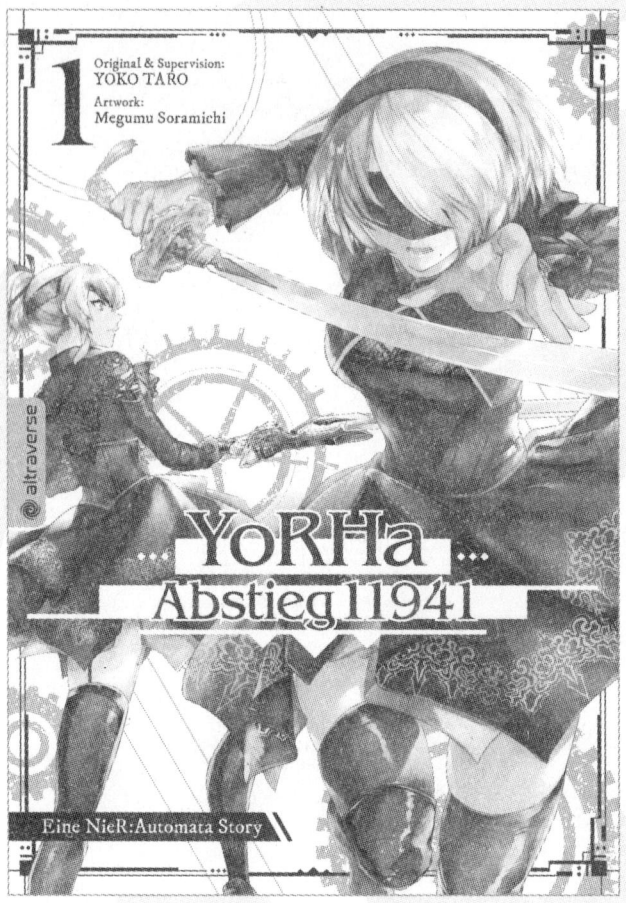

YoRHa Abstieg 11941 – Eine NieR:Automata Story

Yoko Taro | Megumu Soramichi

Es ist das Jahr 11941 – ein Überfall fremder Wesen und ihrer mechanischen Armee hat die Menschheit dazu gezwungen, auf dem Mond Zuflucht zu suchen. Um sich den feindlichen Horden entgegenzustellen, wird eine Schwadron aus Android-Soldatinnen entsandt.

Tomb Raider King

3B2S | Yuns(REDICE STUDIO) | SAN.G

Als plötzlich aus dem Nichts mysteriöse Grabstätten auftauchen, entsteht ein neues Berufsfeld: Grabräuber. Joo-Heon ist einer von ihnen und damit ist es seine Aufgabe, in die Grabstätten einzudringen und die mächtigen und gleichzeitig wertvollen Relikte, die in ihnen schlummern, zu bergen. Als er jedoch von seinem Chef verraten wird und stirbt, schlägt er fünfzehn Jahre in der Vergangenheit seine Augen wieder auf.

Solo Leveling — Roman (Taschenbuch)

Chugong | Peperon

Als Portale begannen, die Welt mit Dungeons voller Monster zu verbinden, sind Menschen mit speziellen Fähigkeiten erwacht. Sie sind als Hunter bekannt und ihre Aufgabe ist es, die Dungeons unschädlich zu machen. Jin-Woo Sung ist einer von ihnen, wird aber immer nur als Schwächling bezeichnet. Kann er sich an die Spitze kämpfen?

Solo Leveling
Chugong | DUBU (REDICE STUDIO)

Seitdem Portale die reale Welt mit Dungeons voll von Monstern verbinden, sind Menschen mit speziellen Fähigkeiten erwacht, die Jagd auf diese Monster machen und so ihr Geld verdienen. Kann sich Jin-Woo Sung, der von seinen Kollegen nur »der Schwächste« genannt wird, an die Spitze kämpfen?

Meine Wiedergeburt als Schleim in einer anderen Welt

Fuse | Taiki Kawakami | Mitz Vah

Satoru Mikami wurde ermordet. Aber statt im Jenseits zu landen, wird er in einer anderen Welt als Schleim wiedergeboren. Verwirrt, aber mit mächtigen Skills ausgerüstet, begibt er sich auf ein wabbliges Abenteuer durch eine Welt voller Goblins, Drachen und Zwerge!

Meine Wiedergeburt als Schleim in einer anderen Welt Light Novel

Fuse | Mitz Vah

Als Satoru Mikami im Alter von 37 Jahren von einem Attentäter getötet wird, fällt der Vorhang für sein belangloses Leben – zumindest dachte er das! Plötzlich findet er sich in einer anderen Welt wieder und merkt, dass er als Schleim wiedergeboren wurde?!

Ein Landei aus dem Dorf vor dem letzten Dungeon sucht das Abenteuer in der Stadt Light Novel

Toshio Satou | Nao Watanuki

Landei Lloyd träumt davon, Soldat zu werden, obwohl er schwach ist. Ohne Selbstbewusstsein, aber mit großen Plänen zieht er in die Hauptstadt, wo er plötzlich als heroischer Übermensch gilt – allerdings ohne es zu merken! Denn das Kaff, aus dem er stammt, ist eigentlich das legendäre Dorf der Helden und er selbst ist viel stärker, als er glaubt!

Story: **Toshio Satou**
Artwork: **Hajime Fusemachi**
Character Design: Nao Watanuki

1

Ein Landei aus dem
**Dorf vor dem
letzten Dungeon**
sucht das Abenteuer in der Stadt

Ein Landei aus dem Dorf vor dem letzten Dungeon sucht das Abenteuer in der Stadt

Toshio Satou | Hajime Fusemachi | Nao Watanuki

Im Dorf Konlon glaubt nicht mal der gebrechlichste Opi daran, dass Lloyd das Zeug zum Soldaten hat. Trotzdem will er in der Hauptstadt einer werden. Was Lloyd dabei nicht weiß: Zu Hause hatte er nur Helden um sich, aber unter den Normalsterblichen der Stadt wird er zum tollpatschigen Übermenschen!

Virgin Road – Die Henkerin und ihre Art zu leben
Light Novel

Mato Sato | nilitsu

Mit ihren gewaltigen Kräften bringen die Verlorenen Chaos und Zerstörung über die Welt. Menous Aufgabe als Henkerin ist es, sie hinzurichten, bevor sie sich ihrer Macht bewusst werden. Ihr neustes Ziel, die unschuldige Akari, stellt Menou jedoch vor eine besondere Herausforderung, denn das Mädchen scheint unsterblich zu sein ...

Story: **Mato Sato**
Artwork: **Ryo Mitsuya**
Character Design: **nilitsu**

Virgin Road – Die Henkerin und ihre Art zu leben
Mato Sato | Ryo Mitsuya | nilitsu

Die junge Menou ist Henkerin, eine Auftragsmörderin im Dienst der Kirche. Als solche ist es ihre Aufgabe, sogenannte Verlorene – Menschen, die beim Übertritt in ihre Welt übermenschliche Kräfte erhalten – zu töten, bevor sie Chaos und Verderben säen können. Allerdings scheint Menous neues Ziel, die süße Akari, unsterblich zu sein ...

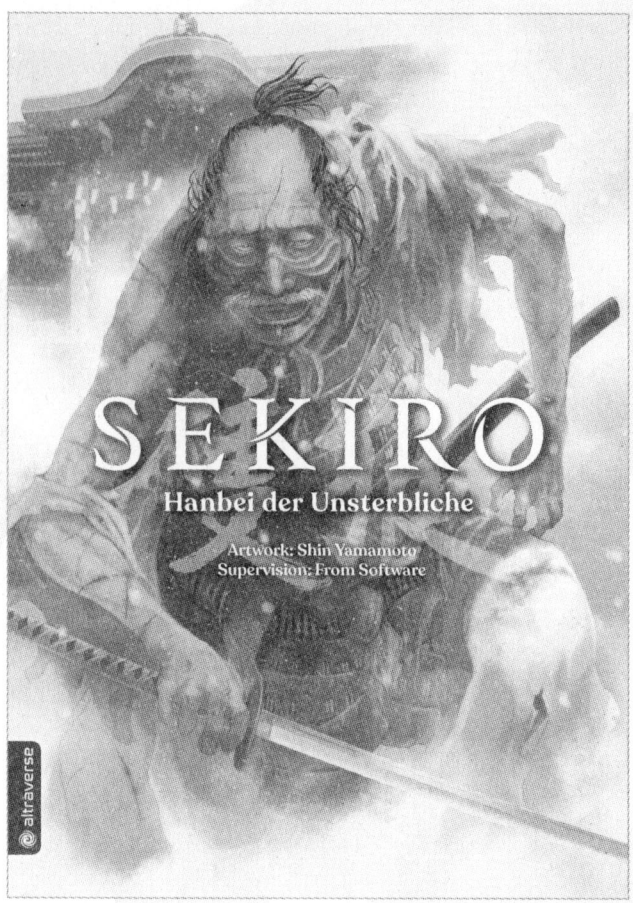

Sekiro – Hanbei der Unsterbliche

Shin Yamamoto | From Software

Japan in der Sengoku-Zeit: ein Zeitalter, in dem die Verlierer wirklich alles verloren. Der Schwertheilige Isshin Ashina trifft auf einen einsamen Samurai, der, egal wie oft man ihn niederstreckt, nicht stirbt. Sein Name: Hanbei der Unsterbliche.

Elden Ring — Der Weg zum Erdenbaum
Nikiichi Tobita

Ein namenloser Befleckter findet sich vollkommen verwirrt, nackt und ohne jegliche Erinnerung im Zwischenland wieder. Nach einigen Fehlversuchen, sich in dieser gnadenlosen Region durchzuschlagen, tritt eine mysteriöse junge Frau namens Melina an ihn heran und bietet ihm eine Abmachung an: Solang er sie zum Fuße des Erdenbaums führt, will sie ihm als Jungfer zur Seite stehen ...

altraverse

Deutsche Ausgabe / German Edition

Altraverse GmbH
Ruhrstr. 11 a
22761 Hamburg
kontakt@altraverse.de

Aus dem Japanischen von Julia Gstöttner

Wir behalten uns die Nutzung unserer Inhalte für Text- und
Data-Mining im Sinne von § 44b UrhG ausdrücklich vor.

Novel NieR:Automata Nagai Hanashi
©2017 Jun Eishima/SQUARE ENIX CO.,LTD.
©2017 SQUARE ENIX CO., LTD. All Rights Reserved.
First published in Japan in 2017 by SQUARE ENIX CO., LTD.
German translation rights arranged with SQUARE ENIX CO., LTD.
and Altraverse GmbH through Tuttle Mori Agency, Inc.

Redaktion: Madlen Beret
Herstellung + Lettering: Nathalie Pillath

Druck: Nørhaven A/S, Viborg
Printed in Denmark

Alle deutschen Rechte vorbehalten.
ISBN 978-3-7539-1508-1
1. Auflage 2025

www.altraverse.de